中國文學史講演錄

（唐以前）

缪钺 著

缪元朗 整理

巴蜀书社

图书在版编目（CIP）数据

中国文学史讲演录（唐以前）/ 缪钺著；缪元朗整理.
—成都：巴蜀书社，2021.01

ISBN 978-7-5531-1234-3

Ⅰ.①中… Ⅱ.①缪…②缪… Ⅲ.①中国文学—
学史—文集 Ⅳ.①I209—53

中国版本图书馆 CIP 数据核字（2019）第 257198 号

ZHONGGUO WENXUESHI JIANGYANLU TANG YI QIAN
中国文学史讲演录（唐以前）
缪 钺 著 缪元朗 整理

封面题签	集缪钺先生字
策 划	周 颖 吴焕姣
责任编辑	吴焕姣
封面设计	冀帅吉
出 版	巴蜀书社
	成都市槐树街 2 号 邮编：610031
	总编室电话：（028）86259397
网 址	www. bsbook. com. cn
发 行	巴蜀书社
	发行科电话（028）86259422 86259423
经 销	新华书店
印 刷	成都东江印务有限公司
版 次	2021 年 1 月第 1 版
印 次	2021 年 1 月第 1 次印刷
成品尺寸	210mm×130mm
印 张	9.75
彩 插	0.75
字 数	200 千
书 号	ISBN 978-7-5531-1234-3
定 价	68.00 元

中年时期的缪钺先生

晚年时期的缪钺先生

缪钺先生在讲课

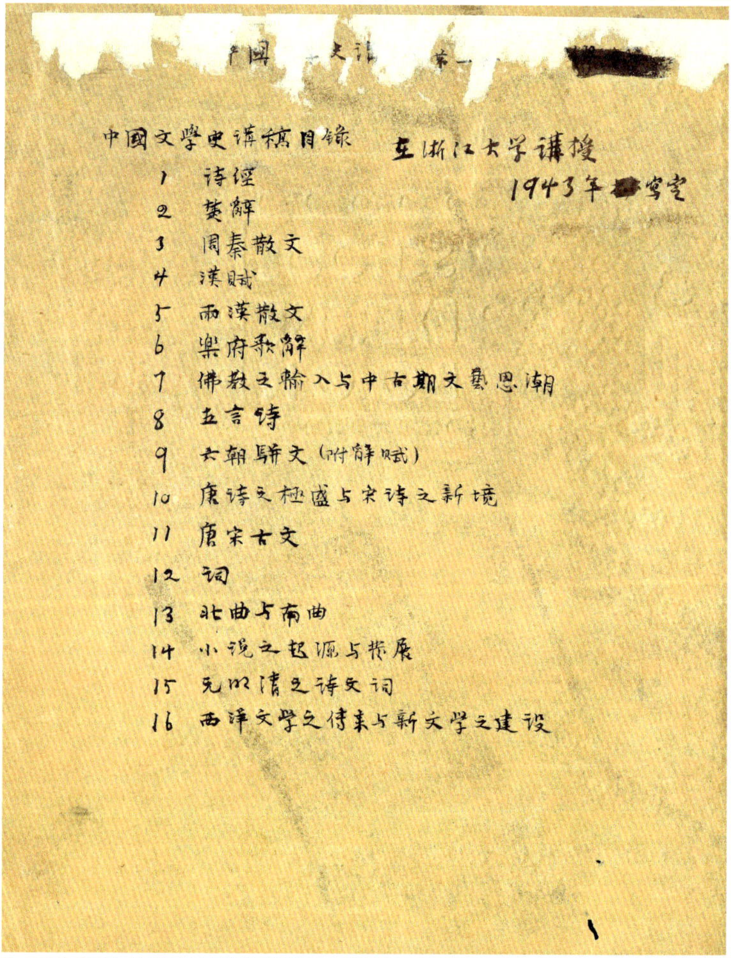

中国　史讲　第一　[redacted]

中国文学史讲稿目录　在浙江大学讲授

1943年[redacted]写定

1 诗经
2 楚辭
3 周秦散文
4 漢賦
5 两漢散文
6 樂府歌辭
7 佛教之输入与中古期文艺思潮
8 五言诗
9 六朝骈文（附辭赋）
10 唐诗之极盛与宋诗之新境
11 唐宋古文
12 词
13 北曲与南曲
14 小说之起源与发展
15 元明清之诗文词
16 西洋文学之传来与新文学之建设

《中国文学史讲稿》存目

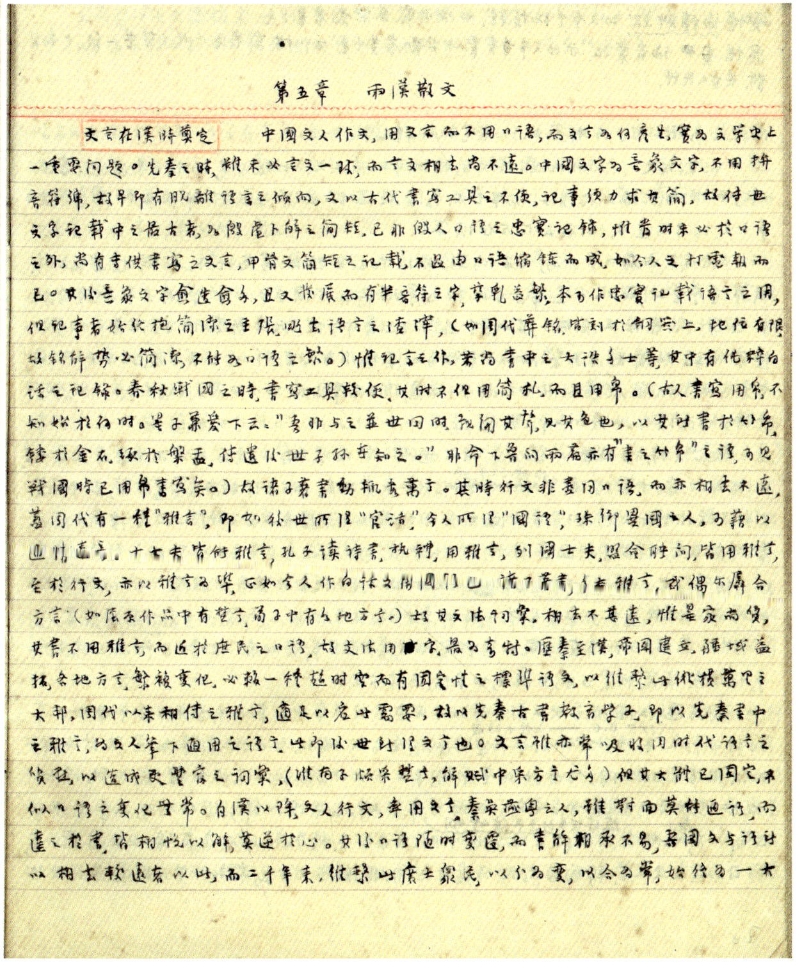
第五章　兩漢散文

文言在漢時奠定　中國文人作文，用文言而不用口語，而文言如何產生，實為文學史上一重要問題。先秦之時，雖未必言文一致，而言文相去尚不遠。中國文字為象形文字，不用拼音符號，故早即有脫離語言之傾向，又以古代書寫工具之不便，記事須力求其簡，故傳世文字記載中之最古者為殷虛卜辭之簡短，已非殷人口語之忠實記錄，推當時未必於口語之外，尚有專供書寫之文言，甲骨文簡短之記載，不過由口語縮短而成，如今人之打電報而已。其後象形文字愈造愈多，且又發展而有半音符之字，孳乳益繁，本可作忠實記載語言之用，但記事者沿襲簡潔之主張，遂去語言之漸遠，（如周代彝銘，皆刻於銅器上，地位有限，故銘辭勢必簡潔，不能為口語之筆錄。）惟記言之作，若尚書中之大誥多士等，其中有純粹白話之記錄。春秋戰國之時，書寫工具較便，其時不但用簡札，而且用帛。（古人書寫用帛不知始於何時。墨子兼愛下云：“吾非與之並世同時，親聞其聲，見其色也，以其所書於竹帛，鏤於金石，琢於槃盂，傳遺後世子孫者知之。”非命下篇同，而篇亦有“書之竹帛”之語，可見戰國時已用帛書寫矣。）故諸子著書動輒數萬言。其時行文雖非盡同口語，而亦相去不遠，蓋周代有一種“雅言”，即如後世所謂“官話”，今人所謂“國語”，殊俗異國之人，可藉以通情達意。士大夫皆能雅言，孔子讀詩書，執禮，用雅言，列國士大夫，盟會聘問，皆用雅言，至於行文，亦以雅言為準，正如今人作白話文用國語也。諸子著書，多本雅言，或偶爾摻合方言（如屈原作品中有楚言，荀子中有各地方言。）故其文法詞彙，相去不甚遠，惟墨家尚質，其書不用雅言，而近於庶民之口語，故文法用[illegible]字，最為奇特。歷秦至漢，帝國建立，疆域益擴，各地方言，繁複變化，必須一種超時空而有固定性之標準語文，以維繫此縱橫萬里之大邦，周代以來相傳之雅言，適足以應此需要，故以先秦古書教育學子，即以先秦書中之雅言，為文人筆下通用之語言，此即後世所謂文言也。文言雖亦常吸收同時代語言之俗語，以適應表達需要之詞彙，（惟有不斷采楚言，辭賦中采方言尤多）但其大體已固定，不似口語之變化無常。自漢以降，文人行文，率用文言，秦晉燕粵之人，雖對面莫能通語，而達之於書，皆相悅以解，莫逆於心。其後口語隨時變遷，而書辭相承不易，吾國文與語所以相去較遠者以此，而二千年來，維繫此廣土眾民，以分為變，以合為常，始終為一大

《中国文学史讲稿》原稿（一）

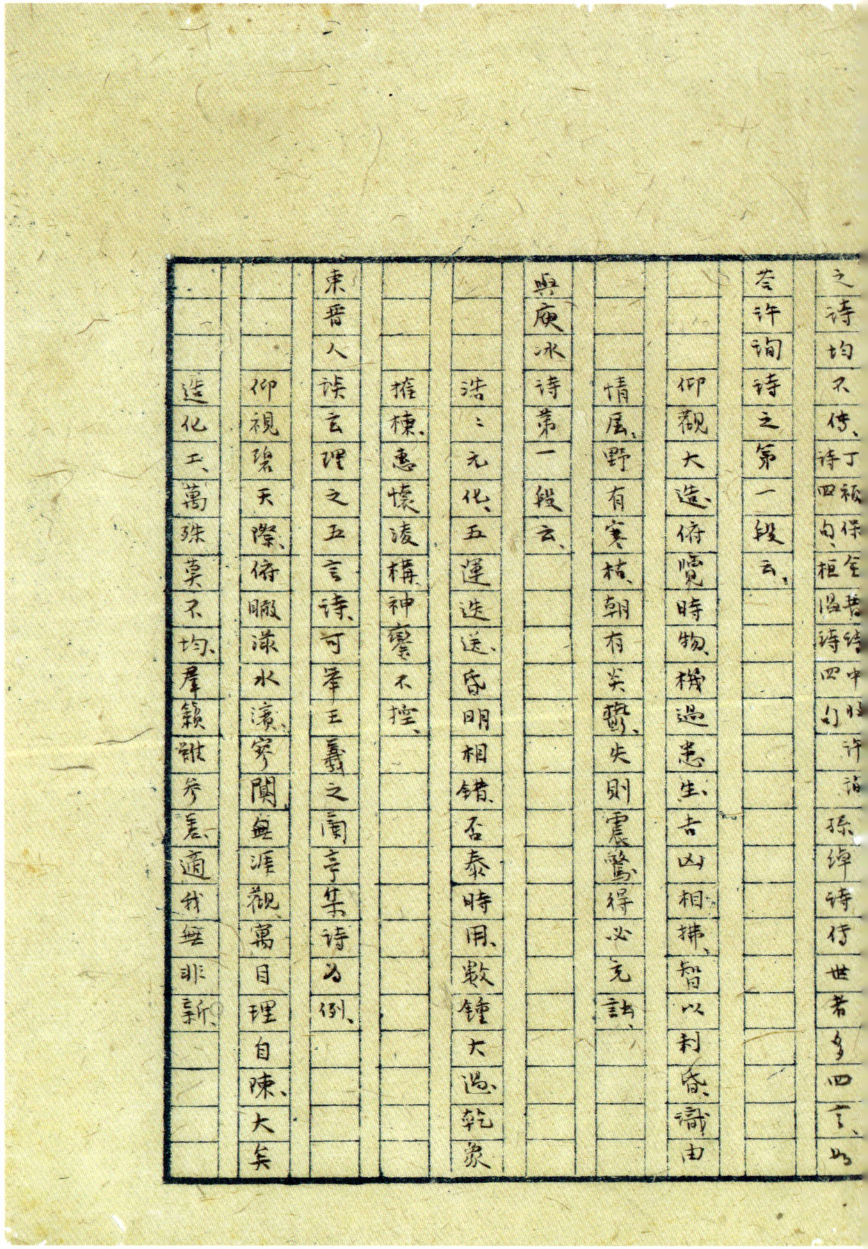

之诗均不传、丁福保全晋诗中[illegible]许询诗四句、桓温诗四句、孙绰诗传世者多四言、如答许询诗之第一段云、

仰观大造、俯览时物、机过患生、吉凶相拂、智以利昏、识由情屈、野有寒枯、朝有炎郁、失则震惊、得必充诎、

与庾冰诗第一段云、

浩浩元化、五运迭送、昏明相错、否泰时用、数钟大过、乾象摧栋、惠怀凌构、神銮不控、

东晋人谈玄理之五言诗、可举王羲之兰亭集诗为例、

仰视碧天际、俯瞰渌水滨、寥阒无涯观、寓目理自陈、大矣造化工、万殊莫不均、群籁虽参差、适我无非新、

《中国文学史讲稿》原稿（二）

劉勰文心雕龍明詩篇曰：「江左篇製，溺乎玄風，嗤笑徇務之志，崇盛亡機之談，袁孫已下，雖各有雕采，而辭趣一揆，莫與爭雄。」

波屬雲委，莫不寄言上德，託意玄珠，遒麗之辭，無聞焉耳。

鍾嶸詩品曰：

永嘉時，貴黃老，稍尚虛談，于時篇什，理過其辭，淡乎寡味。爰及江表，微波尚傳，孫綽許詢桓庾諸公，詩皆平典似道德論，建安風力盡矣。

觀諸家之言，可知東晉一代詩風，鍾嶸追溯此種風氣，謂起於西晉之末。西晉人以玄理入詩之可徵者，有王濟，詩品謂「永嘉以來，清虛在俗，王武子輩詩貴道家之言」，武子即王濟之字也，濟詩存者，僅平吳後三月三日華林園詩一首，四言卌，乃頌功德之作，

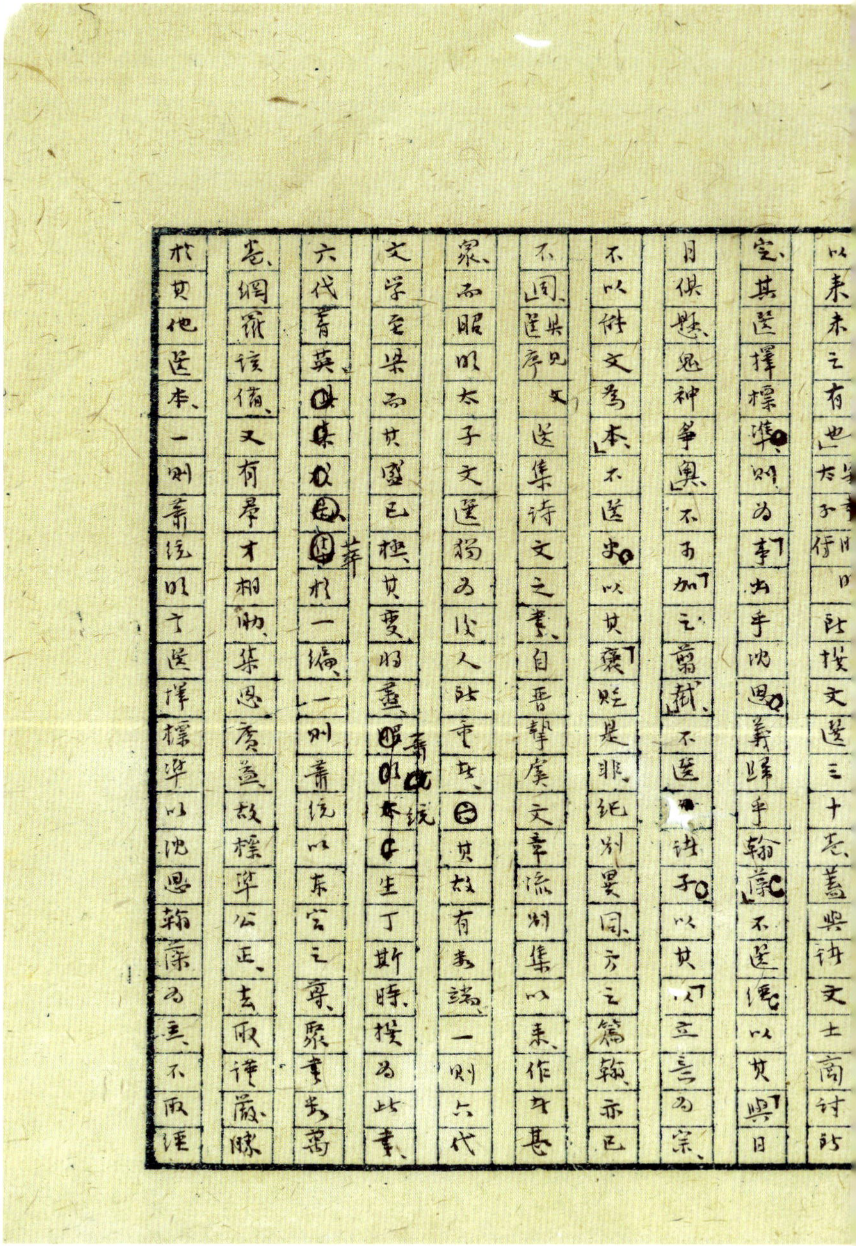
以來未之有也。此按文選三十卷，蓋與詩文士商討所定，其選擇標準，則為事出於沉思，義歸乎翰藻；不選經，以其與日月俱懸，鬼神爭奧，不可加之翦截；不選諸子，以其以立意為宗，不以能文為本；不選史，以其褒貶是非，紀別異同，方之篇翰，亦已不同。（見文選序）文選集詩文之叢，自晉摯虞文章流別集以來，作者甚眾，而昭明太子文選獨為後人所重者，其故有兩端：一則六代文學至梁而其盛已極，其變將盡，蕭統生丁斯時，援為此書，六代菁英，萃於一編；一則蕭統以東宮之尊，聚書幾萬卷，網羅該備，又有學才相助，參思廣益，故標準公正，去取謹嚴；勝於其他選本。一則蕭統明了選擇標準，以沈思翰藻為主，不取經

《中国文学史讲稿》原稿（三）

列潘陸於上品，而列陶潛於中品，列曹操於下品，此自來衡文論者，鮮有不受時代之影響者，嶸生齊梁之間，故所見如是，未可苛責。且嶸雖列陶於中品，而其論陶之語，頗精當，時人鮮能欣賞陶詩，嶸能作此論，亦不得不佩服其識卓矣。其評騭各家之長短得失，頗多善言，每品之前，各冠以序，皆妙達文理，其反對用事，反對聲病，尤見高識。史稱嶸嘗求譽於沈約，約弗為獎借，故嶸怨之，列約中品。四庫提要謂約詩列於中品，未為排抑，惟攻擊約聲律之說，言亦未盡無因也。

昭明太子蕭統，好士愛文，名才並集，劉孝綽、殷芸、陸倕、王筠、討論墳籍，商榷古今，

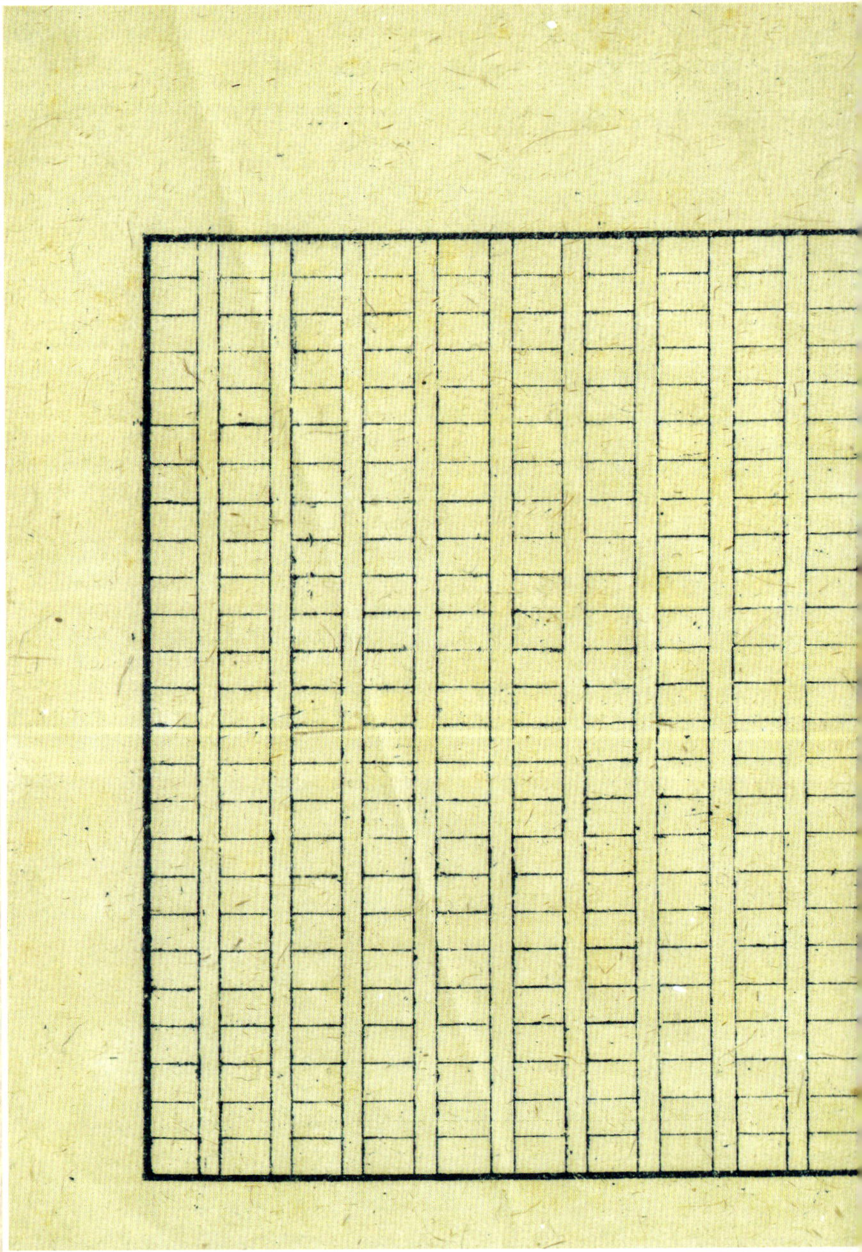

《中国文学史讲稿》原稿（四）

其流遂微。唐時有律賦一體，限題限韻，乃供考試之用，無與於文学。古賦作者不多，韓李偶為之，柳宗元較喜作賦，宋代如歐蘇之作，乃押韻之散文，非騷以來之賦矣。蓋賦體板重，不及詩詞之輕靈，詩詞諸體日興，長短咸宜，賦遂漸廢，偶有用其體作哀弔之文者。清張惠言而学者與減徒絶，治虞氏易，治詞，皆有相當成功，獨於賦雖極致力，而終無影響，蓋賦亦如四言詩，在中國文学上已成過去之體裁，雖以復興者矣。

之上乘。柳在當時或勝於韓，然後世為古文者往往尊韓抑柳，其原因則以後世為古文者多不甘以文人自居，而兼欲明道，其尊韓也，非徒重其文，而兼重其衛道之勇氣。又後世為古文者，其天性多夸大，近於韓而遠於柳，故不滿於柳之沖和謙退，而反欲賞韓愈「居之不疑」之態度，及矜夸大肆之文章。姚鼐撰古文辭類纂，選韓文最多，隱然奉為大宗，方苞評點柳集，常加以刪節及紅勒，此均可見古文家之揚韓抑柳，惟非古文家則有不同之見解，如晏殊曰：「韓退之扶導聖教，剗除異端，是其所長，若其祖述墳典，憲章騷雅，上傳三古，下籠百氏，橫行闊視於綴述之場，子厚一人而已。」朱熹曰：「韓退之議論正

尤柳宗元之所深部也。柳集三十四復杜溫夫書

韩柳同時為古文，各有所長，韩柳以風格論，韩之長在奇崛雄肆，柳之長在精密峻潔，論規模氣魄，柳不及韩之大，而韩文之病，柳亦無之。古文之興，所以矯駢儷之習，而矯枉過正，反於怪澀不自知失，又文章本不必衛道，而韩以文人而熱心於衛道，其計于之道甚卑也，而文則流為夸大。此二者皆韩文之病。柳不衛道，且為古文而兼能駢文，能融合駢散，極鎔，故無韩文夸大怪澀之病，柳文之工者不在明道而在于情寫景，其詞為工巧而不失

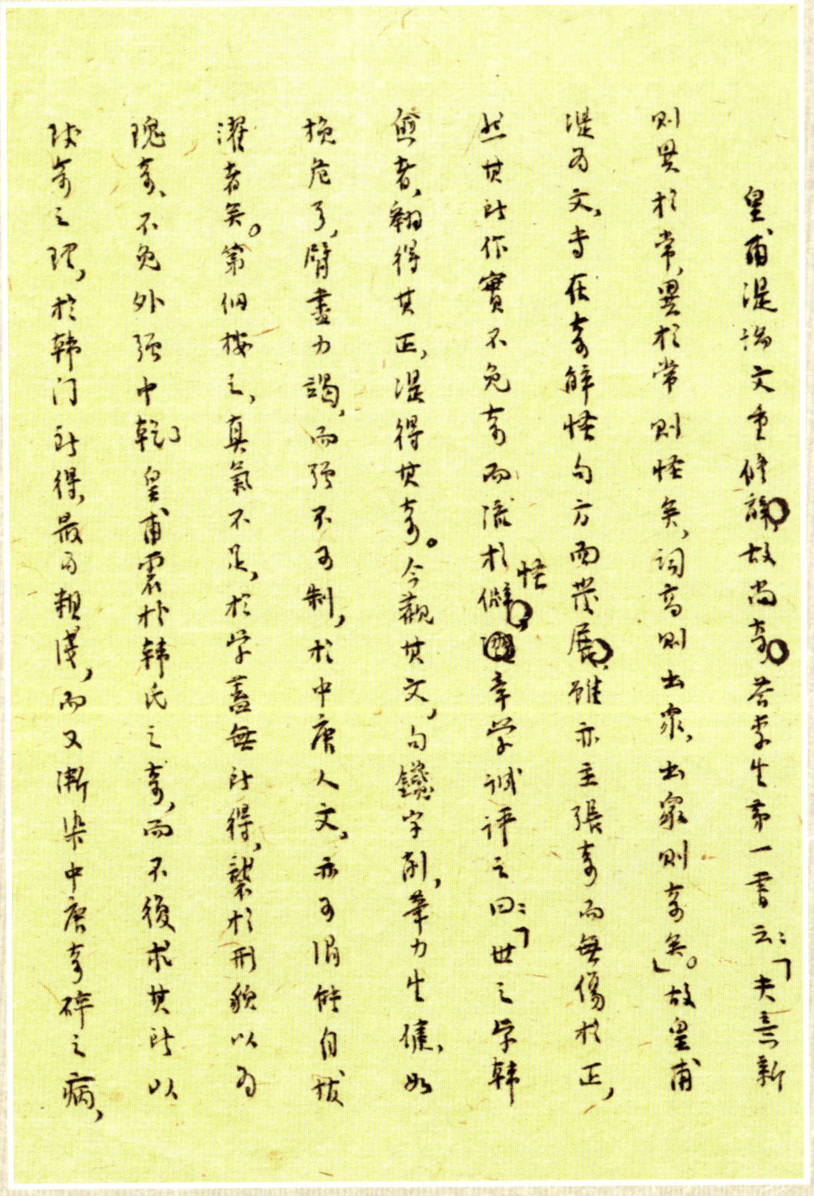
皇甫湜論文重修辭，故尚奇。答李生第一書云：「夫意新則異於常，異於常則怪矣；詞高則出衆，出衆則奇矣。」故皇甫湜為文，专在奇辭怪句方面發展，雖亦主張奇而無傷於正，然其所作實不免奇而流於僻怪。章學誠評之曰：「世之學韓愈者，翱得其正，湜得其奇。今觀其文，句鑱字削，筆力生健，如挽危弓，臂盡力竭，而弦不可制，於中唐人文，亦可謂能自拔濯者矣。」第细按之，真氣不足，於學蓋無所得，襲於形貌以為瑰奇，不免外强中乾了。皇甫湜於韓氏之奇，而不復求其所以為奇之理，於韓門所得，最為粗淺，而又漸染中唐奇碎之病，

《中国文学史讲稿》原稿（六）

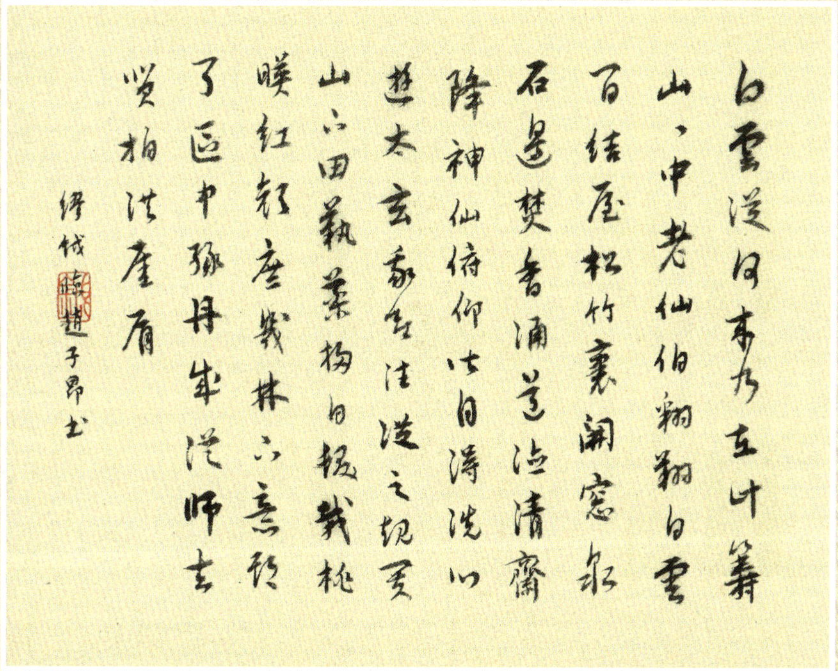

临赵孟頫书古诗

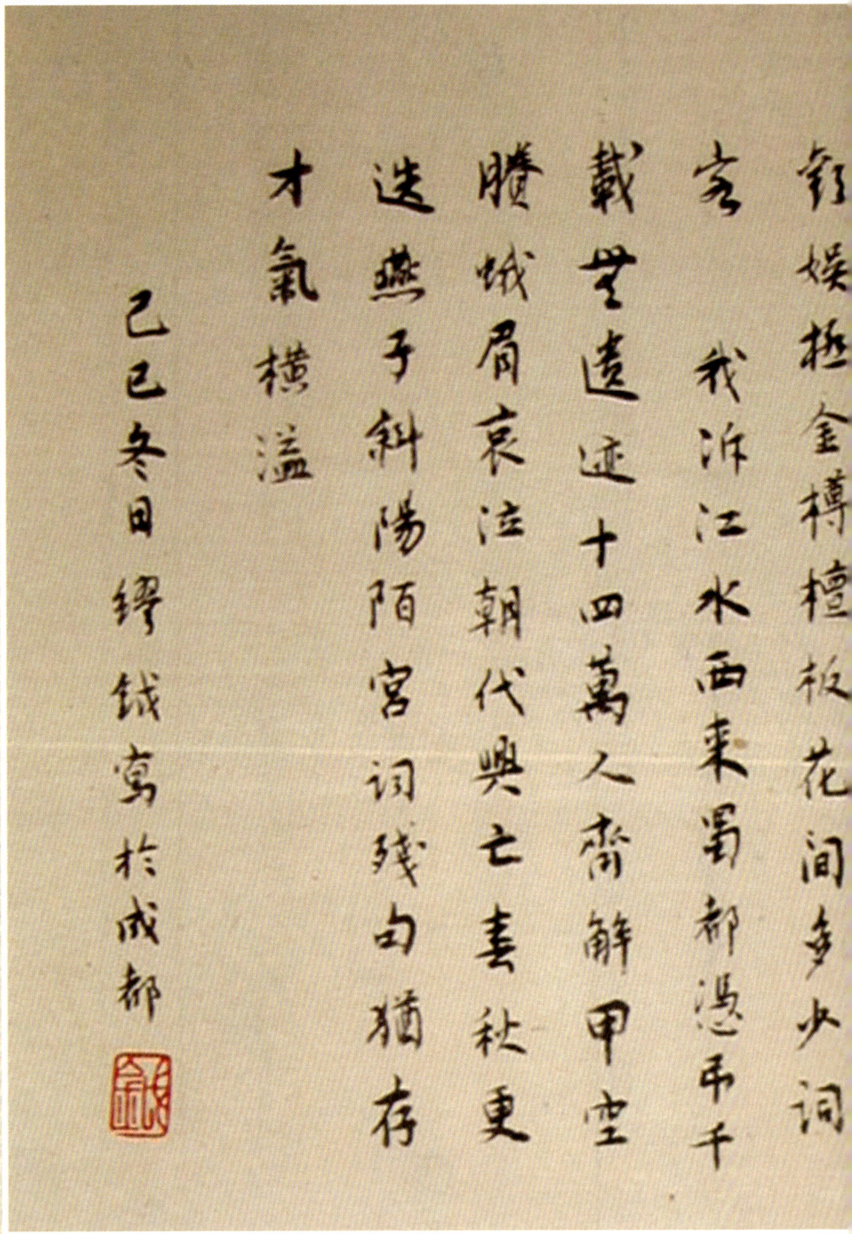

自作《念奴娇》词手迹

念奴娇

刘笃龄先生书示家藏旧砚拓片刻徐蜀花蕊夫人宫词残句手迹征求题咏赋此报之

摩河池上有冰肌玉骨琼姿颜色水殿云房三十六凤辇龙舆游历君主与文后妃侍从朝野纷娱极金樽檀板花间多少词

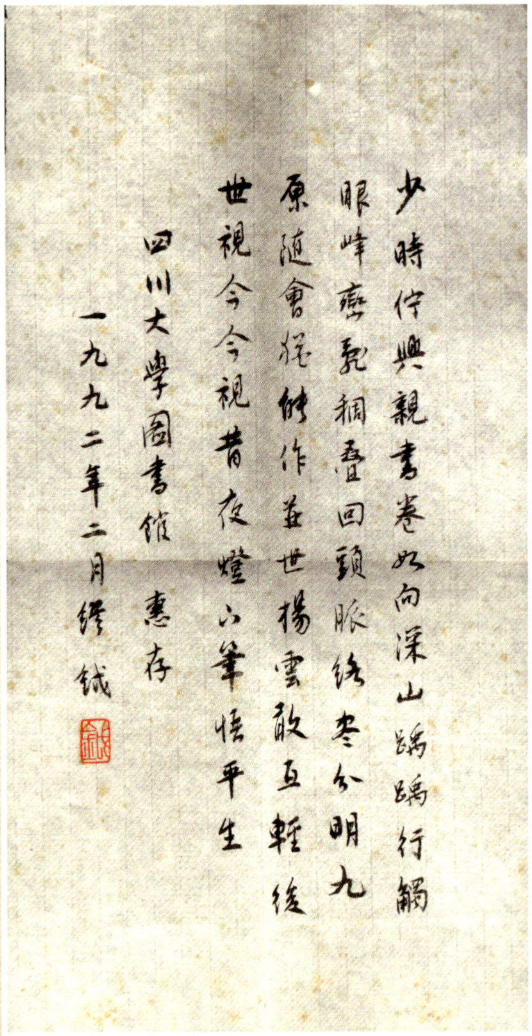
少時侍與親書卷如向深山踽踽行觸
眼峰巒亂稠疊回頭脈絡各分明九
原隨會猶能作並世揚雲敢互輕後
世視今今視昔夜燈小筆悟平生
四川大學圖書館　惠存
一九九二年二月　繆鉞

自作《夜读》诗手迹

目　录

序　说

中国文学应分四期，秦以前为第一期，汉至隋为第二期，唐五代宋为第三期，元明清为第四期，民国以后又进入一新时期。

第一期中之文学皆独创的，无所因袭。周民族之《诗经》，楚民族之楚辞，为汉后二千年中国文学之两大渊源。中国文学之特质，如温柔敦厚之情，芳馨悱恻之致，政治人伦与文学之密切关系，均具于《诗》《骚》之中。战国散文发展亦盛。

第二期文学承第一期而演变，亦不乏新创获。楚辞与战国散文及《诗》中《雅》《颂》合而演变为汉赋，闳伟瑰丽，最足代表汉代大帝国之精神；而辞赋成分渗入散文，又渐渐变为六朝之骈文。赋与骈文皆界于诗与文之间，为中国文学之两种特殊体裁。四言诗至汉代，其势已尽，楚辞变为汉赋，又向体物方面发展，故汉人发抒情感，多在乐府歌辞。乐府歌辞中的五言体，经文人采用，遂成立五言诗，五言诗兼融《诗》之柔厚与《骚》之芳悱。魏晋以降，因《老》《庄》及佛学之盛行，诗人脱离人伦日用而欣赏自然，且融入道、佛之哲理，于是诗中有山水之什，清远之境；而佛经翻译对于中国文学之形式与内容影响均大。文学批评亦建树于六朝之时。

第三期文学仍承第一、二期而又有新发展。此期中文学以诗为最盛。抒情诗本为中国文学之主体，自《诗》三百篇以降，继续演变发展，至唐代而大备。以体裁论，有五古、七古、五律、七律、五绝、七绝诸体，四言、六言、杂言亦间有作者；以内涵论，《诗》之柔厚，《骚》之芳悱，北朝外族雄刚壮烈之情，南朝吴歌缠绵婉媚之致，均冶于一炉，蔚为大观；宋人继之，在技巧精细、意境清迥方面更进一步，中国诗之发展，至此已达极点。中晚唐时，于诗之外，又溢为新体，名曰“词”，至两宋而大盛，其言情较诗更为轻灵幽约。因骈文之弊，于是唐代有古文运动，远法先秦两汉，以散行矫排偶，以朴素矫藻缋，古文创立于中唐，而兴隆于北宋。

第四期文学情形与前三期不同。中国传统看法，以诗文为文学主体。自周代至唐宋，诗与文均在发展演变之中，故每期有其新建树。本期元明清三代之诗文，则模仿前人，因袭前人，不出两汉六朝唐宋之范围，弗能大辟新境。而明清以科举取士，八股文、试帖诗之陈腐空洞，亦予诗文以恶影响，故元明清七百年中，鲜第一流之文家及诗人，大多数作者则流于庸滥。在此诗文衰退之时期中，文学光彩则在戏曲与小说。中国之戏曲与小说，其渊源虽颇远，而发展成熟均在宋代以后。因蒙古族之入主中原，与戏曲以特殊发扬之机会。元曲滋味酸辣，与中国传统之诗歌异趣，明清曲又多返于清绮。中国人向视戏曲小说为小道，戏曲因演唱之故，尚有一时之风行，小说更受人卑视，有天才之文人鲜有尝试者，故数百年中，杰作不多。然此两种新体裁皆有生气，不似诗文等摹拟古人空格调而日趋陈腐也。

以上所言为三千年中中国文学流变之概况。抒情诗为中国文学之主流，先秦之《诗》《骚》、汉代之乐府、六朝之五言诗、唐代之古近体诗、宋词、元明散曲，莫非抒情诗。（即元代杂剧、明清传奇，亦是集合许多首抒情诗以演述故事。）故发展最盛，成绩最佳。小说戏剧在中国文学史中出现甚晚，且严格论之，中国之戏剧，如元代杂剧、明清传奇，乃是集合许多首抒情诗以演述故事，若论结构之紧凑，意义之深刻，人物之创造，皆远逊于西洋戏剧。小说在中国古人心目中，尤为不登大雅者，杰作甚少，更不能与西洋小说同时而语。故中国文学虽有三千年之历史，而内容实不免贫乏。

自清末西洋文学传来，国人受其影响，至民国初年而有新文学之建设，在文体方面，提倡以白话行文，骈文之藻缋，古文之格调，举将摒弃。（文言未必尽废，然亦将为一种清新自然之新文言。）小说、剧本，将不复为小道，而跃为文学主流，即抒情诗之体裁格律，亦将革新，于是中国文学又进入一新时期矣。

治中国文学史，应从周初（纪元前11世纪）起，迄今约三千年。周代以前，因资料缺如，仅可作粗略之推测，兹分诗歌与散文两方面述之。

周代以前之诗歌

按各国文学史通例，诗歌之起，早于散文。盖诗歌发抒情感，与生民而俱来，沈约所谓“歌咏所兴，宜自生民始也”。（《宋书·谢灵运传论》）虽无文字时，亦可见诸口语，而散文之兴，则必在人类理智发达知记事与说理之后也。吾国周代既有灿烂之《诗》三百篇，则周代以前之诗歌，亦应有相当规模，惜散佚不传，无可详考。周汉魏晋人书所载周代以前诗歌，如伊耆氏《蜡辞》（《礼记·郊特牲》），尧时《康衢谣》（《列子》）、《击壤歌》（《高士传》），舜之《卿云歌》（《尚书大传》）、《南风歌》（《家语·辩乐解》，《文选·琴赋》注引《尸子》只此诗首二句，孙志祖曰：“按《南风》之诗，郑注《乐记》云，其辞未闻也。”），禹之《涂山歌》（《吴越春秋》），夏《五子之歌》（古文《尚书》），汤之《桑林祷》（《荀子》）等，或因所据之书不可信，或因有模仿周诗之痕迹，或因诗中史迹非周以前所有，故均系伪托不可信。惟《诗经》中有《商颂》五篇，《毛序》以为商诗，齐、鲁、韩三家则以为周时宋国人所作。后人多信《毛序》，实则应从三家说，定为周代宋国人之诗，其证如下：

1.《商颂》中字句如“自古”“在昔”“先民”“汤孙”之类，不似商人祭近祖之口吻，而似宋人祭远祖之语气。（魏源说）

2.《商颂》有景山伐木以造宗庙之事，景山在宋都商丘附近，而距商都殷虚、朝歌则甚远，可见所咏者乃宋庙而非商庙。

3. 殷虚卜辞所记祭礼与制度文物，于《商颂》中无一可寻，《商颂》中人名、地名，与殷时之称不类，而反与周时之称相类。（卜辞称国都曰商，不曰殷，而《颂》则殷、商错出；卜辞称汤曰太乙，而《颂》则称为烈祖或武王。）

4.《商颂》中所用成语，与周诗相类。（如《那》之“猗那”，即《桧风·苌楚》之“阿傩”，《小雅·隰桑》之“阿难”，石鼓文之“亚箬”也。）语句亦多与周诗相袭。（如《烈祖》之“时靡有争”与《江汉》句同，“约軧错衡，八鸾鸧鸧”与《采芑》句同。）

以上三条皆王国维说。王国维谓：“《商颂》盖宗周中叶宋人所作，以祀其先王，正考父献之于周太师，而太师次之于《周颂》之后，逮《鲁颂》既作，又次之于鲁后。”（《观堂集林·说商颂》）盖得其实。

据上节所论，可知周代以前之诗，殆无传于后者，故非但虞夏不可知，即商代诗歌情形，亦难详矣。今人据殷虚卜辞治商史，知商代晚期二百年中文化已甚高，而周代文化，亦多承袭殷商，周代诗歌既盛，则商代诗歌似亦应有相当之发展，虽歌辞无传于后者，吾人仍可依卜辞之资料，从其他有关方面推测之也。按古代之诗，与乐舞关系极切，故欲研究商代有无诗歌，可由卜辞中记乐舞之情形推测之。在今日所能见到之五六万片甲骨文中，尚未发现用为乐名之字。甲骨文中有“彭”“敾”“靑”“殸”“龢”“龠”“言”诸字，或有释为乐器者；又有“潅”字，或谓即大濩乐之“濩”。实则“鼓”与“敾”皆地名；“靑”字之用法有二，其一借为东南西北之“南”，其二则为祭祀用牲之名，读为彀，乃小豚；“龢”乃人名；“龠”乃祭名；“潅”亦祭名；“言”字之含义，虽不可确知，但必与乐器无关。在甲骨文中，虽无可以确定为乐名之字，然自殷虚出土之器物观之，则虚代确有乐器不少。中央研究院发掘殷虚，曾获得石制之磬，皮制之鼓，铜制之铃、铎、鸾、和，及陶制、石制、骨制之埙，可见其时乐已甚盛。至于舞，甲骨文中常言“舞雨”或“奏舞雨”，乃求雨时一种普通之祭礼。舞作，像人两手执以舞之形。盖牛尾，《吕氏春秋·古乐》篇：“昔葛天氏之乐，三人操牛尾，投足以歌八阕。”《周礼·旄人》郑注：“旄，旄牛尾，舞者所持以指麾。”古之舞者皆执牛尾也。（此节意见采自胡厚宣《甲骨学商史论丛初集·甲骨文中之乐舞》）据卜辞，可知殷商晚期二百余年中乐舞已盛，有乐舞则必有歌辞，此固可推测而知也。

周代以前之散文

散文之兴，晚于诗歌。周代春秋以前，诗歌已盛，而散文发达，则在战国之时。西周散文，尚颇简质，商代散文，当更幼稚，遑论虞夏。《尚书》中有《虞夏书》《商书》，其中古文诸篇之为伪造，昔人考证已明，即今文诸篇，亦多周人所撰，非当时之作。分别说明于下：

今文《虞书》有《尧典》及《皋陶谟》两篇，开端皆曰“粤若稽古”，显为后人追述之辞。“帝”之称号，至殷代末年始由天帝兼摄到人王，如“帝乙”“帝辛”，而《尧典》《皋陶谟》称尧、舜为帝，亦可证其为晚出之作。《尧典》中疑点尤多，举其著者：“蛮夷猾夏”乃春秋时成语，且以“夏”指中原，须夏代以后方可。（梁启超说）卜辞只有“十三月”，而无“闰”字，可见商人制历尚不知闰月，《尧典》中有“以闰月定四时成岁”之语，亦可证其为商代以后之作品。（马衡说）入金赎罪乃战国之制，而《尧典》已有“金作赎刑”之语。《尧典》十有二州明为战国时封建制已坏、郡县制已兴后之思想。《尧典》虞廷九官较之秦汉九卿意义深长，此正见儒者之托古改制，否则唐虞时政制已如此完美，何以二千年后至秦汉之际反倒退。（钱穆说）

今文《夏书》有《禹贡》及《甘誓》两篇。《禹贡》可疑之点：（一）周末始发现铁（章鸿钊《石雅》），钢之发明更迟于铁，而《禹贡》谓梁州贡“璆铁银镂”，郑玄训“镂”为刚铁，殆即钢，“铁”“镂”均非夏时所能有。（丁文江说）（二）《禹贡》中有“荆及衡阳惟荆州”之句，实则春秋时楚地尚南不过洞庭。（三）西蜀在秦惠王时尚为戎狄之长，禹时焉得有“华阳黑水惟梁州”之文。《甘誓》中有“六卿”及“五行”等词，亦非夏时所能有。《尧典》《禹贡》等殆战国儒家托古改制之作，或谓其出于思孟一派之儒者，其说近是。

今文《商书》有《汤誓》《盘庚》《高宗肜日》《西伯戡黎》《微子》五篇。《汤誓》《高宗肜日》《西伯戡黎》《微子》四篇，因文体较平易，且人治观念甚重，殆亦后人追记，非商代作品。《盘庚》则较可信为殷代文献。此篇乃殷王盘庚自奄迁殷诰戒之辞。自汉以来《尚书》传本分《盘庚》为上中下三篇，次序紊乱。上篇是告“众戚”，乃迁殷以后相当久之事，中篇是将迁时告“民众”，下篇是迁徙后不久告“百姓”。众戚是婚友，是同姓或异姓的贵族，民众是畜民，即奴隶，百姓是百官，是“邦伯师长百执事之人”。（郭沫若说）

今文《虞夏书》《商书》既多周人所撰，而《山海经》，昔人以为禹、益所作者，实则亦战国时书，且有汉人羼入之部分。故简册所传，周代以前之散文，只有商代《盘庚》

三篇为可信，亦即研究周以前散文最可贵之资料。此外，殷虚卜辞及殷代青铜器中之彝铭，亦可为研究殷代散文之资料。惟卜辞多单简之词句，偶有数十字或百余字之长篇。殷代铜器，前人审定未精，不免误认。前人认殷器所据之标准乃“以日为名”，古时传说殷人以生日为名，故名中多见甲乙丙丁字样。因此，凡彝铭中有祖甲、父乙、妣庚、母辛或兄壬、妇癸，前人概认为殷器，实则此标准不可据。近年发现周穆王时王遹簋有“文考父乙”，懿王时之匡卣有“文考日丁”，足见以日为名之习至西周中叶犹存。此例既破，举凡以前著录中所标为殷器者均成问题，如罗振玉《殷文存》一书，据以日为名而蒐集七百种以上之器，多不可靠。（郭沫若说）据谨严之古器物学者之意见，在疑似之殷器中，可确定为殷器者，不及十器。

第一章 《诗经》

中国上古文明之演进，至周代更为光辉灿烂。周代文字及实物之史料传于后世者远较商以前为多，故吾人于此时期所知，亦较清切详细。此八百年之文明，奠定中国文化之基础，如古希腊之于近代欧洲。即以文学论，中国文学之渊源为《诗》与《骚》，皆周代产品也。

《诗经》为周代诗歌之总集，先秦人称之曰《诗》，汉以后尊之为经，曰《诗经》，其中所保存之诗共三百五篇。《诗经》中大部分皆周王朝与姬姓侯国［鲁、卫、郑、魏、唐（即晋）、曹］之诗，其非姬姓之国如南国诸邦，齐、秦、陈、桧以及殷人后裔之宋国，亦皆在周人文化涵育之中，故《诗经》可称为周民族之文学。因此，欲了解《诗经》，不得不先了解周民族。

周民族之特性

周与商为不同之民族，商人居东方而周人则兴于西方，初居邠岐（今陕西西部邠州一带），后移丰镐（今西安附近）。周人为后起之民族，当文王祖父古公（即太王）之时，犹穴居野处，故《诗·大雅·绵》曰："古公亶父，陶复陶穴，未有家室。"其后与商人接触，且与商畿诸侯通婚。（《诗·大雅·大明》："挚仲氏任，自彼殷商，来嫁于周，曰嫔于京。乃及王季，维德之行。"）颇受其文化之沾溉。至文王时，周势渐盛，与商争衡，其子武王乘商人征东夷疲敝之后，遂东伐灭商而代为王朝。（《左传》昭公十一年："纣克东夷而陨其身。"）周之始祖后稷，相传为古代之发明耕稼者，故周人为重耕稼之民族，读《豳风·七月》篇，可知其生活情况。商人气质，倾向艺术，富于宗教玄想，彝器之制，精美绝伦，而好饮酒，好田猎，好崇祀鬼神，均其超现实之证。周人乃质朴重耕稼之民族，故其气质偏现实，后虽承袭商人优美之文化（周代铜器文字与殷虚甲骨文字同一系统，周人束发及席地而坐之俗亦本于商，尊、罍、觚、爵、鼎、鬲诸器与商同其形制，周弓矛之形与殷虚所获者相同，殷周同用贝为货币，即周代宗法及封建之制，亦本于商，近来据甲骨文治商史者已证明之），进于文质彬彬，而仍保存其民族之特性，治生勤苦，鲜有暇豫，尚力行，少玄思，重政治与伦理，而淡于宗教，故其表现于诗歌者，亦偏于实际之人生，虽平实浑厚，而乏超玄之想象、灵渺之境界。吾国古代文化，以周民族之文化为主，故周民族之特性表现于文学者，影响于中国后世文学亦甚大也。

《诗经》之时代与地域

《诗经》三百五篇，上自郊庙歌辞，下至里巷讴谣无不具备。其中最早作品，当在周初，《尚书·金縢》谓《鸱鸮》为周公作，《国语》谓《常棣》《时迈》《思文》为周公作，《吕氏春秋·古乐》篇谓《大雅·文王》为周公作；周公作诗之事，今人或有疑之者，然以情理推之，非不可能。最晚作品为《陈风·株林》，刺陈灵公之诗，当鲁宣公时，在春秋中叶。故《诗经》之时代，自周初迄春秋中叶，约五百年（自公元前 11 世纪至公元前 7 世纪）。以地域论，东至海（《齐风》，今山东东部），西至邠岐（《豳风》《秦风》，今陕西西部），北至河汾（《魏风》《唐风》，今山西南部），南至江汉（二《南》，今湖北西北部），纵横数千里，春秋中叶以前周文化所及之地具在矣。

《诗经》之纂辑

《诗经》如何纂辑而成，前人多信《史记·孔子世家》之说，以为古者诗三千余篇，孔子删为三百。惟自唐孔颖达以后，如宋之郑樵、朱熹、叶适，清之朱彝尊、赵翼、崔述、魏源等皆疑删诗之说不可信。所持理由重要者有数端：一、经传所引诸诗，见在者多，亡失者少，不容孔子十去其九。二、《论语》记孔子之言，一则曰“诗三百”，再则曰“诵诗三百”，本谓古人已具之诗，不应指其自删者而言。三、古诗如多至三千余篇，乐师及各国君卿大夫安能遍诵。四、诗如多至三千余篇，则所采定不止于十三国，《左传》襄公廿九年记季札观乐，时孔子仅九岁，而所歌风诗无出十三国之外者，可见三百篇非定自孔子。魏源并推究史迁所以致误之故，谓：“《书纬》称孔子得黄帝之孙帝魁之书，迄于秦缪公，凡三千三百四十篇，孔子删之为《尚书》百二十篇……又《春秋纬》称孔子将修《春秋》，使子夏等求得百二十国之宝书……古诗三千，殆亦是类，皆秦汉学者侈言匪实，史迁杂采轻信。”（《诗古微》）

孔子删诗之说既不可信，则在孔子之前，《诗》三百篇必已成定本。然则当在何时纂定乎？按《陈风·株林》咏陈灵公事，为三百篇中最晚之诗；陈灵被弑在鲁宣公十年，下至鲁襄廿一年孔子生时（据《公》《谷》二传），凡四十七年，再下推至孔子十五志学之时，约六十年，孔子十五志学之时，或已得读三百篇，则三百篇之纂定，必在此六十年之内，即最早不得前于鲁宣十年，最迟不得晚于鲁襄末年也。（鲁襄在位三十一年。《左传》襄公廿九年记季札观乐，所歌诸国风诗，与今本《毛诗》次第微异，而国名全同，或其时《诗》三百篇已成定本。）

《诗》三百篇之纂为定本，虽在鲁宣公之后，然宣公之前，王朝亦必时时颁诗于诸国，诸国士大夫皆讽诵之，或宴享咏歌，或语言称引，惟所诵者无三百篇之多耳。观《左传》及《国语》所记，西周时王朝卿士祭公谋父及芮良夫皆引《雅》《颂》，春秋前叶隐、桓、庄、闵、僖五公之时，列国君卿大夫引诗赋诗之事亦数见不鲜也。

《诗》三百篇中，《周颂》为王朝颂功德、祀神明之歌，大小《雅》除燕飨之乐歌外，多王朝士大夫感时讽政之作，献之于天子者，此诸诗自当掌于王朝大师之官。至于诸国《风》诗，如何收集，旧说皆谓由于采诗之制。古书中记采诗制最详者为班固《汉书》及何休《公羊传注》。而两家之说，即相参差。《汉书·食货志》云："孟春之月，群居者将散，行人振木铎徇于路以采诗，献之大师，比其音律，以闻于天子。"《公羊传》宣公十五年何休注云："男年六十，女年五十无子者，官衣食之，使之民间求诗，乡移于邑，邑移于国，国以闻于天子。"两说不同之点，即班书所言，行人乃王官，直至各国采诗，归而献之大师，何休所记则采诗并无专官，由各国自采集之，以闻于天子。二说孰为近真，固难臆断。如进而研究之，古书言采诗之官者，除《汉书》外，如刘歆所谓"遒人"（《与扬雄书》），扬雄所谓"輶轩之使"（《答刘歆书》），许慎所谓"辺人"（《说文》第五篇上），皆汉人之说，先秦书中未有明言采诗之官者。《左传》襄公十四年师旷引《夏书》曰："遒人以木铎徇于路。"杜注："遒人，行人之官也，徇于路，求歌谣之言。"据此，则遒人或行人即古采诗之官。惟细绎之，师旷引

《夏书》只言“遒人以木铎徇于路”，未言采诗，而“求歌谣之言”一语，乃杜注所增。《周礼》虽六国时书，然亦多据成制，非尽虚构，其中无遒人之官，而记大小行人之职，亦无采诗一事。《周礼》作者，熟于掌故，杂采以前官制而弥缝之，不厌详密，以寄其理想，苟王朝有采诗之官，作《周礼》者必不致删弃。至于“以木铎徇于路”之制，《周礼》中有之，如乡师“以木铎徇于市朝”，乃所以警戒人民，发布政令。木铎警众，盖为古制，然则师旷引《夏书》所谓“遒人以木铎徇于路”，殆亦警戒人民，宣布政令，与采诗无涉。且周代天子与诸侯之关系，非若秦汉以后朝廷之与郡县，刑政教令，未能直达，况采诗小事，何劳王官遍游各国，巡行乡闾。故班固说古代采诗制之隆重，不免稍有理想化之嫌，何休所言，或近真也。

兹据何休之说，更进而说明之。周代侯国为具体而微之王朝，王朝制度，侯国往往有之，惟较简而已。王朝有卿士大夫献诗之制，侯国亦应有之，故《国风》中一部分讽政谏君之诗，如郑之《清人》，秦之《黄鸟》，殆皆本国大夫所作，献之朝廷，存于大师，此固不劳采访。至于《国风》中之一部分，为里巷讴谣，写民间哀乐，不问其出于庶民之手，抑经士大夫润饰或代作，要之皆无与朝政，而惟歌民俗。此种诗未必作者自献于朝，盖由采集而来。侯国大师保存其本国之诗而献于周王朝。朱子《诗集传·国风》注谓：“诸侯采之以贡于天子，天子受之而列于乐官。”亦主诸侯献诗王朝之说。《国语·鲁语》闵马父谓：“正考父校商之名颂十二篇于周大师，以《那》为首。”王国维谓：“校字当读为效，效者，献也。”（《说商颂》）由正考父献诗之事，亦可为何休说增一旁证。

由侯国献诗王朝之说，可以解释诸种疑问。（一）楚亦春秋时大国，《诗》三百篇何以无《楚风》？曰：非以楚国无诗，盖楚自称王，卑视周室，未尝献诗于王朝，故周大师无以纂录。（二）宋、鲁两国何以无风，而只有《商颂》《鲁颂》？曰：若果由天子命行人之官至各国采风，对宋、鲁两国不当遗漏，正因各国自献其诗，固有参差。盖宋为王者之后，鲁乃周公子伯禽所封，此两国皆可用天子礼乐。颂为天子之乐，诸侯中惟宋、鲁能用之，故宋、鲁两国只献其颂诗以自表异，而不献风诗，周大师就其所献者而编录之，此宋、鲁之所以无风也。（三）《诗》三百篇何以止于陈灵，岂陈灵以后即无诗乎？曰：观《左传》所记襄公四年鲁人之歌臧纥，襄公三十年郑人之歌子产，昭公十二年南蒯乡人之歌，知陈灵以后，未尝无诗，而三百篇所以止于陈灵者，盖桓文既殁，诸侯益恣，不但楚不献诗，中夏诸侯，亦废此制，大师编录，止于陈灵，三百之篇，遂成定数矣。

总之，《周颂》、大小《雅》多王朝歌颂功德及祭祀燕飨之乐歌，与士大夫所献之诗，而其撰作时代多在西周，自应早为王朝大师之所纂录而颁布于诸国。此外各国之诗，率由本国收集而献于王朝，录于大师。楚不献诗，故无《楚风》，鲁、宋两国仅献其颂诗，而不献风诗，故有《鲁颂》《商颂》而无《鲁风》《宋风》。侯国自集其诗，本国大师盖加以选择，及献于王朝，王朝大师或又加删汰，非必有诗即录也，故三百篇中，各国《风》诗多者不过三十余篇，如《邶风》《鄘风》《卫风》，少者则十余篇或数篇而已。（以上意见详见余所撰《诗三百篇纂辑考》，载《浙江大学文学院集刊》第三集。）

《诗》之四体

自汉以来说《诗经》者皆谓《诗经》分风、雅、颂三体，宋程大昌作《诗论》谓“南”亦一体，应独立，举《鼓钟》“以雅以南”南雅并称为证，其说甚是，今从之，分《诗经》为南、风、雅、颂四体。四体命名之义，皆与音乐相关，《朱子语类》曰：“风、雅、颂乃是乐章之腔调。”盖古代诗与乐关系极切，《诗》三百篇有专为乐歌而作者，如《颂》及《南》《雅》之一部分，有本为言志抒情之什而谱为乐歌者，如《国风》及《南》《雅》之一部分。颂即“容”字，《说文》：“颂，皃也。从页，公声。”《汉书·儒林传》：“鲁徐生善为颂。”即善为容也。南、雅但歌而不舞，颂则多歌而兼舞，有舞容，故谓之颂。（阮元《研经室集·释颂》）雅与乌古同声。李斯《谏逐客书》、杨恽

《报孙会宗书》皆谓“乌乌”为秦声。秦，周之故地，故西周之诗谓之雅。（章炳麟《大疋小疋说》）雅本西周王畿地方音乐之名，如《乐记》所谓郑音、齐音、宋音、卫音。周人发迹邠岐，建都丰镐，故用其本地音乐为朝会燕飨之乐，盖又经大师之修正改善，于是其地位特尊，号为正乐。朝会燕飨之歌，皆以此种乐调谱之，故名曰“雅”。王朝大夫讽时伤事颂德言情之作，献之朝廷，大师亦谱入此种乐调，故亦名曰“雅”。西周王畿，亦有民歌，如东周王畿之有《王风》。惟东周王畿之民歌以其本土乐调歌之，故独立为《王风》，与《齐风》《郑风》同。西周王畿之乐调既已成为“雅”，故西周民歌不必再称某风，即可附于雅中，《黄鸟》《我行其野》《采绿》《苕之华》《何草不黄》诸短篇，其体极似《国风》，而所以列于《小雅》者，殆以此故。由此可知南、风、雅、颂诸诗之区别，不重在歌辞本身之体制与内容，而重在歌时所用之乐调。《七月》一篇，兼称豳风、豳雅、豳颂，则以此诗可随事而变其音节，或以为风，或以为雅，或以为颂也（本朱子说）。《鲁颂》四篇，其体极似《国风》与《小雅》，不似《周颂》，亦因以颂之声调歌之，故名曰“颂”也。至于大小《雅》之别，亦由于歌时声调之不同，《礼记·乐记》：“广大而静，疏达而信者，宜歌《大雅》。恭俭而好礼者，宜歌《小雅》。”可见《大雅》与《小雅》歌时声音之异。以上所释“颂”与“雅”之命名之本义，皆与声乐有关，至于《毛序》谓颂为“美盛德之形容，以其成功告于神明”，谓“雅者，正也，言王政之所由废兴”，皆后起附会之义也。“南”本地方区域之名。《诗经·周南·樛木》：“南有樛木。”《毛传》：“南，南土也。”《论语》“南人有言”，孔注：“南人，南国之人。”所谓“南土”或“南国”，其地当汉南郡南阳之间，《水经·江水注》引韩婴叙曰：二南“其地在南郡南阳之间”。即今河南西南部及湖北西境。南国之音乐谓之“南音”，《吕氏春秋·音初》篇谓涂山女“歌曰：‘候人兮猗。’……周公及召公取风焉，以为《周南》《召南》”。南本地名，转为音乐之名，因之此地之诗用南音歌之者，亦谓之“南”。南音盖有其特美，故乡饮酒礼及燕礼奏乐时皆用之。古人行礼，采用乐歌，注意其声音是否纯正，故《乐记》谓郑、宋、卫、齐诸音“皆淫于色而害于德，是以祭祀弗用也”。南音独“用之乡人，用之邦国”，可见其声乐之美，故孔子亦赞之曰“《关雎》之乱，洋洋乎盈耳哉”。“风”之名较后起，先秦人多言南、雅、颂，不言风。“国风”一名见之于先秦古书者，仅有《左传》之“君子曰”及《荀子》之《儒效》《大略》两篇，《左传》中之“君子曰”，有刘歆窜入之嫌疑，而《荀子》乃战国晚世之书，可见“国风”之名之起，最早当在战国之末也。《左传》成公九年记楚钟仪至晋操南音，范文子谓其“乐操土风”，则风字之义似即声调，国风即土调之意。

《诗经》南、风、雅、颂四体，颂诗最早出，《周颂》

皆西周中叶之前之作；大小《雅》次之，除一两篇外，皆西周作品，而以厉、宣、幽三王之世者多；二《南》则西周末东周初之作，风诗则大部分为东周之作。兹依次论列之。

颂

《周颂》三十一篇，多祭祀及颂功之乐歌。据《国语·周语》，《时迈》与《思文》两篇为周公作，其余大抵亦出于王朝卿士大夫之手，其时代当在西周中叶以前，为《诗经》中最早之作，亦即现存中国诗歌中最早之作也。

《周颂》中有祭祖之乐歌，如《思文》《天作》《清庙》《维天之命》《维清》《我将》《执竞》《昊天有成命》等；又有与祭祀有关之歌，如《有瞽》述祭时之音乐，《潜》述祭时之鱼；又有纪功之歌，如《武》《赉》《桓》皆大武乐章，乃歌颂武王克商之功者；又有关于农业之诗，如《臣工》《噫嘻》《载芟》《良耜》；又有成王丧毕朝庙之诗，如《闵予小子》及《访落》；又有君臣警戒之诗，如《烈文》《敬之》及《小毖》。

由《周颂》内容，可见周人之宗教观念。周人宗教观念盖本于殷商而又加以损益，可谓之一种一神教，或有等级之多神教。据殷虚卜辞，知殷人已有至上天神之观念，称此天神曰“帝”，或曰“上”，或曰“上子”，或曰“上帝”。（以“天”称上帝始于周，殷人无之。）上帝神权至高无上，人世一切祸福，均由上帝主之。然殷虚卜辞中绝无直接祭上帝之证据，盖殷人视上帝独尊，不受人间祭享，如对上帝有所吁请，则赖其祖先之神灵为媒介，殷人相信其祖先乃受上帝之命而生，死后仍归于上帝之左右，故殷人往往以祭帝之礼祭其远祖，盖相信其德可以配天也。（参看胡厚宣《甲骨学商史论丛初集·殷代天神之崇拜》）殷人除敬上帝之外，星、月、风、云、虹霓皆视为神祇而祭祀之，周人则惟重上帝之信仰，对殷人所祭星月诸神，不复理会，而其祭上帝也，仍以祖宗神灵为媒介，故《周颂》中有祭后稷、太王、文、武、成、康之诗，而无直祭上帝之诗，祭祖恒称其配天（《思文》《清庙》），称其受天命（《昊天有成命》），周人视其族乃代表上帝意旨而统治此世，下界之王朝即上帝之代表，故不直祭上帝而祭其先公先王之神灵，将宗教范围于政治与伦理之内，此点后遂酿为中国文化之一特色。周人敬仰一至尊无二高高在上之上帝，而视其先公先王生时为上帝之代表，殁后复归于帝所，故其敬神祀祖之态度，至为庄严肃穆，其祭歌之风格亦然。周人宗教观念及对神态度，既与楚人之巫鬼祭祀、男女相悦、活泼而富想象者不同，更与古希腊人之视诸神，除永生及有超人权力之外，其爱憎怨妒，无殊世人，且每喜参与人间事者，其意态亦迥别，故周人文学，不能产生楚人之《九歌》，更不能产生古希腊之剧曲也。（希腊剧曲之起源，由于敬祀酒神 Dionysus。）在《周颂》中，又可见周人道德观念之重，故祀祖之歌，每称其德，群臣儆戒，亦本于道德。(《烈文》《敬之》) 周人重农，故《周颂》中亦不乏关于农业之诗，而其描写田作之情形，如：

> 有嗿其馌，思媚其妇，有依其士。有略其耜，俶载南亩。(《载芟》)
>
> 或来瞻女，载筐及筥。其饟伊黍，其笠伊纠。其镈斯赵，以薅荼蓼。(《良耜》)

皆甚生动，盖周人对农耕经验丰富，故言之亲切也。

《周颂》为《诗》三百篇中最早之作，故有数种特点。(一)《周颂》句调多参差不齐，不似大小《雅》之多四言句，盖周代诗歌发展之趋势乃由不整齐之句调渐变为整齐之四言句调，在西周铜器之韵文中亦可征之，如《大丰簋铭》《矢令簋铭》皆周初作品（前 11 世纪），篇中四言占少数，《宗周钟铭》作于前 10 世纪，四言与杂言各半，《大克鼎铭》《微蛮鼎铭》作于前 9 世纪，四言句占多数。（二）《周颂》之韵与《风》《雅》不同。前人对于《周颂》，大都认为无韵，朱子、顾炎武均持此说，王国维《说周颂》仍持《颂》多无韵之说，并解释其故。高本汉于 1935 年作《论周颂之韵》一文，讨论《清庙》《维天之命》等十篇之韵，得三特点如下：（1）ang、eng、ong、ung 相叶；（2）k、g 相叶；（3）ng、g 相叶。例如《清庙》，其中庙（miog)、相（siang）、士（dziəg）、德（tək）、斯（siəg）相叶，此在《南》《风》《雅》中极少见。（三）《周颂》之篇章亦较零乱，据《左传》宣公十二年，武有六章，今可知者只《武》《赉》《桓》三章，其余三章不可考，王国维《周大武乐章考》以《昊天有成命》《酌》与《般》三章当之，亦未足为定论。（四）《周颂》篇幅短，多不分章。（五）《周颂》多直述语、抽象语，少比兴，少情韵，少具体之描写，其长处为庄严肃穆，其短处为板滞枯燥，盖体例使然，故《周颂》对于后世中国诗之影响不及《南》《风》《雅》之大，而其典重矞皇则影响汉代之赋及后世之四言韵文。如颂、赞、碑、铭之类。

《鲁颂》《商颂》之体制与《周颂》不同，而与《风》《雅》相近，盖其撰作时代远后于《周颂》，而颇受《风》《雅》之影响也。《鲁颂》中撰作时代可考者，《毛诗说》谓《駉》为史克所作，《韩诗说》谓《閟宫》为鲁公子奚斯所作（《文选·两都赋序》注引《韩诗章句》），段玉裁等证明其说之确。奚斯与史克均春秋时人。《商颂》撰作时代不可确考，王国维谓其约在宗周中叶。《鲁颂》四篇，《駉》与《有駜》似《国风》，《泮水》与《閟宫》似《小雅》。《商颂》五篇，《长发》与《殷武》亦似《小雅》。（《史记·宋微子世家》谓："襄公之时，修仁行义，欲为盟主。其大夫正考父美之，故追道契、汤、高宗，殷所以兴，作《商颂》。"）

雅

二《雅》之诗，最早者盖作于周初，与《周颂》同时，《国语》谓《常棣》为周公作，《吕氏春秋·古乐》篇谓《大雅·文王》为周公所作。最晚者在西周末东周初，《小雅·正月》："赫赫宗周，褒姒威之。"盖西周灭后之作。《大雅》三十一篇，《小雅》七十四篇，尚有《笙诗》六篇，其辞亡，或谓《笙诗》本无辞。

雅中有纪事之诗，如《大雅·生民》叙周始祖后稷之事，《公刘》叙公刘之事，《绵》纪太王迁岐后建制以及文王服昆夷受命之事，《文王》纪文王之德，故能受命代商，《大明》纪王季、文王及武王克商之事，《皇矣》纪太王、太伯、王季之德以及文王伐密伐崇之事，此外如《思齐》《灵台》《下武》《文王有声》亦均记文、武之事。此诸诗盖周初人述先德、记往迹，以贻后人，等于一种以韵语作成之历史。此外，尚有叙事之作，如《大雅》之《江汉》《常武》，叙宣王平淮夷事；《小雅》之《六月》及《采芑》，叙宣王北伐猃狁、南征荆蛮事，诸诗盖作于宣王时。此种有历史性质之叙事诗，与古希腊之史诗不同，或以相似，殊为不伦。盖希腊之史诗，乃民间诗人所作，多言英雄儿女可泣可歌之事，弹唱于贵族宴会中以娱嘉宾，搜奇志异，绚烂多趣；大小《雅》之叙事诗，则出于王朝士大夫之手，追述先业，以诏后人，纪德称功，庄严有则。故希腊史诗为欧洲小说之源，而二《雅》叙事诗则影响中国后世庙堂之作。中西文学，其发源处多不同者，不可不致意也。（《文王》《大明》《绵》三章乃周人述祖德之诗，故后遂定为天子诸侯朝会之乐。）

雅中又有燕飨之乐歌，如《小雅》之《鹿鸣》燕群臣嘉宾，《常棣》燕兄弟（《国语》以《常棣》为周公作），《伐木》燕朋友故旧，《南有嘉鱼》《南山有台》燕飨通用，《湛露》天子燕诸侯。又有颂祝诗，如《大雅》之《棫朴》《旱麓》《既醉》《假乐》，《小雅》之《天保》《瞻彼洛矣》《桑扈》《鸳鸯》等。又有祭祀诗，如《小雅》之《楚茨》《信南山》，皆公卿有田禄者祭祖之诗，《甫田》乃公卿祭方社田祖之诗。燕飨之诗，多施于君臣朋友兄弟之间，欢欣和悦，以通人己之情，可见周人重人伦之心；祭祀之诗，皆以农事起辞，次言祭祖，而以福禄终之，可见周人重农敬祖之意。

以上所述大小《雅》中叙往烈述祖德之什，及燕飨颂祝祭祀之乐歌，或肃敬齐庄，或欢欣和悦，皆述大群之情感，非言一己之哀乐，其撰作时代多在西周中叶以前。及厉、宣、幽、平之世，政衰民困，于是贤士大夫多感时讽政之诗，或哀怨，或凄厉，或愤激，或沉痛，遂为《雅》中最精彩之作，古人所谓“《小雅》怨诽而不乱”者，即此种诗也。在《大雅》中，有《民劳》《板》《荡》《抑》《桑柔》《瞻卬》《召旻》等篇，在《小雅》中有《节南山》《正月》《十月之交》《雨无正》《小旻》《巧言》《巷伯》《大东》

《四月》《北山》《小明》等篇。《大雅》刺时之诗虽甚沉痛，如《瞻卬》《召旻》：

> 昔先王受命，有如召公。日辟国百里，今也日蹙国百里。於乎哀哉！维今之人，不尚有旧。（《召旻》七章）

而《小雅》尤多哀怨凄厉之作，如：

> 四月维夏，六月徂暑。先祖匪人，胡宁忍予？
> 秋日凄凄，百卉具腓。乱离瘼矣，爰其适归？
> 冬日烈烈，飘风发发。民莫不穀，我独何害。（《四月》前三章）

《小雅》技术胜于《大雅》者有数点：（一）委婉含蓄，如《四月》；（二）描写尽致，如《北山》；（三）多用比兴，如《大东》。贤士大夫仕于乱世，目击朝政之昏浊，君王之不明，权贵之骄奢，下民之哀苦，谗言交作，贤士忧劳，惟借诗歌以发其愤懑，“家父作诵，以究王讻。式讹尔心，以畜万邦。”（《节南山》）“作此好歌，以极反侧。”（《何人斯》）“寺人孟子，作为此诗。凡百君子，敬而听之。”（《巷伯》）“君子作歌，维以告哀。”（《四月》）此皆大小《雅》诗人作诗之动机。中国古人以讽谏为诗中重要之作用，《左传》《国语》中屡言之。《左传》襄公十四年，师旷谓：“自王以下，各有父兄子弟以补察其政。史为书，瞽为诗，工诵箴谏。”《国语》邵公谏厉王亦谓：“故天子听政，使公卿至于列士献诗，瞽献曲，史献书，师箴，瞍赋，矇诵。”《左传》昭公十二年记楚左史倚相之言：“昔穆王欲肆其心，周行天下……祭公谋父作《祈招》之诗以止王心，王是以获没于祗宫……其诗曰：‘祈招之愔愔，式昭德音。思我王度，式如玉，式如金。形民之力，而无醉饱之心。’”此即献诗讽谏之例。凡人对于时政之不满，及己心之不平，借诗表达，在位者读之，可明舆情而知所警惕，以改善政治。盖诗情贵温厚，而辞贵委婉，胜于直陈，故能“言之者无罪，而闻之者足以戒”，此实一种“抒下情而通讽喻”之微妙作用。因此，中国后世之诗，亦多与政治有关，唐白居易论诗，仍以讽谏为诗中最重要之作用也。

雅中尚有赠行之诗，如《大雅》之《崧高》《烝民》《韩奕》；有抒情诗，如《小雅》之《祈父》《白驹》《黄鸟》《小弁》《蓼莪》《采绿》《白华》等。

雅诗，尤其《小雅》，技术较《周颂》进步，写物写情，均有精彩。写物之工者，如《无羊》之写牛羊：

> 或降于阿，或饮于池，或寝或讹。尔牧来思，何蓑何笠，或负其餱。三十维物，尔牲则具。

写情之工者，如《小弁》之幽怨：

踧踧周道，鞫为茂草。我心忧伤，惄焉如捣。假寐永叹，维忧用老。心之忧矣，疢如疾首。

《蓼莪》之恳至：

蓼蓼者莪，匪莪伊蒿。哀哀父母，生我劬劳。

瓶之罄矣，维罍之耻。鲜民之生，不如死之久矣。无父何怙，无母何恃。出则衔恤，入则靡至。

《頍弁》之沉痛：

如彼雨雪，先集维霰。死丧无日，无几相见。乐酒今夕，君子维宴。

且有情景交融，以意境韵味胜者，如：

昔我往矣，杨柳依依。今我来思，雨雪霏霏。行道迟迟，载渴载饥。我心伤悲，莫知我哀。（《采薇》六章）

大小《雅》除《黄鸟》《我行其野》《采绿》等民歌之外，盖皆士大夫之作。作者主名可考者，见于本诗最可信者有四：《节南山》，家父作；《巷伯》，寺人孟子作；《崧高》《烝民》皆尹吉甫作。家父及寺人孟子事无考，尹吉甫为周宣王时名臣，所谓“文武吉甫，万邦为宪”。王国维据“兮甲盘”考定，兮甲，字伯吉父，即大小《雅》中之尹吉甫，《大雅》两云“吉甫作诵”，而不举其氏，毛公始加尹字，盖尹其官，兮其氏也。（《观堂集林补遗·兮甲盘跋》）大小《雅》诗作者主名尚有见于他书者，如《文王》为周公作，见《吕氏春秋·古乐》篇；《常棣》为周公作，见《国语》；《抑》，卫武公作，见《国语·楚语》；《桑柔》，芮良夫作，见《左传》文公元年。

大小《雅》共一百零五篇，占《诗经》三分之一，为西周诗之主干，其进展情形，可以四点括之：（一）内容涉及之方面日益复杂；（二）叠章之格式日益普遍；（三）抒情诗之数量日益增加；（四）摛辞用字日益讲求。以厉王为断，可分为前后两期。前期之诗多骨，后期之诗多韵，多骨故遒劲，多韵故绵邈。前期之诗，意境和蔼而气局宏壮，后期之诗，意境幽郁而气局迫隘。周初之诗，多属于时代之渲染，中叶以后之诗并富于个性之流露。周初之诗，陈义重实际，中叶以后之诗，立言重观感。重实际故怀慕事功，重观感故侈陈哀乐。（此节意采蒋天枢《周诗笺说》）尤有一事可注意者，雅中有尹吉甫所作之诗两首，而据《国语》及《吕览》，又有周公所作之诗两首，周公与尹吉甫皆西周大政治家，而同时兼为诗人，此亦奠定中国诗中一种传统，如唐之张九龄，宋之欧阳修、王安石，皆以政治家兼为诗人也。尹吉甫作诗明见诗中本文，尤为确无可疑之事。吉甫之诗，骨格遒，着笔高，工于锻炼，于用韵显其拗折，于下字见其深肆，扬子《法言》称“正考父尝睎尹吉甫”，其影响之大可知矣。

南

《周南》十一篇，《召南》十四篇。《毛序》谓二《南》诸诗多歌咏文王之化，后妃之德，作于周初，此盖附会之说。按周代经营南国，封建诸姬于江汉之间，虽为时甚早，而“昭王南征不复”，可见其时南国犹未尽就范。至宣王时，召穆公虎始定南国。（参看《史语研究所集刊》第二本丁山《召穆公传》）南国区域之中，有直属王室者，曰“周南”；有分封诸侯统于召伯（即召虎）者，曰“召南”。旧说周公旦、召公奭分陕之说非是。周室东迁之后，楚渐强大，北逼南国，故平王遣兵南戍申甫，其后不久，楚尽灭江淮诸姬及南国，故南国自为周室所定至为楚所灭，大约在东西周之际百五十年之间。二《南》诸诗，殆在是时。《甘棠》有“召伯所茇”一语，盖作于召虎之后，旧说谓《甘棠》中之召伯乃召公奭，非是；《汝坟》言“王室如燬”，盖在西周既灭，王室未宁之际；《何彼襛矣》有“平王之孙”之语，更下及春秋初世矣。

南土盖多古国孑遗，或诸夏之旧，其文化程度本高，自周定南国，周人之文化与南土之文化相结合，故二《南》诗所表现者遂有其特异之点。二《南》诸诗，不似尽发抒庶民哀乐，而多上及士大夫之环境与理想，且与当时礼制有关，如《关雎》为结婚之乐，《樛木》《螽斯》为祝福之词，《桃夭》《鹊巢》为送嫁之词，不类其他国风之咏歌情意，无关礼乐。《小雅》之礼乐在燕飨祭祀，乃天子所用，二《南》之礼乐在婚嫁颂祝，乃诸侯士大夫所用，大小虽殊，礼乐则一，《南》《雅》并称，殆以此欤。（此节意采傅斯年《周颂说》，见《史语所集刊》第一本。）二《南》中情诗，除少数之一两篇外（如《野有死麕》），其言情皆有节制，与郑、卫、陈诸《风》之流宕忘返者不同。中国人贵中道，以二《南》诸诗最得男女之情之正，故孔子称《关雎》“乐而不淫，哀而不伤”。二《南》之诗优美恬淡，有日丽风和之景象，此其所以卓也。

风

《邶》《鄘》《卫》《王》《郑》《齐》《魏》《唐》《秦》《陈》《桧》《曹》《豳》为十三国《风》。《邶》《鄘》《卫》皆卫诗，实则十一国《风》。《国风》诸诗时代，亦多难确定，除少数为西周之诗外，大抵多东周之诗，最晚至陈灵公，当春秋中叶，以下依次论列之。

《邶风》《鄘风》《卫风》，三十九篇。卫在今河北省南部、河南省北部一带。邶、鄘两国，旧说谓其与卫皆商畿之地，朝歌而北谓之邶，南谓之鄘，东谓之卫。王国维谓邶、鄘皆商时故国，邶在今河北易县境，鄘即奄，在今山东曲阜。(《跋北伯鼎》)邶、鄘、卫虽三国名，而邶、鄘两国，有目无诗，所谓邶、鄘、卫《风》，实皆卫诗，而析为三者，乃汉儒之误。(《日知录》卷三)卫本殷商王畿之地，武王诛武庚后，封母弟康叔于此，十五世至懿公，为狄所灭，齐桓公重建卫于河南之楚丘。卫诗三十九篇，十之八九为渡江以前之诗，十之一二为渡河以后之诗。卫以王室懿亲，立国于殷之故都，其人久进于文明，故春秋时人称“卫多君子”，而末俗则渐失于淫靡，多男女相悦之诗，如《静女》《桑中》。卫诗多佳作，如《谷风》及《氓》写弃妇之哀，《柏舟》《绿衣》写失志之怨，《燕燕》写送别之情，《硕人》写女子之美，《简兮》写傲世之怀，《泉水》写思归之意，均有精彩，而《谷风》《氓》两篇，凄凉怨慕，尤为千古杰作。

《王风》十篇，王为东周王畿之地，在今河南洛阳一带。西周旧族随平王东徙，备受流离之苦，又因东周之衰而追念西周，故《王风》中多忧生念乱之作，如《黍离》《兔爰》极为沉痛。

《郑风》二十一篇。郑为宣王弟友之封国，本在西周王畿之内，今陕西华阴。宣王弟友为郑桓公，幽王时，桓公为司徒，见王室多故，因寄孥于虢、桧之间，东徙其民于雒东。及犬戎灭周，桓公死难，其子武公遂灭虢、桧，是为东迁后之郑，其地在今河南新郑一带。郑地居天下之中，交通便，文化高，商业盛，风俗亦淫靡，故其诗多男女相悦之辞，如《褰裳》《野有蔓草》《溱洧》等。

> 野有蔓草，零露漙兮。有美一人，清扬婉兮。邂逅相遇，适我愿兮。

幽约婉美，《郑风》特色。此外如《风雨》《子衿》，朱子以为皆淫奔之诗，而汉人谓《风雨》为思君子，《子衿》为刺学校废，其说亦未必尽诬。盖郑人“美秀而文”，特善言情，虽思贤讽政之诗，常同绮靡流连之咏，风声习气之所渐靡，有不知其然而然者矣。

《齐风》十一篇。齐在今山东东部，大公尚父所封之国，其地有山海之饶，渔盐之利，东周王室微弱，夷狄交侵，桓公首创霸业，故有“泱泱大国之风”。其俗舒缓，故诗亦有舒缓之体。《汉书·地理志》曰：“《齐诗》曰：‘子之营兮，遭我虖嶩之间兮。’又曰：‘竢我于著乎而。’此亦其舒缓之体也。”齐俗又好田猎，故有田猎之诗，如《还》《卢令》。

《魏风》七篇。魏在今山西西南河曲一带，亦姬姓封国，春秋时为晋献公所灭。《魏风》多讽刺时政之诗，如《园有桃》《伐檀》。

《唐风》十二篇。唐在今山西太原，本为古国，周成王灭之，封其弟叔虞为唐侯。叔虞之子燮父，以唐国有晋水，改国号曰晋。后徙曲沃，又徙居绛。土瘠民贫，故其人勤俭质朴，重实际而轻理想，其诗多“思奢俭之中，念死生之虑”。

> 蟋蟀在堂，岁聿其莫。今我不乐，日月其除。无已大康，职思其居。好乐无荒，良士瞿瞿。（《蟋蟀》第一章）

《唐风》虽言情之作，亦有忧深思远之意，如《葛生》。

《秦风》十篇。旧说秦为颛顼之裔，盖亦东方民族，后远徙西垂，与西戎杂居，在今甘肃一带。宣王时，始命秦仲为大夫。平王东迁，秦仲孙襄公以兵送之，王封襄公为诸侯。襄公子文公十六年，逐犬戎，收周余民有之，地至岐，岐以东献之周。至是秦乃承袭周人之文化，《史记·秦本纪》：“（文公）十三年，初有史以纪事，民多化者。”秦人迫近戎狄，修习战略，其俗强悍，尚武勇，喜战斗，故《秦风》言田猎之事（《驷驖》），陈兵甲之盛（《小戎》），雄豪苍劲，为其特点，与中原诸国《风》之柔厚者不同。《蒹葭》一篇，清超幽邈，在《秦风》为特例，在《诗经》为杰作：

> 蒹葭苍苍，白露为霜。所谓伊人，在水一方。溯洄从之，道阻且长。溯游从之，宛在水中央。

秦据周之故地，《秦风》声调，盖与《雅》相近。《左传》记季札观乐，闻歌《秦风》，曰：“此之谓夏声。……其周之旧乎?”夏、雅古字通，《秦风》与《雅》声调相近，故季札谓其为“周之旧”也。《秦风》中《驷驖》《小戎》皆不叠章，《车鄰》仅后二章叠，而体皆叙述，风格亦极近《小雅》，意者《秦风》诗人尚有宗周之遗民欤。

《陈风》十篇。陈在今河南淮阳一带。《汉书·地理志》谓：“周武王封舜后妫满于陈……妻以元女大姬。妇人尊贵，好祭祀，用史巫，故其俗巫鬼。”然陈在淮水流域，接近楚国，其地人民盖本好巫风，未必尽由大姬之影响。《陈风》多述巫觋歌舞，亦有男女慕悦之作，如《宛丘》《东门之枌》《泽陂》。

《桧风》四篇，《曹风》四篇。桧在今河南郑州境，其君妘姓，东周初为郑所灭。曹在今山东曹县境，本古三朡国，武王封弟叔振铎于此。桧、曹均微弱小国，故其诗多伤乱思治、抑郁幽忧之辞，如《桧》之《隰有苌楚》《匪风》，《曹》之《下泉》《蜉蝣》。

《豳风》七篇。豳在今陕西邠县一带，公刘所居，为周人发祥之地。《豳风》时代，最有疑问。《毛序》谓《七月》《鸱鸮》乃周公作，其余《东山》等五篇亦美周公之诗；魏源《诗古微》谓《七月》《鸱鸮》皆豳国旧风，而周公陈诸王，其余五篇皆豳人从公东征所作，而大师采以入什。按《豳风》体制风格，不似周初作品，更遑论周人居豳土、僿野未开之时，安得有如此优美之诗歌。窃疑《豳风》诸诗虽陈述周人居豳时之生活，并美周公之德业，而其撰作时代则不能甚早，故近人有谓《七月》为东周时作品者。《七月》与《东山》为《豳风》佳什。《七月》写一年中农家生活、田园情况，其美在琐叙，在质直，在写景物之生动；《东山》写征夫思妇之情，其美在想象，在蕴藉，在写情之深婉。

《国风》诸诗作者主名之可考者，只有《鄘风·载驰》乃许穆夫人作，见于《左传》闵公二年，碻凿可信。《书·金縢》《诗序》谓《鸱鸮》为周公作，是否确实不可知。此外均不可考。《国风》作者主名虽不可知，然大部分仍为士大夫之辞，或民间歌谣而经士大夫润色修饰者。其与朝政与时事有关者，如卫之《定之方中》，郑之《清人》，秦之《黄鸟》，固一望可知为士大夫之作。即咏民间风俗，男女哀怨，如《谷风》《氓》诸篇之沉绵凄婉，盖亦士大夫代为发抒，未必匹夫匹妇所自道。古代惟贵族始能受教育，亦必贵族始工文辞也。如谓《国风》皆庶民之辞，未为确论也。

列国《风》诗，在东周者十之八九，在西周末年不过十之一二。东迁以后，列国诗何以突然兴起，盖以王室凌夷，王官散于诸国，诸国文化水准因以增高，王朝既失统摄之力，列国可以自由发展，国际关系日密，文物传播迅速，互相观摩，互相影响，诗歌遂盛也。

周诗之体裁与韵律

周诗为四言体，虽亦有杂言者，要以四言为主。西周初之《周颂》，句调不整，大小《雅》则几乎尽为四言，故大小《雅》实为周诗之主干。东周以后，二《南》《国风》诸诗，句读不葺者多至二十余篇，然其情形又复不同，《周南》之《螽斯》《麟之趾》，《召南》之《江有汜》《野有死麕》，《王风》之《扬之水》，《秦风》之《权舆》，皆无甚特征，其较异者，则唐、齐《风》中之杂言，唐跌宕而齐矫健。此外，卫、郑、陈《风》杂言亦多。凡此，皆有各地音乐与歌谣为之因缘也。

周诗之用韵，亦有可以略述者。古无四声之分，只有入声与非入声之别，周诗用韵，入声与非入声分别甚严，而后世所谓平上去三声者，在周诗中均通押。周诗用韵之法，大约有三。一、首句次句连用韵，隔第三句而于第四句用韵者，《关雎》之首章是也。凡汉以下诗及唐人律诗之首句用韵者源于此。二、一起即隔句用韵者，《卷耳》之首章是也。凡汉以下诗及唐人律诗之首句不用韵者源于此。三、自首至末，句句用韵者，若《考槃》《清人》《还》诸篇是也。凡汉以下诗句句用韵者，如魏文帝《燕歌行》之类源于此。自是而变，则转韵矣，错综变化，不可以一体拘。（《日知录》卷二十一《古诗用韵之法》）周诗除句末之字叶韵之外，句中亦随处用韵，盖纯出于声音之自然相和谐，王念孙举例甚详。（《经义述闻》卷七）周代并非若后世之有韵书，而三百篇中各国风诗用韵皆依同一之标准，盖周代有一种标准语，即所谓“雅言”，歌诗之用韵，本诸雅言也。（详余所著《周代之雅言》，载《浙江大学文学院集刊》第一集）周诗中多复字及双声叠韵连绵字，亦足增声律与修辞之美。

诗与乐

《诗》三百篇皆可入乐，故诗亦通谓之乐。《荀子·礼论》以《汋》《桓》《象》为乐，《墨子·三辩》篇以《驺虞》为成王之乐。《雅》《颂》有专为祭祀燕飨之乐歌而作者，固无论矣，《国风》诸诗，其始或为徒歌，而被采之后，大师"比其音律"，谱为乐歌，亦如东晋以来之吴声杂曲，"始皆徒歌，既而被之管弦"也。《左传》《国语》所载春秋徒歌，止于数句，鲜有叠章，而《风》诗多叠章者，可见乐歌与徒歌之殊。《左传》襄公二十九年记季札观乐，工为之歌《周南》《召南》，邶、鄘、卫、王、郑、齐、豳、秦、魏、唐、陈、桧诸国之诗，《大雅》《小雅》《颂》等；《墨子·公孟》篇谓"弦诗三百，歌诗三百，舞诗三百"；《史记·孔子世家》谓"三百五篇，孔子皆弦歌之，以求合《韶》《武》《雅》《颂》之音"，此均三百篇皆为乐歌之证。《诗》三百篇虽皆为乐歌，而古人典礼中所用之乐，就古籍所载者考之，自天子大祭、大飨，诸侯两君相见，君燕臣，大夫士乡饮酒，乡射，皆为《南》《雅》《颂》，而无有用《国风》者。（王国维《观堂集林·释乐次》）盖《国风》为各地土调，其音流僻，故不采用于典礼中也。

孔子与《诗经》之关系

孔子删诗之说不可信，上文已言之。孔子对于《诗经》之关系，不在删诗而在正乐。《诗》三百篇皆可歌，至孔子之时，其乐谱盖多紊乱残缺，孔子于音乐，笃嗜精通，晚年返鲁以后，取三百篇之乐谱，阙者补之，舛者正之，《论语》述孔子之言曰：“吾自卫反鲁，然后乐正，《雅》《颂》各得其所。”《史记·孔子世家》亦云：“三百五篇，孔子皆弦歌之，以求合《韶》《武》《雅》《颂》之音。”

孔子于正乐之外，尤喜说《诗》。《论语》记孔子言他书，不过一再，而引《诗》四，论《诗》者十。孔子常劝人学诗，如：“不学诗，无以言。”（《季氏》）“人而不为《周南》《召南》，其犹正墙面而立。”（《阳货》）“小子何莫学夫诗？诗，可以兴，可以观，可以群，可以怨。迩之事父，远之事君。多识于鸟兽草木之名。”（《阳货》）孔子说诗贵触类引申，能发新义，子贡告诸往而知来者，孔子许其可以与言诗，而尤注重诗中之道德意义，如“兴观群怨”“事父事君”，及“《诗》三百，一言以蔽之，曰：‘思无邪’”。

周代之诗教

诗、书、礼、乐为周代教育之具，而诗教所被尤广，入人尤深，春秋列国士大夫朝聘会盟之际，赋诗见志，成为风气。《汉书·艺文志》谓："古者诸侯卿士大夫交接邻国，以微言相感，当揖让之时，必称《诗》以喻其志，盖以别贤不肖而观盛衰焉。"其例之见于《左传》者甚多。此种赋诗，往往断章取义，如襄公二十七年郑伯享赵孟于垂陇，赵孟请郑大夫皆赋诗，子大叔赋《野有蔓草》。《野有蔓草》本男女相悦之作，子大叔只取其中"邂逅相遇，适我愿兮"以表达欢迎赵孟之意。有时亦取喻义，如昭公元年郑伯享赵孟，穆叔赋《鹊巢》，即以鹊巢鸠占，"喻晋国有君，赵孟治之"，但所取义以易晓为主，偶或深曲，即须由赋诗者加以说明。如昭公元年穆叔又赋《采蘩》，恐赵孟不能立解其义，又加说明曰："小国为蘩，大国省穑而用之，其何实非命。"赋诗见志，不独用于外交，且用于私家之典礼。《国语·鲁语下》："公父文伯之母欲室文伯，飨其宗老，而为赋《绿衣》之三章。"赋诗多使乐工歌唱，《左传》有以赋诗为"肄业"之言，又有"工歌""使大师歌"之语。（见《左传》文公四年、襄公四年、襄公十四年）《鲁语》记公父文伯之母赋《绿衣》诗，师亥闻之曰："诗所以合意，歌所以咏诗也。今诗以合室，歌以咏之，度于法矣。”皆可证当时赋诗多使乐工歌唱也。春秋士大夫除燕飨赋诗之外，其平日言语亦常引诗。

上节所述坛坫雍容、赋诗见志之风气，最足徵春秋时代文化之高，及其时士大夫修养之美。此种风气最盛于春秋中叶成、襄、昭三公之世。盖西周时政教合一，学术集于王朝，各侯国除极少数之特例如宋、鲁之外，尚颇简陋。东迁以后，王官散之四方，学术流于侯国，各国文化渐高，士大夫修养亦日进。据《左传》所记，燕飨赋诗之事，始于僖公二十三年晋公子重耳在秦会秦穆公，历文、宣二公之时，渐成风气，至成、襄、昭三公约八十年中，各国君卿大夫燕飨赋诗之风极盛，多达二十余次。当时名篇流布，为时亦速，举一事以明之。《鄘风·载驰》，乃许穆夫人所作，《左传》记于闵公二年，而据魏源考证，此诗应作于闵公二年之次年，即僖公元年。其后四十五年，即鲁文公十三年，郑伯与文公宴于棐，郑子家已赋《载驰》之四章，义取小国有急，欲引大国以为助，鲁季文子赋《采薇》之四章以答之，可见其时《载驰》一诗必已见录于王朝之大师，而颁布诸邦，传诵人口，故会盟宴飨之际，赋诗者举其辞以见志，而闻之者即知其意而答之也。唐宋两代，文物昌明，楮墨利便。旗亭赌诗，标之涣之警句；井水饮处，歌屯田之乐章。后人歆其韵事，播为美谈。春秋之时，舟车之利，书写之便，远逊后世，而一诗脱稿，竟能于三四十年中，传诵诸邦，歌咏坛坫，可以想见其文雅之盛况。

此种雍容赋诗之风，在春秋时亦未能久延，至定、哀两公时，风气骤变。定、哀两公四十二年之中，各国君卿赋诗者，仅定公四年秦哀公赋《无衣》一事，即言语引诗者亦不过五六事，盖时尚征战，文教渐衰，顾炎武论周末风俗谓“春秋时犹宴会赋诗，而七国则不闻矣”。（《日知录》卷十三）慨然于世运之变，实则不待七国，定、哀之时，引诗赋诗之风，已渐消歇。孔子生于襄公二十一年，四十岁以前，当昭公之时，犹及见诗教盛世，至其晚岁，世运潜移，观《论语》中屡记孔子劝人学诗之言，或其时人已非复若曩昔之重诗，故谆谆言之欤。

春秋为诗教盛世，其时士大夫，不但于言语之际，赋诗引诗，其言语亦受诗之影响，委折入情，微婉善讽，辞令之美，冠绝百代，其例之见于《左传》者甚多。孔子谓“不学诗，无以言”，盖惟学诗之士始工于言辞也。孔子极重诗教，故亦善辞令，观《论语》《孟子》所记孔子之言，皆温润委婉也。

战国承春秋之后，为纵横之世，游士腾说，诸子著书，莫不铺张扬厉，竞尚文辞，其比兴之旨，讽喻之义，多出于春秋之诗教。章学诚谓后世文体，备于战国，战国之文，出于诗教（《文史通义·诗教上》），极有见地。故《诗》三百篇不但为中国诗歌之祖，而凡言情达志，敷陈讽喻，抑扬涵咏之文，皆本于诗教，《诗经》在中国文学史上地位之重要可想见矣。

以上所言诗教，只言《诗经》对于文学与辞令之关系，至于《诗经》在教育上其他方面之功能，如政治训练、道德修养、博物多识等，固亦可包括于诗教之中，然非此处所拟详论者也。

《诗经》以外之周诗

周代诗歌，除《诗经》三百篇外，见于《国语》《左传》者，如晋舆人之诵（《晋语》三），鲁人之诵臧纥（《左传》襄公四年），郑人之诵子产（《左传》襄公三十年），皆四言体，惟南蒯乡人之歌为杂言（《左传》昭公十二年）。此外石鼓文，其时代旧说歧异，其文字确系秦字体，而又自称公，其时代当在襄公至献公间（马衡说），其风格与《风》《雅》相近。至于《论语》之"接舆歌"、《孟子》之"沧浪歌"，为楚人所作，其句调较长，声情摇曳，与中原歌诗不同，于第二章论之。战国诗歌传世者极少，如范雎说秦王所引之诗：

> 木实繁者披其枝，披其枝者伤其心。大其都者危其国，尊其臣者卑其主。

及燕人送荆卿之歌：

风萧萧兮易水寒，壮士一去兮不复还。

皆七字句，中有“兮”字，或受楚声北渐之影响，而体格稍变。其后秦汉间项羽《虞兮歌》、汉高帝《大风歌》，亦皆此种体裁也。

总论《诗经》

《诗》三百篇在周代为教育之工具，对后世为文学之本原，于中国文化关系至巨，兹就文学观点论其特色如次：

就内容论，三百篇多取材于实际之人生，尤与政治人伦道德有关，乏宗教之玄思及自然美之欣赏，故少空灵幽渺之境，而诗与政治关系之密切，尤为中国诗之特色。西周诗人姓名可考者，如周公与尹吉甫，皆政治家也。诗中表现之情感，则归本于温柔敦厚，贵合于中道，此盖平原农耕民族之特性，故古人论诗，称其“乐而不淫，哀而不伤”，“怨而不怒”，而归本于“思无邪”。吾国汉魏以后之诗，多涉于政治与人伦，亦多含柔厚适中之情，皆由《诗》三百篇奠其基也。

就体制论，《诗》三百篇多为四言，盖周代王朝士大夫所创立而承用之诗体，故大小《雅》中十之八九皆为整齐之四言体。各国《风》诗虽仍多用四言，然已有杂言，句调变化，且多间以虚字，如“兮”“只”等，此盖受各地歌谣与乐调之影响。四言体过于简单整齐，经东西周数百年之运用，其势将尽，故春秋时各国风诗已渐从事于新尝试。陈灵以后诸诗，如南蒯乡人之歌（《左传》昭公十二年），句调变化，不尽守四言规范。后楚辞兴起，则纯为南方之新诗体，汉魏以后，五言体兴，四言遂日就消沉矣。

就技术论，《周颂》多抽象语，多教训语，最为质朴。大小《雅》体局开拓，然尚多直陈之法，偶用比兴，皆以意象引起情趣，其能情景交融，特成境界，如“昔我往矣，杨柳依依。今我来思，雨雪霏霏”者，殊不多觏。二《南》《国风》，托体较轻灵，言情更委婉，然尚缺乏丰伟之想象，华美之渲染，及超现实之空灵幽渺境界，此则有待于楚人之新声矣。

第二章 楚辞

以四言为主体之周诗三百篇，止于陈灵，陈灵以后，虽仍有诗，然以未曾辑录，故多散亡，无可详考。到战国，有一种新诗体产生，风格韵味，与春秋之前之四言诗不同。此种新体诗产生于楚国，故后人名之曰“楚辞”。（楚人之新诗所以名为“楚辞”者，据郭沫若说，盖以《离骚》《抽思》《哀郢》《涉江》《招魂》等篇末皆有短歌，名曰“亂”，“亂”乃“辭”字之误，“辭”即“辭”字，此种新诗体篇末多附短歌曰“辭”，故后人称之为“楚辭”也。见所著《屈原研究》。）

楚民族之特性

楚辞既为楚民族之创作，故论述楚辞，须先了解楚民族之特性。楚与周为不同之民族，故周称楚为“蛮荆”（《诗·小雅·采芑》及《国语·吴语》），或曰“荆蛮”（《国语·晋语》及《左传》昭公二十六年），而楚亦自称“蛮夷”（《史记·楚世家》）；楚之官制，如令尹、莫敖，楚之语言，如“谓乳穀，谓虎於菟”，亦皆与周殊异。楚为芈姓，乃祝融之后，据《国语·郑语》史伯之言，祝融八姓所建诸国，散布于河、济、淮诸水流域，北至汾水，而南至汉水，在夏商两代，均有称伯者。《新获卜辞写本》第三五八“戊戌卜又伐芈”。董作宾谓“芈”即芈，可见商代有芈姓之国。《周书·作雒解》谓周公征殷王子禄父，及“熊盈族十有七国”。盈即嬴，徐之宗姓，熊即楚之先世，可见殷周之际，楚曾为殷之亡国而奋斗，则楚必为殷商之与国。故楚人颇受殷文化之沾溉，其痕迹尚多可寻者。周人势力既盛，楚人南徙江汉，“筚路蓝缕，以启山林”，开辟南荒之域。楚不尊奉周室，故熊渠自称王，且谓：“我有敝甲，欲以观中国之政。”宣王中兴，曾伐楚，《小雅·采芑》“蠢尔蛮荆，大邦为仇”，即咏此事。周室东迁，楚益强盛，征服南国并灭汉上诸姬，且将北侵中原，故桓、文称霸，均以攘楚为事也。

楚人早承殷商文化，并非极僿野之族，惟自入周代以后，僻居南荒，遂鲜进步。楚公冢钟、楚公夜雨钟，皆熊渠后熊通前差及百年之物，其器之制作及铭文，较诸同时周器如虢季子白盘，精粗高下，极显差异，可见在此时楚尚未甚染受周代文化。及楚灭南国，始熏染高度之文化，春秋以来，楚与中夏诸侯交往频繁，文明日进，观《左传》《国语》所记，楚国君卿大夫亦皆文质彬彬，称引诗书，王子朝奉周之典籍以奔楚（《左传》昭公二十六年），楚之文物益备。至战国时，楚非但兵力雄强，即声明文物，亦与齐鲁三晋抗衡，而在秦国之上，再加以山川之清淑，人物之秀美，故能孕育文学新制，发为奇葩也。（关于楚民族之问题，参看傅斯年《新获卜辞写本后记跋》，载《安阳发掘报告》。）

楚之民族性与周不同。楚盖早承殷人尚鬼之风，其后定居江汉之域，山川秀异，花草芳美，且有山泽之饶，鱼稻之利，气候温暖，生计优裕，益足以发其玄思灵感。婆娑乐神，男女相悦，活泼自由，丰于想象，富审美之观念及超现实之心情，与周人重实际，尚力行，治生勤苦，事神尊严之意态迥别，故楚人发为诗歌，亦自有其特色，与三百篇不同。

楚人文学之源

在楚辞之前，楚人诗歌流传甚少，然亦不无迹象可寻。《诗经》无楚风，前人或以《二南》当之。（林艾轩《与宋提举书》）然南国自成区域，虽与楚接壤，非即楚也。此外南人歌诗见于古书者，有“子文之族”歌（《说苑·至公》），“薪乎菜乎”歌（《说苑·正谏》），“今夕何夕”歌（《说苑·善说》），“延陵季子”歌（《新序·节士》），孙叔敖歌（《史记》），接舆歌（《论语》，亦见《庄子》），沧浪歌（《孟子·离娄》），庚癸歌（《左传》哀公十三年）等。以上诸歌，接舆、沧浪、庚癸三歌，见于《论语》《庄子》《孟子》《左传》，为可信，“今夕何夕”歌虽出于《说苑》，但有绝不可解之越语原文，殆非伪托，其余恐系后人依托之作。兹录可信之诸歌于下：

凤兮凤兮，何德之衰。往者不可谏，来者犹可追。已而，已而，今之从政者殆而。（接舆歌。亦见《庄子》，辞句小异。）

沧浪之水清兮，可以濯我缨；沧浪之水浊兮，可以濯我足。（沧浪歌）

佩玉蕊兮，余无所系之。旨酒一盛兮，余与褐之父睨之。（庚癸歌）

今夕何夕兮，搴洲中流。今日何日兮，得与王子同舟。蒙羞被好兮，不訾诟耻。心几烦而不绝兮，得知王子。山有木兮木有枝，心说君兮君不知。（越人歌。按越人歌原为越语，楚人意译之，其越语原文之音译如下：“滥兮抃草滥予昌𣓡泽予昌州州𩜱州焉乎秦胥胥缦予乎昭澶秦逾渗惿随河湖。”）

诸诗句调变化而悠扬（多用“兮”字），风格轻灵而婉美，与《诗》三百篇异趣，此盖楚人诗歌之特色，至屈原出，遂承继此种体制而创为新诗。

屈原之身世

屈原为楚辞之创始者，亦即中国最早而最伟大之诗人。兹先论述其身世。

屈原生卒年，并无明确的记载，乃一极成问题之事。《离骚》："摄提贞于孟陬兮，惟庚寅吾以降。"此屈原自道生辰。惟此两名究应如何解释乎？据王逸注："太岁在寅曰摄提格。孟，始也。……正月为陬。……庚寅，日也。"王逸本《尔雅》岁阳之说，解"摄提"为寅年。准此，则屈原生于寅年正月之庚寅日。后人本王氏之说，推算屈原降生之寅年究在何年，而结果不同。陈玚《屈子生卒年月考》、邹汉勋《屈子生卒年月日考》、刘师培《古历管窥》均推定屈子生年在周显王廿六年，即楚宣王廿七年，其生日则为正月廿一日。（邹、刘说同，惟陈谓为廿二日）日本新城新藏《战国秦汉长历图》推定屈原生年为周显王廿八年。但是年正月小，庚申朔，无庚寅，郭沫若谓此乃由于岁星超辰之故，屈原生年当是周显王廿七年，是年正月甲申朔，庚寅乃初七。（《屈原研究》）诸家所推算者孰为正确，姑置不论，惟其所以知屈原生于寅年，因而加以推算者，则完全根据王逸之注解，而《离骚》所谓"摄提"，是否指寅年，尚属疑问。朱子《楚辞辨证》谓："摄提贞于孟陬，乃谓斗柄正指寅位之月耳，非太岁在寅之名也。"张文虎《舒艺室随笔》亦谓："《吕氏春秋·序意》篇：'维秦八年，岁在涒滩，秋甲子朔。'岁，阳岁名，虽见《尔雅》，而古书用岁名者仅见此。若《楚辞》之'摄提贞于孟陬'，自谓月建……王叔师误以太岁释之。"朱子、张文虎之说，较王逸说为胜。据《史记·天官书》，摄提乃星名，在大角之两旁。《史记·历书》注引《汉书音义》曰："摄提，星名，随斗杓所指建十二月。"盖古人观星象以授时，或据斗杓，或据摄提，或据黄道中星。"摄提贞于孟陬"，即谓摄提星指示正月，犹《淮南子·时则训》所谓"孟春之月，招摇指寅"。如谓摄提指寅年，而寅年贞于正月，则不词矣。据以上所解释，则《离骚》"摄提贞于孟陬兮，惟庚寅吾以降"两语，屈原仅谓自己降生于正月庚寅日，与寅年无涉，诸家纷纷推算，均属无谓，而屈原究竟生于何年，仍不可考也。至于屈原卒年，更难确定，学者研究，有三种不同之说法：有谓在怀王入秦前者（王白田《白田草堂存稿·书楚辞后》），有谓在怀王入秦前或顷襄初年者（钱穆《先秦诸子系年》），又有谓在秦人破郢之后者（王夫之《楚辞通释》）。三说之中，应以顷襄初年之说近是，理由详下节。

屈原名平，字原。《离骚》自谓名正则，字灵均，此或幼时其父所命之名与字，后又改为平，字原；或谓正则与灵均乃文学之化名。屈原为楚之同姓，怀王时为左徒，甚被委任，后为上官大夫所谗，王怒而疏之。时秦、齐为东西两强国，屈原主张亲齐以拒秦，怀王受张仪之诱，亲秦绝齐，屈原谏，不听。后怀王为秦所欺，入关不返，屈原眷顾楚国，系心怀王，顷襄王听令尹子兰之谮，放逐屈原于汉北。前人多谓屈原第一次被放逐在怀王时，郭沫若谓屈原在怀王时仅被疏而未被放，其第一次被放应在顷襄王时，其说甚是，今从之。屈原初被放于汉北，后复转徙江南，卒至自沉汨罗而死。屈原由汉北徙江南应在何时？郭沫若谓顷襄王廿一年秦兵南侵，屈原流亡至郢，不久，郢都亦破，遂又东迁。《哀郢》则作于是时，旋流徙江南，自沉而死。按屈原被放于汉北在顷襄初年，如至顷襄二十一年秦兵南下时，始被迫而逃于江南，则居汉北应十余年。以屈原情感之热烈，性情之倔强，似不能忍受十余年放逐之生涯，若能如此旷达，亦可以不必自杀矣。屈原初放于汉北，作《抽思》，云“狂顾南行，聊以娱心”。已有南游之意。其后不久遂过郢都，赴江湘，《哀郢》即作于是时，篇中云“至今九年而不复”。盖屈原被放，日思召还，更历数年，已厌其久，“九年”言其多年之意，非真为九年也。至于所谓“民离散而相失兮，方仲春而东迁”，或以饥馑，或以他故，未必由于亡国灭都之祸。篇末云：“信非吾罪而弃逐兮，何日夜而忘之。”则仍自伤放逐，非伤国亡也。屈原至江南后，大约不过数年，即自沉而死，其时盖在顷襄十年左右，不及见秦之灭郢也。

屈原之作品

《汉书·艺文志》谓屈原赋二十五篇，后人考定此二十五篇细目，异说颇多，实则恐亦无法确合，兹就今所传《楚辞》中屈原作品，辨其真伪。

《离骚》　真

《九歌》　真　《九歌》共十一篇：《东皇太一》《云中君》《湘君》《湘夫人》《大司命》《少司命》《东君》《河伯》《山鬼》《国殇》《礼魂》。古人以九为数之极，非必其数恰为九也。或谓《九歌》与《九辩》乃夏王启之乐曲，《离骚》："启《九辩》与《九歌》兮，夏康娱以自纵。"《天问》："启棘宾帝，《九辩》《九歌》。"《山海经·大荒西经》记夏后开："上三嫔于天，得《九辩》与《九歌》以下。"皆其证，屈原、宋玉乃取古乐章为题。昔之注《楚辞》者，如王逸、朱熹，解释《九歌》，均谓楚人原有祀神之歌，其词鄙陋，屈原为改作之。近人或谓《九歌》产生于屈原之前，乃湘江民族之宗教歌舞，出于平民之手，与屈原无关。其说不可信。古代民间祭歌，如《礼记·郊特牲》所载之《蜡辞》："土反其宅，水归其壑，昆虫毋作。草木归其泽。"《史记·滑稽列传》所载之《禳田辞》："瓯窭满沟，污邪满车，五谷蕃熟，穰穰满家。"辞意简质，与《九歌》相较，艺术高下，相差甚显。《九歌》中芬馨幽渺之境，绝非民间祭歌所能有，且十一篇风格相同，必出于一人之手，而其情韵意境多与《离骚》相近，辞句亦有相似者，其为屈原所作，殆无可疑。

《天问》　真　司马迁以《天问》为屈原作，近人或疑《天问》文理不通，见解卑陋，乃后人杂凑而成，其说亦无当。《天问》中保存古代神话及史料甚多，其所以费解者，乃因后人学识之不足。譬如其中“该秉季德”及“恒秉季德”两段，自来注家不得其解，自王国维由殷虚卜辞中考得王亥、王亘及季乃殷先王之名，复证以《山海经》及《竹书纪年》，其事始明。即此一端，已可证《天问》之非伪托矣。

《九章》　真伪参半　《九章》目次为《惜诵》《涉江》《哀郢》《抽思》《怀沙》《思美人》《惜往日》《橘颂》《悲回风》。《九章》乃汉人所辑，《九章》之名，亦汉人所加，非如《九歌》《九辩》出于屈、宋自命，故其中真伪参半，非尽屈原之作。《橘颂》一篇格调与情思与其余诸篇均不同，篇中有“幼志”及“年岁虽少”之语，盖屈原少作；《惜诵》《涉江》《哀郢》《抽思》《怀沙》五篇皆放逐后所作，其中辞句有与《离骚》同者。《思美人》《惜往日》《悲回风》三篇，曾国藩、吴汝纶皆疑其为后人伪托，谓其中多俗句，平衍寡蕴，隶字亦不能深醇，《悲回风》中所谓“佳人”，乃屈子也，疑吊屈原者之所为；又谓扬雄《畔牢愁》所仿，自《惜诵》至《怀沙》而止，盖《怀沙》乃投汨罗时绝笔，以后不得有作。曾、吴所论甚是，故定此三篇非屈原所作，乃汉人误收入者。

《远游》 伪 《远游》亦非屈原所作，吴汝纶曾明辨之，其言日："此篇殆后人仿《大人赋》托为之，其文体格平缓，不类屈子，世乃谓相如袭此为之，非也。辞赋家展转沿袭，盖始于子云、孟坚，若太史公所录相如数篇，皆其所创为。武帝读《大人赋》，飘飘有凌云之志，若屈子已有其辞，则武帝闻之熟矣。此篇多取《老》《庄》《吕览》以为材，而词亦有涉于《离骚》《九章》者。屈子所见书博矣，《天问》《九歌》所称神怪，虽宏识不能究知，若夫神仙修炼之说、服丹度世之旨，起于燕、齐方士而盛于汉武之代，屈子何由预闻之。"

《卜居》 伪

《渔父》 伪 此两篇盖屈原后楚人所作，假托于屈原与他人之问答，以称美屈原之志节者。

《招魂》 司马迁《史记·屈原贾生列传》谓《招魂》为屈原作，而王逸注《楚辞》则以《招魂》为宋玉作，后人多从王说。如以为宋玉作，则所招者乃屈原之魂，如以为屈原作，则所招者乃怀王之魂。今从司马迁说，定《招魂》为屈原作，其证有二：（一）《招魂》篇中所叙宫廷居处之美，饮食服御之奢，乐舞游艺之盛，非人君不能相称；（二）《招魂》篇末"乱"一段，作者追叙从王射猎曰"路贯庐江兮左长薄"，庐江之名，自汉以后，在今安徽境，而秦以前，则在今湖北境。春秋时有"卢戎"，或作"庐戎"，近楚，《左传》桓公十三年记楚伐罗，卢戎助之，其后盖为楚所灭，故《左传》桓公十六年记楚人灭庸，出师“自庐以往，振廪同食”。此时庐已为楚地矣。其地汉时称中庐县，即今湖北宜城县境。《招魂》中之庐江，盖指此一带地区。《水经·沔水经》：“又东过中庐县东，淮水自房陵县淮山，东流注之。”《注》：“县即春秋庐戎之国也。县故城南有水，出西山……名曰浴马港……然侯水诸蛮，北遏是水，南壅淮川，以周田溉，下流入沔。”庐江之为浴马抑淮川，不可知，要之必居其一。且文中云：“倚沼畦瀛兮遥望博，青骊结驷兮齐千乘。”再下云：“与王趋梦兮课后先。”又云：“湛湛江水兮上有枫。”而终之以：“魂兮归来哀江南。”与鄂西地形悉能吻合。汉水西岸，自宜城以南，即入平原，故尔遥望博平，结驷至于千乘，平原尽则入于梦中。《汉书·地理志》：“编，有云梦官。”编县故城在今当阳、荆门之间。自梦而南乃临乎江岸，达于郢都，若以移之皖境，则无一语可合。（以上谭季龙君说）可见此段所述乃鄂境之事。楚自顷襄王廿一年（前278年）郢都破，顷襄王亡走陈，考烈王廿二年（前241年）东徙寿春，楚王负刍五年（前223年）为秦所灭。宋玉生于屈原之后，非屈原弟子，其仕楚，盖当考烈王之世。顷襄王时，宋王尚幼，《招魂》叙从王射猎，仍为都郢时事，则非宋玉所作明矣。

由以上所论述，知屈原作品之可信者，有《离骚》《九歌》《天问》，《九章》中之《惜诵》《涉江》《哀郢》《抽思》

《怀沙》《橘颂》及《招魂》。兹述其撰作时期之先后，并略论其内容。《橘颂》有“幼志”及“年岁虽少”等语，且无被谗被放之痕迹，盖屈原少作。通篇用比兴体，前半颂橘，后半颂人，或即屈原自道。多四言古调，格调未臻变化，意境亦未超妙。《离骚》作于被怀王所疏之后，《史记·屈原列传》于怀王疏屈原之后，即叙作《离骚》，班固《离骚赞序》亦谓屈原作《离骚》以讽怀王，其说殆可信，且《离骚》中只怨楚王之初信己而后疏己，并无被放逐痕迹。《抽思》云：“有鸟自南兮，来集汉北。好姱佳丽兮，牉独处此异域。”《哀郢》云：“信非吾罪而弃逐兮，何日夜而忘之。”明言处异域及弃逐，可见其与《离骚》非同时之作。至于《离骚》有“济沅湘以南征兮，就重华而陈词”，乃想象之语，不可认为事实，以《离骚》为作于江南也。“离骚”二字之义，《史记·屈原列传》以“离忧”释之，于“离”字未下注脚，班固以“遭”训“离”，恐未必是。王逸《楚辞章句》：“离，别也；骚，愁也；……言已放逐离别，中心愁思。”近人或谓“离骚”即“牢愁”或“牢骚”之意，“牢愁”“牢骚”与“离骚”古并以双声叠韵通转。（游国恩《楚辞概论》）《离骚》为一篇极长之抒情诗，通篇分两大段，自首至女媭之言为第一段，于叙述事实中杂以抒情之句，自重华陈词至末为第二段，借理想之事实以抒情。《惜诵》篇中亦不见放逐痕迹，且意思字句有与《离骚》同者，或同时所作。《招魂》则作于怀王入关不返之后，先言四方上下可怖可畏之境，戒怀王之魂勿远去，次陈故居之乐而望其归来。总之，《橘颂》《离骚》《惜诵》《招魂》四篇皆屈原被放之前所作。《抽思》作于被放于汉北之时，篇中明言“汉北”。其后过郢而南赴江湘，作《哀郢》与《涉江》，写沿途所见及感想。《哀郢》明言“仲春东迁”，《涉江》云“欸秋冬之绪风”，绪者，余也，仲春之时，余寒未杀，故云“秋冬之绪风”，可见此两篇乃一时之作；《哀郢》言“过夏首”，拟“上洞庭而下江”，《涉江》则言溯沅水而上，至辰阳溆浦之境矣。《九歌》盖在江南所作，湘君、湘夫人皆湘水之神。惟《河伯》一篇为可疑。楚国境内不及河，何以有祀河之典？按《左传》宣公十二年邲之战，楚人胜晋，“祀于河，作先君宫，告成事而还”。自此以后，楚人殆即有祀河之典欤。《怀沙》一篇，乃屈原绝笔之作，“世溷浊莫吾知，人心不可谓兮。知死不可让，愿勿爱兮”。可见其“伏清白以死直”之意，弥为沉痛矣。《天问》亦被放后作品，惟作于汉北或江南，则难以确定。据王逸注：“屈原放逐，忧心愁悴。……见楚有先王之庙及公卿祠堂，图画天地山川神灵，琦玮僪佹，及古贤圣怪物行事。……因书其壁，呵而问之，以渫愤懑，舒泻愁思。”又宋翔凤说，丹淅入汉之处，为楚人发祥之地，近人或据此谓汉北应有楚先王遗庙，殆即屈原作《天问》之所，亦可备一说。《天问》乃一篇奇文，通篇用发问语，提出一百七十余问题，其发问，自天地开辟以来，至屈原一己，对于宗教信仰、神话传说、历史记载、人生道德上种种怀疑，皆畅快问出，虽以四言句为主，而颇有参差历落之妙。

屈原之精神

欲明屈原之精神，须先论周人与楚人精神之异，换言之，即先秦时北人与南人精神之不同也。北人精神为入世的，热情的，故其学者多称道古帝王如尧、舜、禹、汤、文、武之类；南人精神为遁世的，冷性的，故其学者多称道上古之隐君子。此两派精神常相反而不能相调和，观孔子与长沮、桀溺、楚狂接舆、荷蓧丈人之关系可知。诗以描写人生为事，而人生者，非孤立之生活，乃家族、国家及社会之生活。北派之理想，置于当日社会之中，思改造旧社会；南派之理想，树于当日社会之外，思创造新社会。然改造与创造，皆当日社会之所不许也。南方之人，长于思辨，短于实行，故知实践之不可能，即于其理想中求安慰之地，故多遁世无闷之士；若北方之人，则往往以坚忍强毅之志，持其改造之理想以与当日之社会争，一时以为寇，一时以为亲，如此循环，感情因激荡而愈热烈。《小雅》中杰作，多此种情况下之产物，此诗歌文学所以独盛于北方，而无与于南方者也。然南方文学中又非无诗歌之原质。南人想象力之伟大丰富，胜于北人远甚，观庄子可知。总之，北人之情感，诗歌的也，以不得想象之助，故其所作遂止于小篇；南人之想象，亦诗歌的也，以无热烈感情之故，故其想象无所附丽，亦无纯粹之诗歌。而伟大诗歌之出，必须俟北人之感情与南人之想象合而为一，屈原即其人也。屈原南人而学北方之学者也。观其作品中所称圣王，如尧、舜、禹、汤、少康、文、武，贤人则皋陶、彭咸、比干、伯夷，皆北方学者之所常道，而于南方学者所称之黄帝、广成等，一不及焉。其忠君爱国、积极入世之精神，与儒家合符，其于当日社会，虽嫉视之，而又不忍离去，其循环矛盾之情，则《小雅》诗人之心也。此屈原文学所负于北方学派者也。然就屈原文学之形式言之，则所负于南方学派者抑又不少。其丰伟之想象力，实与庄子相近，《天问》凿空之谈，求女谬悠之语，庄语不足，继之以谐，于是思想之游戏更为自由矣。承楚人民歌乐调之体，变三百篇之四言为长句，变短什为大篇，于是感情之抒写更为婉转矣。此皆北方文学之所未有，而自屈原开之，然所以驱使其想象而成伟大文学者，实由于北方式之热烈情感，此庄周所以仅为哲学家，而战国大诗人不能不独数屈原也。（此段意多采自王国维《屈原文学之精神》）

屈原作品之文学价值

就文学观点总论屈原作品，有可致意者数端：

一、屈原以前，南人之歌，较之三百篇，句调稍长，盖乐调使然。屈原则利用其本土之乐调而创为新体，句调悠长变化，多六字句，多用“兮”字、“些”字，颇近口语之自然。（据孔广森《诗声类》，“兮”字古音当读“阿”，故“兮”字或仿佛今口语之“呵”。又郭沫若谓“些”字与《周南》中之“汉有游女，不可求思”之“思”字乃一声之转。）与大小《雅》整齐庄重之四言体既迥不相侔，而比之二《南》《国风》，亦轻灵变化，富于弹性。

二、屈原楚人，其地巫风盛行，神话流衍，故屈原想象力甚大，如《招魂》前半写四方上下神异可怖之境，《离骚》后半写远游之思，求女之事，昆仑悬圃，乘鹥驾龙，解佩纕以邀宓妃，望瑶台而思佚女，其境界之瑰玮灵妙，为三百篇所未有。

三、《诗》三百篇言山水草木，取作比兴之资而已，罕有描述其美者。屈原既多宗教之玄思，复富审美之观念，其写山水草木，如“袅袅兮秋风，洞庭波兮木叶下”。又如“表独立兮山之上，云容容兮而在下，杳冥冥兮羌昼晦，东风飘兮神灵雨”。又如“秋兰兮麋芜，罗生兮堂下。绿叶兮素枝，芳菲菲兮袭予”。能超出表面之形相而摄其神理，亦开前人未有之势。

四、屈原作品中喜用美人香草，香草自喻其德行节操，美人则比君主。大小《雅》写政治上之感愤哀怨，皆明言之，而屈原则借男女离合亲疏、幽忆怨断之情以表达之，《诗经》仅温柔敦厚，《楚辞》则更芳馨悱恻，此点影响后世文学者尤巨。

五、《离骚》《涉江》《哀郢》诸篇，皆抒情之什，其用笔幽婉曲折，而《招魂》初写四方上下可怖之境，继陈故居宫廷居处之美，饮食服御之奢，歌舞游艺之盛，铺张扬厉，瑰玮华妙，颇受战国纵横家文体之影响，而对于汉代之赋，沾溉甚大。

六、在《九歌》中，可见楚人宗教观念及事神态度。楚人事神，活泼亲慕，非若周人事神之庄严敬畏，故其迎神而未至也，则思而怨之，如“君不行兮夷犹，蹇谁留兮中洲”。“望夫君兮未来，吹参差兮谁思。”（《湘君》）“沅有芷兮醴有兰，思公子兮未敢言。”（《湘夫人》）神之既至也，则亲而慕之，如“满堂兮美人，忽独与余兮目成”。（《少司命》）神之将去也，则留而恋之，如“思夫君兮太息，极劳心兮忡忡”。（《云中君》）“入不言兮出不辞，乘回风兮载云旗。悲莫悲兮生别离，乐莫乐兮新相知。”（《少司命》）又楚人祭神，以巫为介，巫以女子为之，华妆姣服，婆娑歌舞以像神。巫又名“灵”，《九歌》中曾描述其形态曰：“灵偃蹇兮姣服，芳菲菲兮满堂。”又曰“灵连蜷兮既留，烂昭昭兮未央。”故《九歌》中多以男女慕悦之情喻人神之离合，其意味尤为芳悱凄美。凡此种种，均与周人迥异，而与古希腊人相近。古希腊戏剧之产生，由于酒神 Dionysus 之祭典，最初巫化装为神与祭者对语，其后渐演变复杂而为戏剧。王国维《宋元戏曲史》论中国戏剧之源出于古时巫觋之歌舞事神，其说甚是。若如周人敬神态度之谨严，决不能产生戏曲。楚人事神，活泼而富想象，由祭神之《九歌》渐渐演变而为戏剧，非不可能之事；惟中国古代文化，以周人文化为主体，故春秋以前之文学，以《诗》三百篇为宗，及战国末期，楚人文化已高，能建树新文学，于三百篇外，别树一帜。惜乎流衍未久，而秦并天下，楚亦灭亡。秦人较周人为更重现实之民族，其所长在政治与军事，缺乏文学想象之才，楚人文学新机，顿遭斫丧。秦后为汉，仍承秦之精神，注重实际，其意态与西洋之罗马相似，而与希腊相远，故屈原所创之新体，至汉一变而为《子虚》《上林》《长杨》《羽猎》，再变而为《两都》《二京》。《九歌》中人神怨慕之思，灵保歌舞之趣，荡然无存，此中国古代文学史所以无戏剧产生之故欤。

总之，屈原高远之理想，热烈之感悟，芳洁之志节，及其愤世嫉俗之精神，实为后世中国诗人之典型，而其作品中瑰美之意境，芳菲之情味，以男女怨慕喻政治上之失意，亦似为后世中国文学树一轨范，故屈原其人与其作品，乃治中国古代文学史者极应致意者也。

屈原之慕效者

自屈原创为文学新体，楚人慕而效之者甚众，著名者有宋玉、唐勒、景差等。

宋玉事迹，无从详考。王逸谓宋玉为屈原弟子，此乃误说。据班固所记，宋玉“与唐勒并时，在屈原后”。（《汉书·艺文志》“宋玉赋”下自注）其对屈原，乃“慕而述之”。（《汉书·地理志》）宋玉仕楚盖在楚国末年都寿春之时［楚顷襄王廿一年（前278年）自郢迁陈，考烈王廿二年（前241年）东徙寿春，楚王负刍五年（前223年）为秦所灭］，故《汉书·地理志》于寿春下叙宋玉、唐勒之遗风。宋玉为一“贫士”，非似屈原之出身贵族，其仕宦亦不显。

据《汉志》，宋玉有赋十六篇，今已无从考知其详。今所传宋玉作品，见于《楚辞》者，有《九辩》及《招魂》；见于《文选》者，除《九辩》《招魂》外，有《风赋》《高唐赋》《神女赋》《登徒子好色赋》《对楚王问》等；见于《古文苑》者，有《笛赋》《大言赋》《小言赋》《讽赋》《钓赋》《舞赋》等。《招魂》乃屈原作，王逸误归于宋玉，已详上文。《古文苑》所载诸篇，文辞浅露，显为伪托。《高唐》《神女》诸赋，亦非出于宋玉。《高唐赋》篇末：“思万方，忧国害。”颇似秦汉统一后称祝君主之词，不似战国时人语；赋中又云：“进纯牺，祷璇室，醮诸神，礼太一。”刘良注：“诸神，百神也。太一，天神也。天神尊敬称礼也。”太一尊为天神，在西汉武帝时，亦可证明《高唐赋》之撰作时代不能在武帝之前。（钱琢如君说，见所著《太一考》。）近人或谓：“《汉书·地理志》谓淮南异国中民家有女者以待游士而妻之，故至今多女而少男，《登徒子好色》

诸赋必为淮南宾客宣淫之作。”（彭仲铎《汉赋探源》，见《国文月刊》第廿二期）所言颇近理。《汉志》载“淮南王群臣赋四十四篇”，可见淮南宾客中能赋者甚多，作此诸赋依托于宋玉，亦极可能之事也。（后汉傅毅作《舞赋》亦托为襄王与宋玉问答之词，假设傅毅之名湮没，后人亦可能误认为宋玉之作。）宋玉作品之可信者，只有《九辩》一篇。《九辩》乃一长篇抒情诗，不应分为九段。“九辩”乃袭古乐章名，与屈原用“九歌”之名情形相同。此篇乃宋玉自写“贫士失职”之感，意境体式多仿《离骚》，且有袭用《离骚》《哀郢》中成句者。

唐勒、景差事均无考。景差在屈、昭、景三大姓中，盖亦楚之贵族。《楚辞》载景差《大招》一篇，乃仿《招魂》之作。此事又可为屈原作《招魂》之说增一旁证。盖宋玉已在楚国末世，景差至晚亦当与宋玉同时，《招魂》如为宋玉所作，同时之景差谅不至即模仿之而作《大招》，惟其《招魂》为屈原所作，故景差可以仿之，正如宋玉《九辩》亦颇仿《离骚》也。《汉志》载“唐勒赋四篇”，今皆不传。

荀卿之赋

自屈原创树新体，楚人多仿效之者，如宋玉、景差等。其有非楚人，而因居楚久，沾染风气，亦试作辞赋者，有荀卿。

荀卿名况，赵人，乃战国末年儒家大师，生平游踪所被甚广，少游燕齐，后去齐之楚，为兰陵令，复反齐，游秦，归赵终老。（据钱穆《先秦诸子系年》）荀卿至楚，在楚顷襄王十三四年间（亦据钱氏所考订），其时屈原盖已前卒，而其作品流传，辞赋之风渐兴，故荀卿亦稍蒙影响也。

据《汉志》，荀卿有赋十篇。今本《荀子》有《成相》三篇，《赋》篇五篇，又有《天下不治》及《璇玉瑶珠》两篇，总数恰与《汉志》合，内容同否不可知。《成相》三篇多述历史陈迹，为人君人臣之戒，其中多七言句，性质颇似后世之弹词。“成相”二字之义，俞樾谓“相”即“舂不相”之相，盖古人于劳役之事，必为歌讴以相劝勉，其乐曲即谓之“相”。章炳麟谓“成”即打字，今俗语犹称“打连相”。《赋》篇各有标题，即《礼》《知》《云》《蚕》《箴》。其表面似咏物，其实乃说理之诗。《天下不治》与《璇玉瑶珠》两篇，除说理外，又有讽刺意味，前一篇又题作《佹诗》。此十篇文学价值均不高，《汉书·艺文志·诗赋略》论赋以屈原、荀卿并称，盖取其均为赋之创始者。实则以文学价值论，荀赋质朴，想象之丰伟、情韵之深美，远逊屈原；以体制论，亦多四言，受《诗》三百篇之影响多，而受楚人新声之影响少。故荀卿与屈原实未可同日语也。惟屈原作品，其标题如《离骚》《哀郢》《怀沙》等，并无“赋”字，“怀沙之赋”“屈原赋”等称，乃汉人所加，以赋名篇，始于荀卿，此则可特记者也。

第三章　周秦散文

周代诗歌，在春秋中叶以前五百年中，已臻盛美，而散文发达，则在战国之世。今论述周代散文，分前后二期，春秋以前为前期，战国为后期。

周代前期散文

春秋以前，无私人著述，故周代前期散文皆为官书，即公家文字，如《周易》卦爻辞，今文《尚书》中之《周书》，彝器铭文及列国间之"书"。

《周易》卦爻辞，前人或曰文王所作（司马迁、郑玄），或曰卦辞文王作，爻辞周公作（刘歆、马融），此均附会之说。据近人研究，商代无八卦，商人有卜而无筮，筮法乃周人所创，以替代或辅助卜法者。卦及卦爻等于龟卜之兆，卦辞、爻辞等于龟卜之繇辞。繇辞乃掌卜之人视兆而占者，此等临时占辞，有时出于新造，有时亦沿用旧辞。如有与以前所卜相同之事，卜时又有与以前相同之兆，则繇辞即可沿用其旧，如前无此兆，则需新造。灼龟之兆象，既多繁难不易辨识，而以前之繇辞，又多繁难不易记忆，筮法之兴，即所以解决此种困难者。卦爻仿自兆而数有一定，每卦爻下又系有一定之辞，筮时遇何卦何爻，即可依卦辞、爻辞引申推论，比之龟卜，实为简易。（以上一段意见采自余永梁《易卦爻辞的时代及其作者》，载《史语研究所集刊》第一本）"易"之名盖即由此起（郑玄谓易一名而含三义，简易一也，变易二也，不易三也。简易盖其初义，变易、不易二义，则以后附会引申者也），因其为周人所创，故名《周易》。卦辞、爻辞盖出于卜官之手，非必一人所作，其撰作时代盖在周初。《易系辞》曰："《易》之兴也，其当殷之末世，周之盛德耶，当文王与纣之事耶。"是战国末年人已认为《周易》为周初之作。（《易系辞》之撰作时代至早在战国末年，与孔子无关。）而卦爻辞中所用故事，亦多殷末周初者，如"高宗伐鬼方"（既济九三），指殷王武丁伐鬼方之事；"帝乙归妹"（泰六五，归妹六五），指殷嫁女与周之事；"王用亨于西山"（随上六），"王用亨于岐山"（升六四），西山即岐山，皆文王事；"东邻杀牛，不如西邻之禴祭，实受其福"（既济九五），西邻谓文王，东邻谓纣；"箕子之明夷"（明夷六五），指箕子蒙难之事；"康侯用锡马蕃庶"（晋卦辞），康侯即康侯丰（铜器有康侯丰鼎），文王之子，初封于康，后封于卫，即所谓康叔。（刘心源《奇觚室吉金文述》）此亦可证明卦爻辞撰作时代在周初，故多取材于时代近之故事。

《易》卦爻辞之作，乃供占筮之用，最初乃卜官之卜筮记录，其后或经一度有意识之编纂。其内容或述故事，或载格言，或叙当时人之生活及风习，并无精深之哲理及系统之思想。（《经学通论》：“朱子曰：《易》为卜筮作，非为义理作……文王周公之《易》爻辞如签辞。”《朱子语类》：“《易》所以难读者，盖《易》本是卜筮之书，今却要从卜筮中推出讲学之道，故成两节工夫。”《朱子文集》卷三十三《答吕伯恭书》：“窃疑卦爻之词，本为卜筮者断吉凶而因以训诫……极有本甚平易浅近，而今传注误为高深微妙之说者，如利用祭祀，利用享祀，只是卜祭则吉，田获三狐，田获三品，只是卜田则吉，公用享于天子，只是卜朝觐则吉，利建侯，只是卜立君则吉，利用为依迁国，只是卜迁国则吉，利用侵伐，只是卜侵伐则吉之类。”）惟古人由生活经验而得之格言，多存于卦爻辞中，如“无平不陂，无往不复”之类，又其辞多假象，义难定指，可以随意引申附会，故自战国秦汉间人作《易》传，已将其时儒家之思想附会于《周易》之中，自汉以后，注《易》之书最多，立说亦最悬殊，即以此故也。

《周易》卦爻辞撰作时代既与殷虚卜辞相近，故其句法亦多相似者，如：

卜辞	《周易》
贞我旅吉。	旅贞吉。
其获其获。	其亡其亡。

王田曰吉，获狼一。　　　田获三狐。

但《周易》中假象之辞，有极优美、与诗相似者，如：

鸣鹤在阴，其子和之，我有好爵，吾与尔靡之。（中孚九二）

日昃之离，不鼓缶而歌，则大耋之嗟。（离九三）

卜辞简单朴质，《周易》卦爻辞已渐华妙，且有对句，此亦可徵文辞之进步。

今文《周书》十九篇，其撰作时代，问题较少，《洪范》一篇，旧说谓："武王胜殷……以箕子归，作《洪范》。"今人辨其为晚出之作，重要证据有三：（一）"皇"字训君，始于战国。（二）五行之说亦起于战国。（三）"恭作肃"一段抄《小雅·小旻》，"无偏无党"一段抄《墨子·兼爱下》所引周诗。（刘节《洪范疏证》）《费誓》（或作《粊誓》）旧说为伯禽征淮夷及徐戎时所作，今人考证为鲁僖公时作品，其证：（一）古称"郐方"（如周初之公伐郐鼎），而此称"徐戎"。（二）篇中连云"无敢……"与兮甲盘铭（西周末）之"毋敢……"相同。（三）《左传》与《鲁颂》均记僖公伐徐事，与此篇合。（余永梁《粊誓的时代考》）此外《金滕》与《吕刑》两篇，今人亦有疑其为晚出者。（钱穆《周官著作时代考》谓《吕刑》晚出，其证：（一）

“法”字之引用，在古书中颇后起，而《吕刑》有“惟作五虐之刑曰法”之语。（二）《吕刑》以“刑”为肉刑之总名，而以“罚”为罚金，又谓“五刑之属三千”，皆足证其书晚出。郭沫若疑《吕刑》乃春秋时吕国某王所造之刑书。）总之，此十九篇大部分为西周时之作品，尤以周初为多。

《周书》十九篇，就性质论，皆为政府文告，别其体裁，可分三种。（一）誓，其约束于军中者曰誓，如《牧誓》；其申儆于国人及臣下者亦曰誓，如《费誓》《秦誓》。（二）诰，其告臣下及国人者均谓之诰，不特《大诰》《康诰》《雒诰》等以诰名者谓之诰，及《梓材》《多方》之属亦是诰。（三）命，所谓命者，则任命之辞，如《文侯之命》。就作法论，不外记言与叙事，惟二者并无严格的分野。就文体论，周初之作，如《大诰》《康诰》等，其文体尚与《盘庚》相近，东周之作《文侯之命》则渐趋平易，《秦誓》乃秦穆公时所作，为《尚书》中最晚之篇（鲁僖公三十三年，公元前627年），其文非但不似《盘庚》《大诰》之佶诎聱牙，且有隽句，如：“我心之忧，日月逾迈，若弗云来。”“人之有技，若己有之；人之彦圣，其心好之，不啻若自其口出。是能容之，以保我子孙黎民，亦职有利哉。”此足以觇文体之演变矣。

《周书》诸篇，皆诰誓之辞，刑政之记，自应出于史官之手，惟作者主名则不可知，王国维据《雒诰》中“作册逸诰”语考定“作册”乃官名，掌册命臣工之事，“逸”人名，即史佚。故此篇乃史佚所撰。（《观堂集林·雒诰解》）馀则不可详矣。

周代彝器之制作特盛，器中类有铭文，尤为研究周代散文之重要资料，盖《尚书》经二千余年之传写，难免讹误，而铜器铭文铸于器上，最足见周代散文之真面目也。

西周铜器，大抵多王臣之物，因受赐而作器，文长者至四五百字（毛公鼎文长约五百字，散氏盘文长约四百五十字），几与《周书》之篇幅相等。《周书》皆具有政治意义，而铭辞则间及琐事，故其谨严之风格虽相同，而文学之韵趣或过之，且其长篇多在康、昭之后，在时间上尤足弥补《周书》之阙略。犹有可注意者，西周后期之铭文间或行之以韵。出土彝器，初期铭文率不用韵，用韵之最早见者为宗周钟，作于昭王之世，已在西周建国七十余年之后，其文前叙述而后为铭辞，通体皆用韵；再后则为虢季子白盘，作于宣王之世，不特通体有韵，且率用四言，此殆受雅诗盛行之影响。

彝铭之在东周者，纯为列国文字。其地域之分布，除齐、鲁、宋、郑、陈、卫、晋等中原诸国及西方之秦以外，于南，则有吴、越、徐、楚及江、黄、庐、鄀、邓、蔡、许诸小国，后皆并于楚者也；于东，则有曾、滕、薛、邾、邿、杞、纪、祝等小国，后皆并于齐、鲁者也；于北，则燕，其中则戴、苏、东虢、北虢等国，后皆并于晋、卫、郑者也。列国器中，以铭辞论，要以齐、晋两国为重心，而秦次之。齐器如叔弓镈、𬱃镈、洹子孟姜壶三器，作于齐灵公、庄公之世，与鲁襄同时，而行文取径各不同；晋器如晋姜鼎、晋邦盦、郘钟，前者作于东周初，以气度胜，后二者作于晋定公时，与鲁昭、定相当，以典雅胜。大抵齐铭气局肃括，而晋铭则着意综核，此其不同也。传世秦器，其在春秋间者，惟秦公簋、秦公钟二器，作于同时，或谓在穆公世，或谓当景公时，如前说则较齐叔弓镈为早，如后说则与齐器同时，要以后说为近是。列国器之记事者，篇首类记唯王某月及日干，而秦器独否，且二器语意大抵相同，摛辞之典雅逊齐、晋，而意局之高远与《秦誓》同风，盖齐、晋彝铭皆宗周文学之嫡胤，而秦则其别子也。又有一事当注意者，东周以后铭文，纯散者甚少，十之中仅一二见，而用韵者则触目皆是。其用韵之法有二：有通体用韵者，为数甚少；其他大抵前散叙而后施之以韵。而其韵文之格调色泽，皆近三百篇，则其相同之点。此可见三百篇文学所被之深度，亦即所谓春秋诗教之盛也。

西周文体，有誓、诰、命之分，上文已言之。春秋、战国以后，凡著之于简牍，不问其为言事或说理，短篇或专著，统谓之“书”。故“寓书于宣子”者谓之“书”，“孟子、荀卿之徒著书满天下”亦谓之“书”，其使用之义界至宽广。以此，故于所裒集古代之文献，题其名曰“书”，其后加“尚”以别之，而“书”遂由著于简牍之公称变为专书之名。盖古人初不甚注意于文体之分别，其文体亦无后世之繁赜，自书为平行简牍之通名，而古人所谓书者，其意乃大殊矣。

东周以后，有盟辞，有载书，有誓，其体皆犹古人之誓也。春秋以后文辞之见录于《左传》《国语》者类多不全，而盟辞之删节尤甚，故原文体制已难概见。其以誓名者，如郑子产所引与商人誓辞。盟辞亦谓之载书。（《左传》襄公九年“晋士庄子为载书”，注“载书，盟书也”。）所谓载书，大抵国际间约束之辞。齐桓葵丘之盟辞，《孟子·告子》篇引其文，而《左传》所载仅其结语；至于赵简子铁之誓军辞，则较与古代之誓为近。此类盟誓之辞，在春秋间为新兴事物，其意义类于国际间之契约，虽与文体之变迁有关，而其文学意义，要远逊于其历史价值也。

春秋间有策书，其体相当于古之所谓诰与命。襄王之策命晋文公为侯伯，晋平公之授郑公孙段策，其辞似皆不全。前者天子之命诸侯，后者诸侯之命大夫，则所谓策者，似尚无体制之分。至汉以后，则惟封王与特殊之典制始用之。

春秋之世，列国间以辞命为重。古之所谓辞，非口语之称，而著于竹帛之谓，故《左传》中凡称“辞曰”，或“辞于某曰”者，皆其著于书面之文，非相对之问答也。亦间有不著辞名者，如敬王使如晋请城成周，而首著“天子曰”，则亦辞也。其有不以辞名，而仅著其代言人之口说者，如晋侯使吕相绝秦，试考其文，亦当为书辞而非口语，是春秋最佳之辞命，皆为著于简牍之“书”，而其文宛转逦迤，显然新兴文体，与古代之诰或命者异矣。

书体之盛，盖在春秋中叶以后。诸侯间辞命之正式以“书”名者，其时期皆在文公之后，已在入春秋后之百年，其文辞佳者多出于晋、郑。晋、郑之书，多准之情势以立言，恒曲折逶迤以尽其情，剀切宛转以极其致，一变宗周以来古朴典重之文体而出之以清新。晋、郑之外，则为周、鲁，鲁翔实而周典要，其他如秦、楚，皆吸晋、郑之流者也。降及战国以后，“书”体乃趋于形势之扼陈，析理之透辟，辞藻之华丽恢张，古代遒简朴拙之风，于是而尽，而体势日益发舒矣。（论彝铭及列国间之“书”两节意见采蒋天枢《周代散体文发展之趋势》，见《复旦学报》第一期“文哲专号”。）

周代后期散文

周代后期散文皆战国时作品，战国时始有私人著述，故文体之进展亦速，由杂记事与言发展而为记事之史与说理之诸子。战国散文所以发达，章学诚曾论其故而推本于诗教，其言曰：“战国之文……出于《诗》教，何谓也？曰：战国者，纵横之世也。纵横之学，本于古者行人之官，观春秋之辞命，列国大夫聘问诸侯，出使专对，盖欲文其言以达旨而已，至战国而抵掌揣摩，腾说以取富贵，其辞敷张而扬厉，变其本而加恢奇焉。不可谓非行人辞命之极也。”九流之学，“出而用世，必兼纵横，所以文其质也。”（《文史通义·诗教》篇）盖游士腾说，诸子立言，一以取富贵，一以行其道，所志虽殊，而谋工文辞以得人之听信则一，诸子互相辩论，析理愈精，文辞亦自随之而进也。

观《汉书·艺文志》，战国时私家著述甚多，惜多已亡佚，其流传于今日，足为研究战国散文之重要资料者，有下列诸书：《论语》《墨子》《孟子》《庄子》《老子》《荀子》《韩非子》《管子》《吕氏春秋》《左传》《国语》《战国策》《周礼》《仪礼》《礼记》中之一部分。此诸书中，旧说认为《周礼》《仪礼》乃周公所作，《左传》《国语》乃左丘明所作，《管子》乃管仲所作，《老子》乃老聃所作，皆春秋以前之书，今日论定其为战国作品。《周礼》一书，东汉时人已疑其为六国阴谋之书，今人钱穆作《周官著作时代考》，据祀典、刑法、田制、军制等证明此书为战国晚期之作。此盖战国晚世儒家一种理想的平治天下之计划书，保留封建制度，以儒家思想为主而兼采法家方策。《仪礼》一书，清顾栋高亦疑其出于战国，观其中所记仪文之繁细，未必尽为古人行礼之实况，盖亦战国儒根据前人所行之礼节而又踵事增华，使之精密化、系统化者。《左传》一书，旧说为鲁君子左丘明所作，左丘明受学于孔子，唐赵匡始疑之，宋王安石、叶梦得、朱子皆疑为六国时人所作。《左传》好为预言，其言有验有不验。《日知录》卷四举其事，如三良殉死，左氏云：“君子是以知秦之不复东征。”此至孝公以后即不验；又季札至鲁，闻郑风，以为其先亡，而郑至三家分晋后始灭于韩；卫迁帝丘，卜曰三百年，而卫至秦二世元年始废，历四百二十一年。日人狩野直喜为《左氏辨》，据此推论，谓“《左氏》预断秦孝公以前事皆有验，孝公后概无徵，则《左氏》时代从可推断”。又谓：“王孙满卜年七百，卜世三十语，自成王定鼎后七百余年，当在威烈王（卅一世）、安王（卅二世）时，其言卜世三十，特举成数。”此考《左传》成书之时代者也。至于撰作之人，姚鼐谓多出于吴起之手，其言曰：左氏书非出一人，累有附益，而由吴起之徒为之者盖尤多。据刘向《别录》，左丘明传曾申，申传吴起，起传其子期，期传楚人铎椒，椒传赵人虞卿，卿传荀卿，则《左传》源流诚与吴起有关。吴起始仕魏，卒仕楚，故传言晋、楚事尤详。而为三晋之祖，多讳其恶而溢称其美。又善于论兵谋。其书于魏氏事造饰尤多，魏绛在晋悼时，甫佐新军，在七人下，安得平郑赐乐，独以与绛？献子合诸侯干位，而述其为政之美。《魏风》至季札时，亡久矣，与《邶》《鄘》《桧》等，而札独美之曰：“以德辅此，则明主也。”此与“魏大名”，“公侯子孙，必复其始”之谈，皆造饰以媚魏君，又忘“明主”之称，乃三晋篡位后之称，非季札时所有也。（见《左传补注序》）其说颇近理。吴起卒于威烈王二十一年，与狩野所考定之时代亦合。其时周室日卑，正切卜年七百、卜世三十之数。自吴起之卒，上推卫迁帝丘，已及二百八十年，所谓卜年三百者，亦恰相符。至于《左传》一书，既多出于吴起之手，而所以蒙《左氏传》之名者，今人钱穆曰："余考诸《韩非》书，'吴起，卫左氏中人也'。然则所谓《左氏春秋》者，岂即以吴起左氏人故称，而后人因误以为左姓者耶?"（《先秦诸子系年·吴起传左氏春秋考》）说殆可信。瑞典人高本汉（Bernhard Karlgren）著《左传真伪考》，用文法考证古书，以《论语》《孟子》之文假定为鲁语，《左传》假定为左语，选七种助词比较研究，证明左语文法不同于鲁语，故《左传》非"鲁君子"所作，其推论精密，可为姚、钱诸氏之说增一有力之旁证。故《左传》盖作于战国，与吴起有相当密切之关系。至如清代今文学家刘逢录、康有为等谓古时本无《左传》一书，乃刘歆割裂《国语》附之《春秋》，托名《左氏传》，亦为妄说。《国语》一书，其文较《左传》为繁缛，且多排比之句，其撰作时代盖又在《左传》之后。崔述谓："《国语》一书，语多荒唐，文亦冗蔓，乃战国之人取春秋之事而拟其语言者。"（《经传禘祀通考》）老子其人与其书，为治先秦学术最纠纷之问题。旧说谓老聃为孔子前辈，孔子曾从问学，《老子》书即老聃所撰。此种说法，今世学者已鲜有信之者。孔子见老聃，盖庄生书中之寓言，吕不韦宾客中有庄学之徒，故《吕氏春秋》中亦言孔子师老聃。至西汉时，此种传说益盛，故司马迁采之，《曾子问》之作者亦附会之。实则老聃乃战国时人，前于庄子而后于墨子，《庄子·天下》篇论述诸家之次序可为明证。至于《老子》书，非必老聃自撰，从文体、音韵、书中用语、思想及所提出之各种学术上之问题，皆证明其为战国晚世之作，盖老聃遗训经后人杂集而成。至于《管子》，亦战国人杂集而成。

诸子书撰著之情形，亦有可以略论者，其中自撰者甚少，例如《庄子》《荀子》《韩非子》中之一部分，大多数皆为弟子所记，如《论语》《墨子》《孟子》，而《庄》《荀》诸子中亦有多篇为其后学所记者。至于《吕氏春秋》乃吕不韦集宾客所作，又为特例。战国诸子思以其学易天下，而语言文字，未尝私其所出，章学诚所谓“言公”也。故凡称子书，多非自著，或弟子所记，或后学所附，足以显一家之学而已，非若后世文集必出于一人之手也。又诸子中惟《吕氏春秋》八览、六论、十二纪，当时编定，最有组织，此外皆单篇散行，汉人始纂辑成书，今所存刘向所撰《管子》《晏子》《列子》《孙卿》诸书叙录，犹可考见当时编辑之情形，故其中偶杂有汉人之作，如《庄子》中《刻意》《缮性》等篇，亦有非本派之作而杂入者，如《韩非子·初见秦》篇之类。

吾人研究战国二百年间之散文，可得下列数点意见：

一、战国时最早之书为《论语》，《论语》为记言体，其记言又极简约。及《孟子》《庄子》书，遂由简约之记言进而为铺排之记言，更有设寓之记言，此乃战国诸子文体之初步。此后则有舍去记言之体而据题抒论者，如《荀子》《韩非子》之一部分及《吕氏春秋》是也。舍记言体而据题抒论，此乃战国文体演进之第二步，此说理之文也。（此节意采《史语研究所集刊》第一本第二分册傅斯年《战国文籍中之篇式书体》）记事之文，如《左传》《国语》中诸长篇，告语之文如苏、张说诸国王书等，形式结构，均甚完整。

二、战国散文以应用为主，故多说理记事告语之文，尚无纯艺术性的抒情写景之文，然后世各种文体，此时均略具雏形。（《文史通义·诗教上》："今即《文选》诸体，以征战国之赅备。京都诸赋，苏、张纵横六国，侈陈形势之遗也。《上林》《羽猎》，安陵之从田，龙阳之同钓也。《客难》《解嘲》，屈原之《渔父》《卜居》，庄周之惠施问难也。韩非《储说》，比事徵偶，《连珠》之所肇也。……孟子问齐王之大欲，历举轻暖肥甘，声音采色，《七林》之所启也；……邹阳辨谤于梁王，江淹陈辞于建平，苏秦之自解忠信而获罪也。《过秦》《王命》《六代》《辨亡》诸论，抑扬往复，诗人讽喻之旨，孟、荀所以称述先王，儆时君也。"）故章学诚谓："至战国而文章之变尽，至战国而后世之文体备。"

三、诸子虽多弟子所记，非本人自撰，然其文仍各具特殊之风格，且与其学术思想有关，如《孟子》之俊伟，《墨子》之朴拙，《庄子》之飘逸，《荀子》之密栗，《韩非子》之廉悍。

四、吾国文与语分隔，自汉以后即如是。先秦文体，是否亦与语言分离，抑文语接近，此一问题，据吾人之研究，则周代有一种“雅言”，如今人所谓“官话”或“国语”，乃当时通用之语言，绝国之人，殊乡之士，可借以通情达意，虽远无阻。所以名“雅言”者，以其用西周京都之音为标准，亦如今日国语之用北平话，“雅”为西周之音，第一章已言之矣。士大夫皆有雅言之训练，故交接邻国之际，虽晋、楚异音，秦、越殊语，而无隔阂之患。孔子读《诗》《书》及执礼，皆用雅言。雅言非仅读音之正，其用字及句法，盖亦有相当之标准，以平易简洁为尚。当时著诸竹帛，盖即用此等雅言，《论语》即一证也。降及战国，诸子著书，虽不免稍杂方语，而大体仍循春秋以来相传雅言之旧。《吕氏春秋》乃吕不韦集四方宾客所撰，兼备儒、道、墨、农、阴阳、兵家之言，而其文如出一人之手，在先秦诸子之中，最为整洁平易。秦之政治，向重整齐划一，是书撰著之时，或吕不韦授意诸宾客，纯用雅言，借以树立一种文辞之标准也。先秦诸子去雅言最远者，厥为《墨子》一书，其文重复沓冗，句法语词，尤多特异。盖墨子以质变文，反对当时之文化，故于周代文化所孕育之雅言，亦不重视。雅言通行于士大夫间，墨子之道，欲抑士夫而下就庶民，而其徒著书行文，多杂庶民口语，鄙倍沓冗，亦非所计。其书传于后世，最为朴拙难解，亦以此故也。

五、战国时，文学观念尚未独立，故诸子所讨论批评，惟在学术，未有论及文章者。然诸家除墨子外，无不注意文辞之美，盖非是不能畅其旨以动人也。儒家重诗教，学《诗》之士，均善辞令，故言语文字之修辞，乃儒家所重。孔子曰："言之无文，行而不远。"曾子谓："出辞气，斯远鄙倍矣。"孔子辞令极美，孟子亦以"好辩"称，并自以为"知言"。荀子亦曰："故君子之于言也，志好之，行安之，乐言之。故君子必辩。凡人莫不好言其所善，而君子为甚。故赠人以言，重于金石珠玉；观人以言，美于黼黻文章；听人以言，乐于钟鼓琴瑟。故君子之于言无厌。鄙夫反是，好其实，不恤其文，是以终身不免埤污傭俗。"（《非相》篇）庄子虽不主辩论，并谓"言隐于荣华"（《齐物论》），然其书实多荣华之言。《天下》篇叙庄子学术，特重其言论之方法，"以天下为沉浊，不可与庄语，以卮言为曼衍，以重言为真，以寓言为广……其书虽瑰玮，而连犿无伤也，其辞虽参差，而諔诡可观。"其行文有"卮言""重言""寓言"诸法，故能"瑰玮""諔诡"。韩非作《说难》，于所说者之心，揣摩深透，于立说之方，计划工巧。至于纵横之士，美言巧辞，更无论矣。惟墨家椎鲁无文，其书文辞芜拙烦累，故时人已讥其"多而不辩"。墨者辩护之辞则谓："今世之谈也，皆道辩说文辞之言，人主览其文而忘其用。墨子之说，传先王之道，论圣人之言以宣告人，若辩其辞，则恐人怀其文，忘其直，以文害用也。"（《韩非子·外储说上》）荀子所谓"鄙夫……好其实，不恤其文，终身不免埤污慵俗”者，殆即讥墨家也。

六、上节所论为辞令之美，乃关于修辞方面者，今论关于逻辑方面者。辞令之美，春秋以来，已注重之，战国纵横游说，故其流益畅。逻辑之注重，则兴于战国。盖战国有一派学者，如惠施、公孙龙，当时称为“辩者”，从理智之观点以解释宇宙间事物，持论往往违反常识，“然不然，可不可”，时人或视为“怪说”“琦辞”（《荀子·非十二子》篇），然其立说皆有名理之根据，亦可以“困百家之知，穷众口之辩”。（《庄子·秋水》）百家受其影响，亦不得不注重名理。庄子与惠施同时友善，已受其影响，而后期之儒家（《荀子》）、墨家（《墨经》），其立论均较前精确，壁垒均较前森严。《荀子》有《正名》篇，即驳辩者之说，其他诸篇，亦文理密察。墨家虽不重修辞之美，然后期墨家颇重逻辑，观《墨经》上下、《经说》上下、《大取》《小取》诸篇可知。《墨子·贵义》：“以其言非吾言者，是犹以卵投石也。尽天下之卵，其石犹是也，不可毁也。”《修身》篇：“言无务为多而务为智，无务为文而务为察。”此无论真为墨子之言，或后期墨家所托，要之可见《墨子》于言文不重修辞（“多”“文”）而重逻辑（“智”“察”）之态度。

七、此时期中，各书之文，均出自然，为作者才性思想之所发抒，无模仿矫饰之迹，各有所长，特具风格，对于后世，亦多影响。论理之文，如《孟子》之闳伟雄肆，韩愈学之；《庄子》之飘逸灵变，苏轼学之；《韩非子》廉悍锋利，苏洵、王安石学之。论事之文，如《战国策》，沉而快，雄而隽，汉之贾谊、宋之苏轼均受其沾溉。记事之文，如《左传》剪裁运化之妙，传神写人之精，冠冕千载。

秦代散文

秦自并天下至灭亡仅十五年，在文学方面无多成绩。秦代重要作者仅一李斯。李斯散文，《史记》本传中存书四篇，纯为战国文体，尤与《战国策》及《韩非子》相近。其《谏逐客书》，敷陈诛丽，似苏、张纵横之文，《上二世言督责书》，则简核似法家言。李斯在文学上之贡献，不在此等书，而在其所作之刻石文，其所作刻石文为一种创体，虽亦四字韵文，而不同于《雅》《颂》。盖秦并兼天下，初创为大帝国，自立规模，破除古昔，非此种文字，不足以发扬其气象，形容其精神也。李斯所作刻石文凡七篇：

绎山刻石　　此文《史记》不载，《史记正义》及《文心雕龙》皆归之于李斯，即其辞观之，似非伪作。

泰山刻石　琅邪刻石　之罘刻石　东观刻石　碣石刻石　会稽刻石

诸刻石皆三字一韵，《诗经》中惟《小雅·采芑》有此先例。

第四章　汉赋

《诗》《骚》、赋之递嬗

周代春秋以前之文学主体为《诗》三百篇，战国时则有《骚》，汉代则有赋，三者递嬗之关系，可得而论。《诗》三百篇皆可被之管弦，协诸音律，至战国时，因乐器进步（战国则乐器与春秋不同。除琴瑟钟鼓之外，春秋时以木石乐器为多，战国时以丝竹乐器为多，如高渐离击筑，齐宣王使人吹竽，皆丝竹乐器。），新乐繁兴，诗与乐的关系渐疏。代诗而兴之楚辞，其中祭歌如《九歌》之类虽仍合于乐舞，但如《离骚》等长篇，殆已只能讽诵而不能入乐。与屈原时代相去不远之荀卿，曾用楚辞体裁著成数篇说理诗，而直称之曰“赋”。据班固引古传谓“不歌而诵谓之赋”，则在战国时专供讽诵而不能入乐之诗篇已渐出现。屈原以后之作家，虽大都仿《离骚》，但趋重于铺陈事物，堆砌词句，与被诸管弦之诗，固相去愈远，与合于乐舞之楚辞，亦貌合神离，于是所谓不歌而诵之“赋”，由动词一变而为名词，继《诗》《骚》而别成一种文体矣。

赋虽由《诗》《骚》递嬗而来，然《诗》《骚》均为诗体，赋则为界于诗与文间之一种体裁，即在诗体之楚《骚》中融以散文之成分。盖赋者，铺也，以铺陈为主，铺陈必假事物为资，而用散文为便。社会演讲，事物繁赜，于是赋体日拓，而去诗益远，惟其中以抒情为主者，则保存诗之成分较多也。

汉赋特盛之原因

赋在汉代所以特盛者，有数种原因：（一）每一种新文学体裁创生后，继之必为其发扬之时期，辞赋兴于战国末年，至汉代恰为其发扬滋盛之时；（二）辞赋为楚声（汉宣帝时，九江被公能为楚辞。隋有僧道骞者，善读之，能为楚声，音韵清切，至唐，传楚辞者皆祖骞公之音。），汉高帝楚人，好楚声，故楚声之文学易于昌行；（三）战国为纵横之世，汉统一后，纵横之说无所施展，于是折入辞赋而助长之；（四）汉代皇帝（武帝、宣帝、元帝）、诸王（吴王、梁王、淮南王）多好辞赋，提倡甚力，故文人遂致力于此，以希荣宠；（五）汉为大帝国，拓土万里，规模闳伟，赋体铺张，适足表现其时代精神。

汉赋之流变

汉人之于赋，竭一代文人心力而为之，故能辟前人所未辟，而蔚为汉代文学主流。《汉志》著录赋千零四篇，在刘歆以前者，数量已如此，而东京二百年之作不与焉。然今所存者已不及十之一。赋在汉初，虽较荀卿赋进步，尚未脱楚辞之窠臼。其后渐进而渗入战国策士恢张之成分，渐进而渗入战国滑稽诙谐之风趣，渐进而渗入《雅》《颂》之典丽矞皇，以散文之恢张大其域，以议论之风发泉涌树其干，以瑰丽之辞句耀其宇，以楚辞之幽情逸韵通其息，递变递进，渐脱前轨，而自成新体，以达于所谓“沉博绝丽”之域。

《汉志》分赋为四类，曰屈原赋，曰陆贾赋，曰荀卿赋，曰杂赋。其所以分为四类之意已不可知。今按汉赋大别为两类，一曰体物之赋，一曰抒情之赋。体物之赋，尚夸饰，重写实，铺采摛文，敷张扬厉，是为汉赋之正宗，而抒情之赋，则承屈、宋之流，继战国之骚体，在汉赋中反为旁支。

今按时代论述汉赋之流变。

汉高祖、吕后时，赋尚未盛，其时著名作者有陆贾。陆贾本楚人，从高祖，以辩称，富有战国策士流风，《汉志》以枚皋、庄忽奇与贾列为一类，似汉人以纵横辩说之风运而为赋，贾为首出，惜陆贾赋三篇已佚，其作风如何不可知耳。

至文景时，辞赋作家渐多，《汉志》所载，有庄夫子赋二十四篇，贾谊赋七篇，枚乘赋九篇。庄夫子即庄忌，吴人，为梁孝王客，其赋今存一篇，曰《哀时命》（在《楚辞》中），辞藻意境均不出《离骚》《九章》之外。贾谊，洛阳人，少时见知于河南守吴公，吴公与李斯同邑而尝学事焉，故谊之学与文应有荀卿之影响。（《经典叙录》叙《左传》云："荀卿授阳武张苍，苍授洛阳贾谊。"）贾谊以一代英才，见知文帝，上疏论政，意气发扬，而龋龁于绛、灌之伦，年二十三，出为长沙王傅，过湘水，投赋以吊屈原。此赋前半多四言，似荀卿赋，而骨格纯脱胎于楚辞，后半句法仿《九章》，气局跌宕。谊又作《鹏鸟赋》（二十六岁作），不尽遵循楚辞矩度，虽遗其迹，实得其神，篇中假设己与鹏鸟问答，以抒写个人对于人生之理解，其中掺杂老庄思想，则以谊本"通诸家之书"，而黄老思想在当时又甚流行也。（《楚辞》中载《惜誓》，王逸曰：或云贾谊作，疑莫能明。《古文苑》有贾谊《旱云赋》，则系伪托。）枚乘，字叔，淮阴人，淮水流域旧为楚境，乘生平客吴客梁，而客梁尤久。吴与梁在当时为文学空气最浓厚而受楚辞影响最巨之地。（参看《汉书·地理志下·寿春》）枚乘故乡及客游之地，皆在楚辞气息之内，枚乘长于辞赋，其作品以《七发》为最知名。《七发》为一篇具有创造力之杰作，虽由《招魂》脱化而来，而又有其新建树，其中写食物，写美色，写宫观、乐舞，显然脱胎于《招魂》，其异于《招魂》者，则分所写事物为各个单元，且以问答构局，参以辩士讽喻及耸动成分，而运用散文气局以植其干。贾谊赋犹上承屈原，以抒情为主，枚乘赋则下开扬、马，以写物为宗。《七发》一篇，描绘精彩，写音乐、羽猎、涛三段尤工，实奠汉赋之基，然其袭蜕于楚辞之迹，犹约略可寻，如："周驰乎兰泽，弭节乎江浔。掩青苹，游清风。陶阳气，荡春心。"而琴调一歌："麦秀蔪兮雉朝飞，向虚壑兮背槁槐，依绝区兮临回溪。"情韵尤为相似。凡汉赋采撷楚辞，多在瑰丽和空灵两点，此其征也。至于枚乘所以作《七发》之用意，张裕钊、吴汝纶皆谓其在谏吴王之谋反，盖故迷其辞，以微文谲谏也。（《古文苑》载枚乘《梁王菟园赋》，《西京杂记》载枚乘《柳赋》，均系伪托。）

至武帝时，汉兴已七十余年，休养生息，家给人足，武帝好大喜功，外则开拓疆土，内则粉饰太平，在此种环境中，浮夸侈丽之辞赋极易兴盛。武帝好辞赋，读司马相如《子虚赋》而思见其人，读《大人赋》而飘飘有凌云气游天地间意，其自作赋如《秋风辞》及《悼李夫人赋》均意境高美。（《汉志》载"上所自造赋二篇"，而诗类列高祖不列武帝，则赋二篇殆即《悼李夫人赋》与《秋风辞》。）其左右文学之士，如司马相如、东方朔、枚皋、庄助、庄忽奇、吾丘寿王、朱买臣等皆善辞赋，往往受诏撰赋，故武帝时为汉赋极盛时期。

文景以前赋家，尚多承袭楚辞，至司马相如出而汉赋规模始立。相如，蜀郡成都人，曾客游梁国，著《子虚赋》。武帝读而善之，曰："朕独不得与此人同时哉。"时蜀人杨得意为狗监，对武帝曰："臣邑人司马相如自言为此赋。"帝召见相如，相如又献天子游猎之赋，即《上林赋》，帝以为郎。后为中郎将，建节使西南夷。为孝文园令，病免，居茂陵，卒。相如游梁数岁，邹阳、枚乘、庄忌等均在梁，梁客皆美辞赋，乘尤高，故相如殆受枚乘之影响，《子虚赋》即作于此时。《子虚赋》虽为相如成功之作，然其时餍饫未广，取材未丰，犹未足以极其才。及其遇武帝为侍从之臣，宫馆苑囿之盛，珍奇异物之好，罗天下之壮观，取精用宏，遂得骋其天才，发为宏侈巨丽之文。如《上林赋》中所写，为前代之所无，而在文学及历史之意义上，亦汉代所不可无，而为后世所不必仿效、不易仿效者。相如才力大，渟蓄深，故能以磅礴之气，驱瑰玮之辞，虽未能沁人心脾，却能荡人精魂。（张裕钊曰："骚赋胜处，全在瑰玮闳丽，俶傥骏迈，峭逸嫖姚，不可为状，而司马长卿则以气胜，其空中设景布阵，最虚眇阔达，前后一气嘘吸，回薄鼓荡，如大海回风，洪涛隐起。"）《七发》与《上林赋》同为讽谏而作，《七发》之喻意在句里，偶然流露于句痕字迹之间，《上林》之讽喻则在反言若正，正面意旨均于结尾处始露，此战国策士之长技，而枚、马承其遗传者，此其相同者一。以问答作起结，而假托于吴客或楚使，此其相同者二。以铺张为能事，以歆动感官之材料为资粮，此其相同者三。其不同者亦有数点：枚以各个材料为单元，而马则熔为一炉；枚作有无数中心点，而马文则沆瀣一气；枚作虽亦铺张，而意则平实，故波澜少，马则赋以想象力，以浩渺之思运行其间，故波澜多；无韵之部分虽较枚少，而散文之气息反较枚重，此皆相如才力显著之处，而亦较前人进步之处也。《太平御览》卷五八七引《西京杂记》记载相如答盛擥问作赋，谓“赋家之心，包括宇宙，总览人物”。此虽不一定真为相如之言，然相如赋之运思实有此种恢闳之情况。《汉志》载相如赋二十九篇，今所存者，《子虚》《上林》之外，尚有《大人赋》《哀二世赋》，皆见《汉书》本传中，《文选》载相如《长门赋》，恐系依托。

与相如同时以赋见称，而作风绝不相类者，有东方朔、枚皋。皋，枚乘之孽子也。武帝对于词臣，本以俳优蓄之，东方朔、枚皋亦以滑稽诙谐取悦人主，朔虽诙笑，然时观察颜色，直言切谏，皋则尤好嫚戏。武帝游幸各地，每有所感，辄使皋为赋，皋为文疾，受诏辄成。司马相如为文迟而善于皋，皋自言为赋不如相如，又言为赋乃俳，见视如倡，自悔类倡也。东方朔作《答客难》，富于滑稽风味，枚皋作赋多至百余篇，颇诙笑不甚闲靡。

宣帝亦好辞赋，“修武帝故事”，当时以赋称者有王褒。王褒，蜀人，益州刺史王襄以其有俊材，奏上之，宣帝征褒与张子侨等并待诏，数从褒等放猎，所幸宫馆，辄为歌颂，等其高下，以差赐帛。王褒生汉赋极盛之后，颇欲别辟疆域，而才力弱，不足副其志。其《圣主得贤臣颂》，既不愿恢复三百篇之颂体，欲更进一步散文化，于是成为非颂非诗名不称实之作。其较成功者为《洞箫赋》，由《七发》中言音乐部分引申而扩大之，遂开音乐赋之首。王褒又作《九怀》，变而用短音促节之句法以模《骚》而情韵不似。

成帝时赋家有刘向。刘向身世，大类屈原，其《九叹》之作，上哀屈原，下悲己志，体亦仿《离骚》《九章》，尚非无病而吟之作，然写情未深透，融会事物，亦留痕迹，此由其对屈原之印象过深，而自己之个性反相形见绌也。其子歆为《遂初赋》，变悲古为言志，弃骚体而用赋式，结体近于纪行，开班彪《北征》、冯衍《显志》之轨，虽变楚辞之风貌，尚无独特之蹊径，向、歆父子究为学者而非诗人也。

西汉末年赋家以扬雄为首。扬雄，字子云，蜀郡成都人，少好司马相如之赋。雄生平著书作文，皆喜摹拟，“以为经莫大于《易》，故作《太玄》；传莫大于《论语》，作《法言》；史篇莫善于《仓颉》，作《训纂》；箴莫善于《虞箴》，作《州箴》；赋莫深于《离骚》，反而广之；辞莫丽于相如，作四赋。皆斟酌其本，相与放依而驰骋”。（《汉书》本传）雄仿相如之四赋为《甘泉》《河东》《羽猎》《长杨》

四篇，《甘泉》《羽猎》虽脱胎于《子虚》《上林》，独不用问答体，欲平地层台，扶摇直上，又其用思深，锤炼遒，故无一字懈，一语肤，下字必求其响，几欲掷地作金石声。此等皆相如所未有，而下启班、张，盖扬雄于摹拟之中，亦自有其卓绝之处。雄好深湛之思，其作赋殆亦极用心，《意林》引桓谭《新论》载扬雄对桓谭言："成帝时……诏令作赋，为之卒。暴思精苦，赋成，遂困倦小卧，梦其五藏出在地，以手收而内之。及觉，病喘悸大少气，病一岁。"（《北堂书钞》作"病发一年而死"，《甘泉赋》注作"明日遂卒"，《御览》三九三作"一年卒"，三九九、七三九作"病一岁卒"，皆误。）桓谭谓其："尽思虑，伤精神。"又《北堂书钞》卷一〇二引桓谭《新论》云："余少好文，见扬子云，欲从学，子云曰：'能读千赋，则善之矣。'"凡此均足见扬雄作赋功力之深，用思之苦，然相如超俊透逸之致，则雄所不能有，故雄称："长卿赋不似人间来，其神化所至邪。"（《西京杂记》）盖自愧不如之意也。雄晚年颇悔其少作，以为赋欲以讽，而结果往往反成为劝，又以赋似俳优，非贤人君子诗赋之正，于是辍不复为焉。

成帝妃班婕妤作《自悼赋》，其后半篇情韵绵邈，为六朝抒情小赋之开端。（班婕妤尚有《捣素赋》，疑出伪托。）

东汉之初，世更丧乱，人多感慨，于是抒情之赋又盛。班彪《北征》、冯衍《显志》，皆名篇也。《北征赋》尤为杰出，一起即有惊飙振沙之势，虽奔放而能控制，故仍深情郁结。此文之长，犹有两点。其一为使用史事。贾谊《鹏鸟赋》，假事以言志，刘歆承之，其途遂广。班彪则融情于事，化事为情，而出以清新，潘岳、庾信承其宗风，而更加以变化，遂各霸一代。其二为句法之渐变。屈原之赋，大体为七言句，而间以“兮”字之语调，汉代仿骚赋之作，殆无不如是，《北征赋》中虽仍保有此迹，而存留者已仅十之二三，去此一助辞，遂变为清畅流利之六言句。汉代大赋以四言句为主体，魏晋以后之赋以六言句为主体，此其大别也。此风之渐变而有显著之迹，自班彪始。冯衍《显志赋》，意哀而声激，在汉人仿骚体文中最无依傍之态，而在赋体演变中关系较浅。

明帝、章帝以降，天下承平，于是汉赋复归于体物之途，重要作家有班固、张衡。东汉之有班、张，犹西汉之有扬、马也。班固作《两都赋》，以大都会为题材，此等写作，有如经营巨大建筑，设置巨大园亭，工役既繁，物力尤侈，资财匠心，缺一不可。即以动机魄力言之，已度越扬、马。汉人作赋，以都会为题材者，在班固之前，有淮南王安《长安都国颂》、扬雄《蜀都赋》、杜笃《论都赋》。淮南王作已佚，扬、杜之赋皆未足语于成功。班固出，遂为此体铸一典型。班固之描写铺张，与枚、马不同，枚、马夸张，班固则以纯粹写实之态度写实矣。班固以史家态度赋两都，所谓节制之师，其第一特色为纪律森严。先于地理形势、社会殷繁显示一具体轮廓，次及各个宫与殿，各种境地中之各种动作，凡当写者，则笔无滞情，凡不当写者，则控勒裕如，故能广而不侈，约而不隘。姚范曰："凡所举典，于建国之规，皆得其要，赡而不秽，详而有体，即班氏之史材也。"其第二特色为音节堂皇。赋中用字求其响，扬雄已致力，而其所得在拗折与遒劲，班固则如奏黄钟大吕之音，以灏气运转其间，此种特色，盖自《雅》《颂》中来，细读班赋，当能辨其受《诗经》影响之深。班固赋两都，由于"发思古之幽情"之成分多，析西土耆老怀思之成分少，其动机纯为文学的，非为事而发。准此以观，故其写西都最精彩，而写东都则只能以论说行文，固由于题材背景可供敷陈者少，亦由其对东都之印象为理智的，而非"发思古之幽情"也。

班固尚有《幽通赋》，造端构局，遣词用字，悉以《离骚》为矩矱，命意以儒家思想作骨干，而运以史家态度，均不失班固本色。然不能悱恻动人，盖班固乃史家，非诗人，无一往不返之情，徒袭屈之貌，而无屈之心。［班固《离骚序》引《大雅》"既明且哲，以保其身"，以全生远害不受世患为贵，纠屈原之露才扬己，并谓淮南王谓屈原《离骚》兼《风》《雅》而与日月争光为过，可见其不能同情屈原，与贾谊之吊屈者异矣。班固此种见解，或本于其父，班彪《悼离骚》亦云："夫华植之有零茂，故阴阳之度也。圣哲之有穷达，亦命之故也。惟达人进止得时，行以遂伸，否则诎而坼蠖，体龙蛇以幽潜。"（《艺文类聚》卷五十六）盖彪亦史家也。］故长于体物，而绌于言情也。

班固不但为赋家，且为赋的理论家，西汉人工赋者多而论赋者少（凡对于某种文学评论之作，皆产生于此种文学兴盛，作品众作之后），班固之《离骚赞》《离骚赞序》《两都赋序》及《汉志·诗赋略》，皆为赋评及赋史之重要文献。班固论赋之主要意见即为提高赋之地位。西汉人作赋者虽多，而对赋并不重视，以为俳优小技，枚皋言“为赋乃俳，见视如倡”（《汉书·枚皋传》），扬雄亦谓赋为“雕虫篆刻”，又谓赋“颇似俳优淳于髡、优孟之徒，非法度所存，贤人君子诗赋之正。”。赋家自言者如此。惟宣帝谓：“辞赋大者与古诗同义，小者辩丽可喜……尚有仁义风谕，鸟兽草木多闻之观，贤于倡优博弈远矣。”（《汉书·王褒传》）在西汉人中为较特殊之意见。班固出，则提高赋之地位。其推究赋之起源谓：“赋者，古诗之流也。”（《两都赋序》）又谓：“春秋之后，周道浸坏，聘问歌咏，不行于列国，学《诗》之士，逸在布衣，而贤人失志之赋作矣。大儒孙卿及楚臣屈原离谗忧国，皆作赋以风，咸有恻隐古诗之义。”（《汉书·艺文志》，此段可能为刘歆之意见，而班固采之。）谓赋原于三百篇，其称道汉人之赋，亦谓：“或以抒下情而通讽谕，或以宣上德而尽忠孝，雍容揄扬，著于后嗣，抑亦《雅》《颂》之亚也。”（《两都赋序》）谓其功能与《雅》《颂》同。

继班固而起者有张衡。张之于班，亦犹扬之于马。班赋《两都》，张仿之而赋《二京》，班赋《幽通》，张仿之而赋《思玄》。班之赋《两都》，其动机在“发思古之幽情”，且生长关中，宫殿旧址，故老遗闻，亲接耳目，其由材料所得之印象为直接的，故亲切动人。至于张之赋《二京》，《后汉书》本传谓：“时天下承平日久，自王侯以下，莫不逾侈，衡乃拟班固《两都》，作《二京赋》。”其动机为理智的。其赋西京，材料皆得自间接之记述，故虽同一题目，而与人之景象为异。张衡之赋“精思傅会，十年乃成”，盖有跨班固而上之之意。班魄力雄伟，故以宏壮取胜，张思想缜密，故以理致见长，举凡班所用之格局词语，悉取而融冶更造之，思虑绵密，夐绝前人，故能镕铸大篇，宰割辞调，无懈可击，而刻画之工细，尤为张赋之特色。

马融以经师而亦善辞赋，作《长笛赋》。融本善音乐，能鼓琴吹笛，其作《长笛赋》，以音乐家赋汉代新兴乐器，得心应手，视昔人仅以文辞胜者，有门外与当行之别。篇中写笛音与篇末写笛之缘起两节云：

> 屈平适乐国，介推还受禄。澹台载尸归，皋鱼节其哭。长万辍逆谋，渠弥不复恶。蒯聩能退敌，不战成节鄂。王公保其位，隐处安林薄。宦夫乐其业，士子世其宅。
>
> 近世双笛从羌起，羌人伐竹未及已。龙鸣水中不见已，截竹吹之声相似。剡其上孔通洞之，裁以当笯便易持。易京君明识音律，故本四孔加以一。君明所加孔后出，是谓商声五音毕。

此两节以显著五七言诗句运入赋中，为汉赋之创格，汉乐府歌辞影响于赋，至是已有显著之迹。（《古文苑》载班固《竹扇赋》，通体七言。）

作《楚辞章句》之王逸，曾作《九思》，无甚精彩。其子延寿，有俊才，年二十余，溺水死。曾作《鲁灵光殿赋》，取材虽无异乎前人，而其手法之高，笔致之细，极体物之能事。写景则远瞩与近观有别，初入室与摩挲审视者又有别，而其写灵光殿之壁画，尤为前人所无。蔡邕欲造《灵光殿赋》，未成，见延寿所作，遂辍翰。唐李华云："宫殿之赋，论者以《灵光》为宗。"（《唐文粹》卷一李华《含元殿赋序》）

东汉末年，无卓出之赋家。蔡邕文章，冠冕汉末，而赋亦无特长。（其赋写实者篇幅趋于简短，言情者渐脱迟重之致。）至建安时，赋又开一新风气矣。

汉赋之特色

汉赋既重夸饰描绘，故必多用新奇之字，如《上林赋》之写水云：

> 沸乎暴怒，汹涌澎湃。滭弗宓汩，偪侧泌瀄……滂濞沆溉……沉沉隐隐，砰磅訇磕，潏潏淈淈，湁潗鼎沸。

写山云：

> 崇山矗矗，巃嵸崔巍。深林巨木，崭崖嵾嵳。九嵕嶻嶭，南山峩峩。崖陁甗锜，摧崣崛崎。

写水则多用水旁之奇字，写山则多用山旁之奇字，故汉代赋家多通小学，识奇字（司马相如作《凡将》一篇，扬雄作《训纂》一篇、《苍颉训纂》一篇，班固复续扬雄作《十三章》），而读赋亦可为识字之助。又赋中多胪列奇闻异物，古时无类书，读赋可以增加知识，故汉人谓《二京赋》为“博物之书”。（《三国志·魏书·国渊传》）张衡作《二京赋》所以十年乃成者，亦由于搜集资料之不易也。

汉赋对于各种文体之影响

汉以后各种文体，多由汉赋推动发展而成，兹略论之。

汉人自名其赋亦曰“颂”。（《汉书·王褒传》谓褒作《甘泉》及《洞箫颂》，《文选》作《洞箫赋》，《魏都赋》注引王褒《甘泉宫颂》亦作“赋”。扬雄《羽猎赋》，赋也，而《序》则曰“遂作颂”。马融《长笛赋》序王子渊以下各家赋而曰“箫琴笛颂”。李思《孝景皇帝颂》，《汉志》列于赋类。蔡邕《琴赋》，《文选》陆机《拟古诗》注引作《琴颂》。东方朔有《旱颂》，其句法格局，纯为赋体。马融《广成颂》，体裁全仿《子虚》《羽猎》，亦赋而名“颂”者。）考颂之义为形容，为揄扬，与赋义通，故得混用。汉代所谓“颂”有三途，有颂名而赋实者（王褒《洞箫颂》、马融《广成颂》），有欲变其式而失败者（王褒《圣主得贤臣颂》），有复回于四言诗体者。（扬雄《赵充国颂》、史孝山《出师颂》）

由于赋体之盛，乃有写牢骚、托感念、陈诙谐之杂体文。《七发》以后，代有仿效其体，以“七”名篇者。如傅毅《七激》、张衡《七辩》、崔骃《七依》、曹植《七启》等，不胜枚举。承楚辞中《渔父》《卜居》《对楚王问》之流者，则有东方朔之《答客难》、扬雄《解嘲》与《解难》、班固《答宾戏》、崔骃《达旨》、张衡《应间》、蔡邕《释诲》等。颂扬功德之作，如司马相如《封禅文》、扬雄《剧秦美新》、班固《典引》等亦与赋为近宗。赋有杂以诙笑者，如扬雄之《逐贫赋》、张衡之《髑髅赋》、蔡邕之《短人赋》、张超之《诮青衣赋》，而王褒《僮约》特以诙谐显。此类杂文亦有高谈宫观、壮语畋猎者，或全篇用韵，或局部用韵，有时用韵之部分几与赋无殊，然不能入于赋者，赋乃诗体之化分，虽已成为专体，而仍保有诗之意义与成分，此种杂文则纯乎文矣。

西汉中叶以后，文体日众，如连珠、赞、箴、铭、碑铭、哀文、诔等，皆与赋体有关。兹分论之。

连珠：连珠之兴，晋傅玄谓汉章帝世班固、贾逵、傅毅受诏作之，而沈约《注制旨连珠表》、任昉《文章缘起》

俱谓始于扬雄。按任、沈两家说是也。扬雄以碎文琐语创为连珠之体，而未达明润之域，班固继作，犹未尽美，至陆机之《演连珠》，始“事圆音泽，磊磊自转”。其体实割裂赋之支节以为短隽之偶文也。

赞：司马相如始为《荆轲赞》而不传，班固述史，论而非赞，赞本与颂义近，故归于四言之韵语，与颂之终必变为四言诗体，其致一也。由是而“史赞”“像赞”“草木赞”杂然兴矣。

箴：《左传》中有《虞箴》，扬雄效而广之。《汉书·陈遵传》载扬雄《酒箴》，《太平御览》引作《酒赋》，曹植《酒赋序》亦曰：“余览扬雄《酒赋》，辞甚瑰玮。”亦由雄之时，箴与赋并无清晰界域，故名称错出。雄于箴甚致力，《十二州箴》之外，复作《二十五官箴》，箴体遂确立。而后汉崔骃父子遂以箴名。

铭：铭之体，以勒金石而立，最古亦最多。东汉以降，铭辞特盛。冯衍始为杂器铭，崔骃、李充继作，班固作《燕然山铭》以铭功，独用赋体，至其为《高祖泗水亭碑铭》《十八侯铭》，则纯用四言。碑文发展为传记体，埋于圹则曰墓志，铭辞仍用四言，蔡邕独擅。

吊文：吊文之兴，始于贾谊之吊屈原、相如之哀二世，皆赋也。至蔡邕之吊屈原，始名曰“文”，实亦汉人所谓赋也。稍变而有哀辞，刘勰述崔瑗汝阳王哀辞：“履突鬼门……驾龙乘云……卒章五言，颇似歌谣。”似瑗亦以赋体为之者。更进而吊文以叙情，哀辞以述事，则亦传记与诗体之杂糅，而潘、陆则以哀、吊擅称矣。

诔：鲁哀公之诔孔子，情哀而文质。汉人之为诔者，亦始于扬雄，其《元后诔》，四言而韵，体兼叙述。杜笃、傅毅、崔骃先后代出，仍多四言，至于崔瑗之诔和帝、诔窦贵人，一用四言，一用赋句，亦犹汉赋出入于《诗》《骚》之间也。诔之为体，累德行而旌事功，亦散文与诗之杂糅也。

凡此诸体，或起于汉代，或起于汉前而汉代始盛，无不与赋息息相关。魏晋以后，凡擅此诸体者，均为赋家，盖在此时期中，赋几成为各体文之基本训练也。

汉文之由奇变偶，由朴变华，实辞赋为之枢纽，遂奠六朝骈文之基。（详第九章）

周代四言诗，质而能典，丽而不靡，虽主抒情，亦善体物，发展为赋可能性大，发展为文之可能性亦大。汉赋既盛之后，其所胎息于周代四言诗者，较所受于楚辞之影响尤深，其后复横轶旁出而为各体之四言文，其动荡之力实为伟大。

总论汉赋

（一）汉赋为赋发展之第一阶段，而文学离开一般学术，自成巨流，亦自汉赋始。（二）汉代以后，文体日繁，多与赋异体同气，由赋可以通其邮。（三）由于古代四言诗与楚辞两种伏流，形成汉赋之两派，其递相倚伏盛衰之关系，错综复杂，须先于赋中阐明其因果。（四）赋之地位确定，而后可以考见汉代文学之特色，与建安后文学之新陈代谢，魏晋后文学之递变日新。

第五章　两汉散文

文言在汉时奠定

中国文人作文，用文言而不用口语，而文言如何产生，实为文学史上一重要问题。先秦之时，虽未必言文一致，而言文相去尚不远。中国文字为意象文字，不用拼音符号，故早既有脱离语言之倾向。又以古代书写工具之不便，记事需力求其简，故传世文字记载中之最古者，如殷虚卜辞之简短，已非殷人口语之忠实记录，惟当时未必于口语之外，尚有专供书写之文言，甲骨文简短之记载，不过由口语缩炼而成，如今人之打电报而已。其后意象文字愈造愈多，且又发展而有半音符之字，孳乳益繁，本可作忠实记载语言之用，但记事者始终抱简洁之主张，略去语言之渣滓。（如周代彝铭，皆刻于铜器上，地位有限，故铭辞势必简洁，不能如口语之繁。）惟记言之作，若《尚书》中之《大诰》《多士》等，其中有纯粹白话之记录。春秋、战国之时，书写工具较便，其时不但用简札，而且用帛。（古人书写用帛，不知始于何时。《墨子·兼爱下》云：“吾非与之并世同时，亲闻其声，见其色也。以其所书于竹帛，镂于金石，琢于槃盂，传遗后世子孙者知之。”《非命下》《鲁问》两篇亦有“书之竹帛”之语，可见战国时已用帛书写矣。）故诸子著书动辄数万言。其时行文非尽同口语，而亦相去不远，盖周代有一种“雅言”，即如后世所谓“官话”，今人所谓“国语”，殊乡异国之人，可借以通情达意。士大夫皆能雅言，孔子读《诗》《书》，执礼，用雅言。列国大夫，盟会聘问，皆用雅言。至于行文，亦以雅言为准，正如今人作白话文用国语也。诸子著书，多本雅言，或偶尔羼合方言。（如屈原作品中有楚言，《荀子》中有各地方言。）故其文法词汇，相去不甚远。惟墨家尚质，其书不用雅言，而近于庶民之口语，故文法用字，最为奇特。历秦至汉，帝国建立，疆域益拓，各地方言，繁复变化，必赖一种超时空而有固定性之标准语文，以维系此纵横万里之大邦。周代以来相传之雅言，适足以应此需要。故以先秦古书教育学子，即以先秦书中之雅言，为文人笔下通用之语言，此即后世所谓文言也。文言虽亦常吸收同代语文之质点，以造成更丰富之词汇（《淮南子》频采楚言，辞赋中采方言尤多），但其大体已固定，不似口语之变化无常。自汉以降，文人行文，率用文言。秦、吴、燕、粤之人，虽对面不能通语，而达之于书，皆相悦以解，莫逆于心。其后口语随时变迁，而书辞相承不易，吾国文与语所以相去较远者以此，而二千年来，维系此广土众民，以分为变，以合为常，始终为一大国，不至如欧洲之诸邦分立，亦未尝非此种文字之功也。

初期汉文

所谓初期汉文者，指武帝以前之文。此期文章，尚承先秦遗风，著述之文，如《淮南子》，原出于诸子。论事之文，如贾谊、晁错之作，原出于韩非及战国策士。记事之文，如司马迁《史记》，原出于《左传》《国策》。

《淮南子》内篇二十一篇，一名《鸿烈》，乃淮南王安招致宾客所作。安辩博善为文辞，武帝甚尊重之，每赐安书，常召司马相如等视草。自战国末年以来，学术上有融会众流之趋势。《吕氏春秋》及《淮南子》皆此种趋势下之著作，惟吕氏书折衷诸家，《淮南子》则颇以道家为主，故解释《老子》、袭取《庄子》者最多。汉初淮南一带，辞赋之风甚盛，淮南王能作赋，其宾客亦多赋家（《汉志》：淮南王赋八十二篇，淮南王群臣赋四十四篇），故《淮南子》文体，铺张夸饰，辞藻缤纷，则受辞赋之影响也。

文景之时，论政者以贾谊、晁错为翘楚。贾谊学术，以儒家为宗，而兼通诸家之书，且识见明锐，才气洋溢，其作《陈政事疏》时，仅二十八九岁，而论评时政，筹划方策，极中肯要，史称“诸法令所更定，及列侯就国，其说皆谊发之。”（《汉书》本传）刘向称“贾谊言三代与秦治乱之意，其论甚美，通达国体，虽古之伊、管，未能远过也”。（《汉书》本传赞引）刘勰称贾谊“俊发”（《文心雕龙》），柳宗元称谊之文曰“明”（《与杨京兆凭书》）。“俊发”与“明”，皆足以状贾谊之才性及其文章之风格。后世善于论政者，如唐之陆贽、宋之苏轼，皆受贾谊之影响。晁错为人，峭直刻深，又学申商刑名，善于谋事，当时有“智囊”之称，其上书言兵事，论守边备塞，务农立本，引绳墨，切事情，近法家言。

司马迁（王国维《太史公行年考》谓司马迁生于景帝中五年丙申，卒年不可考，要与武帝相终。）学问甚博，其父谈，学天官于唐都，受《易》于杨何，习道论于黄子。迁既传父学，又问《尚书》于孔安国，问《春秋》于董仲舒，年二十出游，南至江、淮，上会稽，窥九疑，浮沅、湘，北涉汶、泗，讲业齐、鲁之郊，阨困蕃、薛、彭城，过梁、楚以归，后仕为郎，又奉使西征巴蜀以南，南略邛、筰、昆明，其足迹几遍中国，所未至者，仅朝鲜、河西、岭南诸地。游历一事，对司马迁文史之业，裨益甚大，既广增其见闻，复激发其才气，苏辙论司马迁，曾谓其游览名山大川，故其文疏宕有奇气也。武帝元封元年，迁三十六岁，其父太史公谈卒，遗命以论著之事相勖。元封三年，迁为太史令，䌷史记石室金匮之书。太初元年，司马迁四十二岁，造历事毕，始著《史记》。天汉三年，迁四十八岁，因李陵事被刑，后为中书令，尊宠任职事。其卒盖在武帝末，年近六十岁。

司马迁之《史记》，据其自叙著述宗旨曰："网罗天下放失旧闻，略考其行事，综其终始，稽其成败兴坏之纪……凡百三十篇，亦欲以究天人之际，通古今之变，成一家之言。"(《报任少卿书》)盖虽史书而兼有子书之意。其书组织，分十二本纪、十表、八书、三十世家、七十列传，凡百三十篇，而十篇缺，有录无书。(张晏曰："迁殁之后，亡《景纪》《武纪》《礼书》《乐书》《兵书》《汉兴以来将相年表》《日者列传》《三王世家》《龟策列传》《傅靳列传》。元成之间，褚先生补缺，作《武帝纪》《三王世家》《龟策》《日者列传》。"后人补此十篇者，抄《封禅书》以充《武纪》，抄《荀子》《戴礼》以当《礼书》《乐书》，《三王世家》全录策文，《日者列传》载司马季主之辞，《龟策列传》载太卜所传龟策卜事。)刘向、扬雄"皆称迁有良史之材，服其善序事理，辨而不华，质而不俚，其文直，其事核，不虚美，不隐善，故谓之实录"。自司马迁创此体后，班固仿之，撰《汉书》，后遂奉为准则，历代修史皆遵循之，谓之"正史"。《史记》一书，采摭甚博，虽不免疏略抵牾，而在中国史学上终有卓绝之价值也。迁所著书百三十篇，两汉人谓之《太史公书》(《汉书》之《司马迁传》《艺文志》《宣元六王传》，班彪《略论》，王充《论衡》之《超奇》《案书》《对作》等篇)，或谓之《太史公记》(《汉书·杨恽传》、应劭《风俗通义》)，称之为《史记》，始于《三国志·魏书·王肃传》，乃《太史公记》之略语。其书传播甚早，在西汉之末，传世已不只一、二本，且有写以别行者。

《史记》一书，在文学上之价值，不亚于其在史学上之价值。盖司马迁乃诗人式的史家，非科学式之史家，似古希腊之 Herodotus，而不似 Thucydides，其书于记述史事之中，常有抒情之成分。刘熙载谓："太史公文……恻怛之情，抑扬之致，则得于《诗》三百篇及《离骚》居多。"（《艺概》）即指此点而言。虽有时稍损史事之真，而能增文学之美。司马迁之文，对后世影响甚大，曾国藩称为"文章之王都"。盖后世为骈文者宗班固，为古文者宗韩愈，班韩两家之文，均出于司马迁也。文有两种美，曰雄，曰逸。毗于雄者，失之粗犷；毗于逸者，失之柔弱。司马迁能兼雄逸二者之长，故其文苍质而运以轻灵，有骨力，有风神。《史记》文之美者有两种，一为诸世家、列传纪事之简洁，写人之生动；二为诸表序、传论、传赞，议论唱叹，用意之深微，用笔之反侧荡漾，开后人无数法门。韩文中有一部分学习司马迁（如《张中丞传后序》《题李生壁》）；欧阳修得力于《史记》者尤多，《新五代史》全摹《史记》，所作序跋墓志，亦多学司马迁；归有光致力于《史记》，得其描绘琐事、平淡自然之长。

武帝以后之文

西汉散文，自武帝后，风气渐变。武帝推尊六艺，罢黜百家，通经之士渐多，其思想拘谨，文章亦醇厚安雅，无先秦以来跌宕嫖姚之气，董仲舒、刘向可以代表之，后人或谓此种文为“汉文本色”焉。(刘熙载语)

董仲舒少治《春秋》，武帝时，以贤良对策(齐召南考定仲舒对策在武帝建元五年)，史称：“自武帝初立，魏其、武安侯为相而隆儒矣。及仲舒对册，推明孔氏，抑黜百家。立学校之官，州郡举茂材孝廉，皆自仲舒发之。”(《汉书》本传)仲舒之文，原本经术，雍容醇雅。

刘向乃高祖少弟楚元王之后，为汉之宗室，性忠直。元帝柔懦，弘恭、石显专政，成帝荒淫，外戚王氏擅权，向恐国命将倾，屡上封事，如《条灾异封事》(元帝时)，《谏营昌陵疏》《极谏用外戚封事》(成帝时)，均诚恳悱恻，温纯深润。姚范谓：“子政之文，如睹古之君子，右徵角，左宫羽，趋以采齐，行以肆夏，规矩抑扬，玉声锵鸣之容。”向博通群书，深于经术，曾预石渠讲论。成帝求遗书于天下，诏诸臣校理，而刘向校经传、诸子、诗赋，每一书已，辄条其篇目，撮其指意，录而奏之，谓之《别录》，其书已亡，而《战国策》《管子》《晏子》《列子》《孙卿》《韩非子》诸书叙录犹存，后世辨章学术之文多取法焉。向少子歆，学术文章，亦均卓绝，惟向忠于汉，而歆辅王莽为新室佐命，父子异趣。歆之文，如《移让太常博士书》，明快骏厉，过于其父。刘向受诏校书，未毕而卒，哀帝命歆卒父前业，歆于是总群书，别为《七略》，有《辑略》《六艺略》《诸子略》《诗赋略》《兵书略》《术数略》《方技略》。（名为《七略》，实则分群书为六类，盖《辑略》乃总论也。）自汉以后，此为第一次董理文献，辨章学术之大业，章学诚、章炳麟均推重之。《七略》虽佚，《汉书·艺文志》即删节《七略》而成，故尚存梗概。《艺文志》之文，峻洁深美，盖多录歆之原作也。

董仲舒、刘向不但文章为西汉本色，其思想亦为西汉人之代表。西汉时，阴阳家思想侵入儒家，喜言五行灾异，董、刘二人均如是。董仲舒贤良对策及所作《春秋繁露》，盛言阴阳灾异，史称其“治国以《春秋》灾异之变，推阴阳所以错行，故求雨，闭诸阳，纵诸阴，其止雨反是”。故章炳麟讥之为“大巫”。孔子思想开明，无愚妄迷信之念，其作《春秋》所记自然界各种灾异之现象，纯本史家纪实之态度。作《公羊传》者，去孔子虽远，犹未尽昧此旨。凡后人所谓“《春秋》灾异”，考诸公羊传文，惟僖公十五年震夷伯之庙，《公羊传》曰“天戒之”。宣公十五年初税亩，冬，蝝生，《公羊传》曰：“上变古易常，应是而有天灾。”其余但曰：“何以书？记异也。”“何以书？记灾也。”何休作注，始盛言灾异，妄诞不经。（如注“西狩获麟”曰：

"薪采者，庶人燃火之意，此赤帝将代周居其位……言获者，兵戈文也，言汉姓卯金刀，以兵得天下。"）陈澧斥之为"《公羊》之罪人"。而惟原其本，则多出于董氏《春秋繁露》。（《东塾读书记》卷十）刘向少信神仙方术之事，言黄金可成，宣帝令典上方铸作，不验，下狱。后作《洪范五行传论》，亦盛言五行灾异之事，影响后人思想颇大。按人类文化之可贵，即在由愚昧迷妄而进于开明。孔子大哲，生平所论，专在人事，不语怪力乱神，荀子尤深恶巫祝机祥，作《天论》篇以辟之，理明词畅。在先秦之时，吾民族之智慧已进于此，乃至西汉，又复倒退，以董仲舒、刘向之博学，而其思想亦复陷于阴阳五行，不能自拔。由此可见人类思想由愚昧进于开明之不易，而历代真知卓识之士之所以可贵也。

汉代辞赋甚盛，作者甚多，于是镕辞赋于散文者，尚排比，重藻采，喜隶事，与经生质朴厚重之作殊途，遂下开魏晋骈文。贾谊《过秦论》，铺张之处，已有赋意。邹阳谏吴王书，狱中上梁王书，枚乘说吴王诸作，其迹益显。兹举邹阳狱中上梁王书末段为例。

> 臣闻盛饰入朝者，不以私污义；砥厉名号者，不以利伤行。故里名胜母，曾子不入；邑号朝歌，墨子回车。今欲使天下寥廓之士，笼于威重之权，胁于位势之贵，回面污行，以事谄谀之人，而求亲近于左右，则士有伏死堀穴岩薮之中

耳，安有尽忠信而趋阙下者哉！（吴汝纶曰："此体殆邹生所创，其源出于《风》《骚》。"）

其后工赋之士，如司马相如、东方朔、王褒，所作散文，亦皆向此途径发展。相如天才超俊，所诣尤卓，其《上书谏猎》《喻巴蜀檄》《难蜀父老》《封禅文》，均为后世所熟诵。东方朔文特富诙诡之趣，其有名者，为《非有先生论》，王褒文有《四子讲德论》。

扬雄辞赋，为西汉末大家，其散文亦极有特色。雄生平作品喜摹拟，《解嘲》《解难》摹东方朔《答客难》，《谏不受单于朝书》摹战国策士文。（姚鼐谓其似信陵《谏伐韩书》，吴汝纶谓其似李斯《谏逐客书》。）《太玄》摹《易》，《法言》摹《论语》。凡摹拟者喜形似，重字句之琢炼。扬雄为文，极重修辞，于字句声调甚经意，虽无奥旨，而能出以奇辞，此其特色也。兹于《法言》中选数例如下：

事在本真，陈施于亿。（万事也）动不克咸，（不能皆善）本诸身。撰《修身》第三。……神心曶恍，经纬万方，事系诸道德仁谊礼。撰《问神》第五。（《法言序》。注意其用字奥隐及造句奇特处。）

吾未见好斧藻其德若斧藻其楶者也，鸟兽触其情者也，众人则异乎，贤人则异众人矣，圣人则异贤人矣，礼义之作，有以矣夫。人而不学，虽无忧，如禽何。学者所以求为

君子也，求而不得者有矣，夫未有不求而得之者也。（《学行》篇）

或曰："为政先杀后教。"曰："於乎，天先秋而后春乎？将先春而后秋乎？"吾见玄驹之步，雉之晨雊也。化其可以已矣哉。（《先知》篇。注意其用笔摇曳，声调抑扬。）

古者杨、墨塞路，孟子辞而辟之，廓如也。后之塞路者有矣，窃自比于孟子。（《吾子》篇。注意其卫道之气味。）

人心其神矣乎，操则存，舍则亡，能常操而存者，其惟圣人乎。圣人存神索至，成天下之大顺，致天下之大利，和同天人之际，使之无间也。（《问神》篇。注意其肤廓夸大之言。）

中国文学史中古文一派，创自韩愈，唐以前无古文之名。然若溯其远源，则应上及扬雄。韩愈数数称道扬雄，甚至与孟子并举，可谓推尊已极，盖扬与韩心理范型有相同者，韩之慕扬，非出偶然也。凡文学史上之标准古文家，其特质最显明者有两点：（一）古文家思想多系正统的，崇儒术，尊孔孟，俨然以道统自任。然其敝也，则不深刻，无系统，徒为肤廓之言，适见矜持之气，既乏清新之哲思，又无精博之实学；（二）古文家殚心文章，自铸伟辞。其敝也，为文徒有格调形式而缺乏内容，又以过重修辞之故，于句调求其长短错落，抑扬抗坠，矫饰而失自然。此两特点，扬雄均具有之，观上文所引诸例可知也。（刘熙载曰：

“扬子《法言》有些憨意，盖专己创言，人虽怪且厌之，弗为少动也。”）

以扬雄之天才，在中国文学史上，自有其相当高之地位，然因质性偏驳，其影响于后世之流弊，亦不可不知。以文章论，雄首开摹拟之风。以前作者，皆称心而言，自成风格，雄始有意为文，“抗辞幽说”，摹仿古人之辞句格调以自喜。苏轼《与谢民师书》曰：“扬雄好为艰深之词，以文浅易之说，若正言之，则人人知之矣。此正所谓雕虫篆刻者，其《太玄》《法言》，皆是类也，而独悔于赋，何哉？终身雕虫，而独变其音节，便谓之经，可乎？”所言深中雄病。故矫饰夸诞之文，雄实为始作俑者。以学术论，雄生于西汉末年经学昌明之时，而不为章句，其天性殆不近于治沉潜精细之学。《自序》中虽称“默而好深湛之思”，然今读其书，亦不能继孟、荀之后，于儒学有所发明，其最大功绩，不过有一种魄力，能推尊孔、颜、孟而已。故严格论之，雄乃宣传家，非学者与思想家也。盖扬雄本文人，少习辞赋，辞赋不忌夸饰，其后雄又不甘为辞赋，欲进而谈学术，中无所得，徒为大言，仍其作辞赋之故习也。故朱子谓：“雄之《太玄》《法言》，盖亦《长杨》《校猎》之流，而粗变其音节，初非实为明道讲学而作也。”（《朱文公文集》卷七十）后世文人无实学精识而好为空疏夸大之言以自饰而欺人，此种恶风习实自雄开之。［扬雄思想，有一点颇堪称许者，即其居西汉之时，能不惑于愚妄迷信之说。雄谓“圣人以人占天”(《法言·五百》篇),以辟阴阳家以天占人五行灾异之念;又谓“有生者必有死……自然之道”(《法言·君子》篇),以辟当时方士所言神仙长生之说。]以人品论,扬雄外似恬淡而内实未能尽忘情于名利,当王莽篡窃之际,不能洁身远引,而靦颜立朝为莽大夫,且作《剧秦美新》以称颂之,及刘棻之狱,闻使者来收,仓皇投阁,其立身行己之进退失据如此。试诵“窃自比于孟子”之言,而夷考其行,徒见其矛盾可笑。夫不知莽之奸而亲附之,是愚也,知莽之奸而亲附之,是佞也。扬雄不至于佞而难免于愚。王莽为中国史上之大乡愿,一生作伪,自欺欺人,卒之久假不归而自忘其伪,扬雄殆不免为所欺也。总之,扬雄善为空文大言以自炫,其学与行皆不能符其所言,可以惑愚昧,而不能欺真知。在北宋时,穆修、柳开、石介等识解低暗,极尊扬雄,王安石、曾巩等则因重其文而并重其人,苏轼首斥其文之矫伪造作,而程、朱诸人论及扬雄学行文章,深加贬责,程颐曰:“扬子无自得者也,故其文蔓衍而不断,优柔而不决。”(《程氏遗书》卷二十五)又曰:“扬子云去就无足观,其曰明哲煌煌,旁烛无疆,则悔其蹈乱,无先知之明也,其曰逊于不虞,以保天命,则欲以苟容为全身之道也。”(《河南程氏粹言》二)又曰:“扬子云之过,非必见于《美新》、投阁也,夫其黾勉莽贤之间而不能去,是安得为大丈夫哉。”(同上)朱子曰:“某尝说扬雄最无用,真是一腐儒。他到急处只是投黄老,如《反离骚》

并老子‘道德之言’，可见这人更无说，自身命也奈何不下，如何理会得别事，如《法言》一卷，议论不明快，不了决，如其为人。他见识全低，语言极呆，甚好笑。”（《朱子语类》卷一三七）而朱子作《通鉴纲目》，贬之为“莽大夫”，盖以矫北宋诸人过尊扬雄之失。自经苏、程、朱诸贤论定之后，扬雄之估价始定矣。

后汉散文

后汉散文，承西汉武昭以后之风气而演变，因经术之盛而文愈醇雅，因辞赋之盛而文愈整丽，其弊则为啴缓平弱。

班彪《北征赋》，在后汉初辞赋中最为杰出，其散文如《王命论》，亦“安徐重固”，推为名作。彪专心史籍，曾作文论《史记》得失，以司马迁《史记》，自太初以后，阙而不录，后好事者颇或缀集时事，然多鄙俗，不足以踵继其书。彪乃继采前史遗事，傍贯异闻，作后传数十篇。彪卒，子固以彪所续前史未详，欲就其业。既而有人上书明帝，告固私改作国史者，收系京兆狱。固弟超上书讼之，郡亦上其书，帝甚奇之，诏除兰台令史，使终成前所著书。固探撰前记，缀集所闻，以为《汉书》，起元高祖，终于孝平王莽之诛，十有二世，二百三十年，为十二纪，八表，十志，七十列传，凡百篇。固自永平中始受诏，潜精积思二十余年，至建初中乃成。[《后汉书·列女曹世叔妻（即班昭）传》谓：“兄固著《汉书》，其八表及《天文志》未及竟而卒，和帝诏昭就东观臧书阁踵而成之。”] 当时甚重其书，学者莫不讽诵。《汉书》与《史记》同为吾国史书冠冕，以文章论，亦有异曲同工之妙。《后汉书·班固传赞》谓：“迁文直而事核，固文赡而事详，若固之序事，不激诡，不抑抗，赡而不秽，详而有体，使读之者亹亹而不猒。”苏辙称太史公“疏荡有奇气”，刘勰称班固“裁密而思靡”，盖马之文以疏宕胜，而班之文以绵密胜，后世为古文者宗马，为骈文者崇班。

班固自《汉书》外，他文传世者尚多，《为第五伦荐谢夷吾疏》整齐排比，已极近骈文。

> 窃见钜鹿太守会稽谢夷吾，出自东州，厥土涂泥，而英姿挺特，奇伟秀出。才兼四科，行包九德，仁足济时，知周万物。加以少膺儒雅，韬含六籍，推考星度，综校图录，探赜圣秘，观变历徵，占天知地，与神合契。

其《封燕然山铭并序》，尤为声光炜然，真足以“振大汉之天声”者，录《序》一段为例。

> 然后四校横徂，星流彗扫，萧条万里，野无遗寇。于是域灭区殚，反旆而旋，考传验图，穷览其山川。遂逾涿邪，

> 跨安侯，乘燕然，蹑冒顿之区落，焚老上之龙庭，将上以摅高文之宿愤，光祖宗之玄灵；下以安固后嗣，恢拓境宇，振大汉之天声。兹可谓一劳而久逸，暂费而永宁也。

班固之后，张衡、马融虽工于辞赋，而其散文无甚特点。汉末蔡邕出，为重点之散文作家。蔡邕少博学，好辞章、数术、天文，妙操音律，灵帝熹平中为议郎，奏求正定《六经》文字，灵帝许之，邕乃自书于碑，使工镌刻，立于太学门外，儒者咸取正焉，即所谓“熹平石经”也。蔡邕最长于碑文，渊静简重，后人奉为模楷，《文心雕龙·诔碑》篇云：“自后汉以来，碑碣云起，才锋所断，莫高蔡邕……其叙事也该而要，其缀采也雅而泽；清词转而不穷，巧义出而卓立。察其为才，自然而至。”所作郭有道、陈太丘二碑尤有名。（《文心雕龙·诔碑》篇谓：“陈郭二文，词无择言。”）其文非但字句整齐对偶，且多藻饰，散变为骈，至此已将成熟，故建安以后，即入骈文时期矣。

> 遂考览《六经》，探综《图》《纬》。周流华夏，随集帝学。收文武之将坠，拯微言之未绝。于时缨緌之徒，绅佩之士，望形表而影附，聆嘉声而响和者，犹百川之归巨海，鳞介之宗龟龙也。……将蹈鸿涯之遐迹，绍巢许之绝轨，翔区外以舒翼，超天衢以高峙。（《郭有道碑文》）

碑志之文，有两缺点，蔡邕已不能免。一则文多溢美，非尽实录。（《后汉书·郭林宗传》记蔡邕谓涿郡卢植曰："吾为碑铭多矣，皆有惭德，唯郭有道无愧色耳。"）二则易成窠臼，语多雷同，未能文如其事，文如其人。盖墓碑多应人之请而作，或徇私情，或贪润笔，牵率酬应之文，自乖于修辞立诚之旨也。

后汉一代，经学甚盛，通儒硕学，虽不沾沾致意于文采，然因学有本原，渐渍深厚，故其文简峻渊雅，言之有物，转有非文士所能及者，如许慎《说文解字序》、何休《公羊传注序》、郑玄《诗谱序》、赵岐《孟子题辞》等皆是。诸家注经，文亦朴洁，清代学者如戴、段、二王及晚清孙诒让等之文，多出于此。至于郑玄《诫子书》，雍穆自然，饶有情韵，下开魏晋以来平淡清美之小品文，如陶潜《与子俨等疏》、王僧虔《诫子书》及《颜氏家训》之类，又与郑氏说经论学诸文之简重者不同，盖郑氏少时本工文采（《太平御览》卷五八八引《郑玄别传》："民有嘉瓜者，异本同实，县欲表附，文辞鄙略，君为改作。又著颂二篇，侯相高其才。"），又仁义之人，其言蔼如，故虽信笔流露，而自有温醇之美也。

著述之文，后汉亦不乏佳者。桓谭、王充、崔寔、王符、仲长统，皆卓然有以自立。桓谭，字君山，沛国相人，生西汉末，好古学，数从刘歆、扬雄辨析疑异。光武时，为议郎、给事中，以不信谶，为光武所不悦，出为六安郡丞，道病卒。著《新论》二十九篇（本传），《隋志》著录十七卷，此书今佚，有辑本。谭自言：“见刘向《新序》、陆贾《新语》，乃为《新论》。”（《太平御览》卷六〇二）又谓《吕氏春秋》《淮南子》：“其事约艳，体具而言微也。”（《文选》杨德祖《答临淄侯笺》注引）盖所蕲向者在是。王充极推重之，《论衡》中数称桓君山。王充，字仲任，会稽上虞人，好论说，始若诡异，终有理实，以为俗儒守文，多失其真，乃著《论衡》八十五篇，释物类同异，正时俗嫌疑。蔡邕、王朗均重其书，邕入吴，始得之，恒密玩以为谈助。充尚作《讥俗节义》《政务》《养性书》，均不传。充少游太学，曾师事班彪，与班固同时，然其文与班氏绝不类。班固之文，鸿雅华赡，最足代表当时风气。充极有思致，而屏居乡里，鲜与中朝士大夫往还，故开径独行，不受当时文风之影响，而自为朴拙之体，深嫉华伪之文，其论文贵明显易晓，故曰：

> 夫笔著者，欲其易晓而难为，不贵难知而易造；口论务解分而可听，不务深迂而难睹。（《自纪》篇）
>
> 口则务在明言，笔则务在露文。高士之文雅，言无不可晓，指无不可睹。观读之者，晓然若盲之开目，聆然若聋之通耳。（《自纪》篇）

而不取“深鸿优雅”。故又曰：

其文可晓，故其事可思。如深鸿优雅，须师乃学，投之于地，何叹之有。（《自纪》篇）

充“作《讥俗节义》十二篇，冀俗人观书而自觉。故直露其文，集以俗言”。（《自纪》篇）其作《论衡》，文体亦然。充自谓：

《论衡》之造也，起众书并失实，虚妄之言胜真美也。故虚妄之语不黜，则华文不见息；华文放流，则实事不见用。故《论衡》者，所以诠轻重之言，立真伪之平，非苟调文饰辞为奇伟之观也。（《对作》篇）

其论文之主张，作文之态度，盖皆重质轻文，与先秦之墨家相似，其衡量古人之言，亦重内质而轻辞采，《超奇》篇曰：

观谷永之陈说，唐林之宜言，刘向之切议，以知为本，笔墨之文，将而送之，岂徒雕文饰辞，苟为华叶之言哉？精诚由中，故其文语感动人深。

此种议论，颇足以救文胜之弊。王符，字节信，安定临泾人，性耿介，不同于俗，著书三十余篇，以讥当时失得，不欲章显其名，号曰《潜夫论》。崔寔，字子真，著《政论》，指切时要，言辩而确，仲长统曰：“凡为人主，宜写一通，置之坐侧。”（《政论》已佚，严辑《全后汉文》有辑本。）仲长统，字公理，山阳高平人，生后汉末，每论说古今及时俗行事，恒发愤叹息，著《昌言》三十四篇。（《昌言》已佚，严氏有辑本，见《全后汉文》中。）刘熙载谓：“《论衡》奇创，略近《淮南子》；《潜夫论》醇厚，略近董广川；《昌言》俊发，略近贾长沙。”数子皆晚汉著作之隽也。

中国各种文体，至后汉已渐完备，于是有专以工文著名者，史书之立《文苑传》，自《后汉书》始，而浮文之弊，亦由此而萌。王符《潜夫论·务本》篇曰：

> 今学问之士，好语虚无之事，争著雕丽之文，以求见异于世。品人鲜识，从而尚之，此伤道德之实，而或（与“惑”通，程本作“惑”）矇夫之大者也。诗赋者，所以颂善丑之德，泄哀乐之情也，故温雅以广文，兴喻以尽意。今赋颂之徒，苟为饶辩屈蹇之辞，竞陈诬罔无然之事，以索见怪于世，愚夫戆士，从而奇之，此悖孩童之思，而长不诚之言者也。

盖辞赋不忌铺张夸饰，所谓“温雅以广文，兴喻以尽意”，因辞赋之盛而影响其他各体之文，皆“苟为饶辩屈蹇之辞，竞陈诬罔无然之事”，则流弊遂多。王充深嫉“华伪之文”，即指此类。自东汉迄今二千年，虽文体代变，然“苟为饶辩屈蹇之辞，竞陈诬罔无然之事”者，固无时或息也。

第六章　乐府歌辞

乐府之起源

周代诗乐相关，《诗》三百篇皆可被诸管弦，自汉以降，诗乐始判，诗有入乐者，有不入乐者，于是名入乐之诗为乐府。

“乐府”一辞，最初之义，本为汉代管理乐章之衙署，如后世之“教坊”。《汉书·礼乐志》：“至武帝……乃立乐府，采诗夜诵。”后人多据此谓乐府之立始于武帝。然《礼乐志》又云：“《房中乐》，楚声也。孝惠二年，使乐府令夏侯宽备其箫管，更名曰《安世乐》。”孝惠二年已有乐府令，则乐府之立，非始于武帝矣。近人或谓乐府汉初已有之，《汉书·礼乐志》称“武帝……乃立乐府”，疑“立”为“令”之讹。班氏盖谓乐府之修复古制，采诗夜诵，乃自武帝始，非谓至武帝时始有乐府也。其说近是。［清华中国文学会所刊之《语言与文学》中有彭珮天所作《乐府始于汉武帝辨》，谓乐府不始于汉武帝，曾举三证。（一）《史记·乐书》："高祖崩，令沛得以四时歌舞宗庙。孝惠、孝文、孝景无所增更，于乐府习常肄旧而已。"史公之意，明谓汉初已有乐府。（二）近世临淄出土汉代"齐乐府印"，王献唐考订诸齐国封泥之时代在武帝之前，汉世王国设官，悉依中朝之制，今齐国于武帝之前已有乐府，则中朝之有乐府，不自武帝始可知矣。（三）乐府属少府，《汉书·百官公卿表》言"少府，秦官"，其所属诸官中有尚书等十余目，下复言成帝建始四年初置尚书员五人，而于其他诸官，皆无增置明文，知自尚书而外，余皆依秦旧制。秦时已有乐府，此乐府不始于武帝之又一证也。] 武帝命李夫人之兄李延年为乐府长官，名协律都尉，"采诗夜诵，有赵、代、秦、楚之讴"。盖采集民歌，协诸音律，以供帝王娱乐。所以夜诵者，以"其言或秘不可宣露"，故于夜中歌诵也。（颜师古说）又举司马相如等数十人作《郊祀歌》十九章。此外乐府所采集者，尚有从域外传来之胡乐。（张骞自西域传《横吹曲》入汉，李延年因胡曲更造《新声二十八解》，其辞久佚。）

因乐府所制作者乃朝庙乐章，而采集者乃民间歌谣，于是此种朝庙乐章、民间歌谣等入乐之诗，遂被称为"乐府"；其后文人仿作之乐歌，亦名"乐府"；最后文人仿乐府体裁所作之诗歌，虽不能入乐，亦名"乐府"或"新乐府"矣。

汉代乐府

汉代文学，赋为最盛。赋源出于楚辞，楚辞本为战国晚世之新诗体，至汉代流变为赋，极重堆砌，以体物为宗，而供贵族之娱乐，抒情之用渐绌，而去平民日远，故汉人——尤其平民，发抒哀东，多在乐府歌辞。汉之有乐府，如周之有《诗》三百篇。

汉乐府篇名可考者约三百曲，其歌辞见存者约一百曲，可大别为三类。第一类为贵族的，《郊庙歌辞》《燕射歌辞》《舞曲歌辞》属之。第二类为外来的，《鼓吹曲辞》《横吹曲辞》属之。第三类为平民的，《相和歌辞》《杂曲歌辞》属之。

郊庙歌辞为祭歌，有《安世房中歌》十七章、《郊祀歌》十九章。《房中歌》，高祖唐山夫人所作。高祖乐楚声，故房中乐用楚声，孝惠时更名为《安世乐》。《房中歌》多祝颂及教训之语，其体多四言。《郊祀歌》作于武帝时，《汉书·礼乐志》谓其出于司马相如等之手，其署名者惟邹子乐四章（《青阳》《朱明》《西颢》《玄冥》），余并不著撰人，不知何篇为相如所撰（王世贞谓相如卒于元狩五年，十九章中不乏元狩以后之作），且有经匡衡更定字句者（《惟泰元》《天地》）。诸歌内容，大抵记当时祥瑞（如《天马》记宛马，《景星》记汾脽鼎，《象载瑜》记赤雁，《朝陇首》记白麟，《斋房》记芝)，或各种淫祀（如《帝临》祀后土，《天地》祀泰一，《五神》祀五帝)。《房中》《郊祀》诸歌，兼有《周颂》之庄严与楚辞之奇丽，为汉人所创之一种新祭歌体，《郊祀歌》尤胜于《房中歌》，盖撰人如司马相如及邹子等天才较高也。《郊祀歌》摹拟《九歌》，痕迹尤显，可分三点说明。

一、辞句雷同。举例如下：

> 载云旗兮委蛇。(《九歌·东君》)
>
> 票然逝，旗逶蛇。(《郊祀歌·赤蛟》)
>
> 展诗兮会舞，应律兮合节。(《九歌·东君》)
>
> 展诗应律铜玉鸣。(《郊祀歌·天地》)
>
> 广开兮天门。(《九歌·大司命》)
>
> 天门开。(《郊祀歌·天门》)

二、《练时日》与《赤蛟》等于《东皇太一》与《礼魂》。《九歌》中《东皇太一》为迎神词，先言选择时日，次言陈设神位，次言饮食，次言音乐，最后则群神来下，欣然受享。《郊祀歌》首章之《练时日》，其全篇结构与《东皇太一》极相类，仅辞句繁复而已。《九章》末章之《礼魂》，为前十章通用之送神曲（王夫之说)，《郊祀歌》末章之《赤蛟》亦然。

三、祀神之类似。《郊祀歌》中之《惟泰元》《天地》两篇所祀之神，等于《九歌》之《东皇太一》，“泰元”即

"太一"；《郊祀歌》中之《日出入》，乃祀日之歌，等于《九歌》之《东君》；《郊祀歌》中之《五神》乃祭云神之歌，等于《九歌》中之《云中君》；《郊祀歌》中之《天门》乃祀司命神之歌，等于《九歌》中之《太司命》《少司命》。（此节意采自孙作云《九歌非民歌说》）庙堂制作，易失于板重枯燥，汉代骚赋盛行，又有司马相如等天才，故能成此伟制。自晋以降，傅玄、颜延之、谢庄等郊祀及明堂诸歌，均无足观矣。

《燕射歌辞》乃燕飨之乐，其辞均佚。

《舞曲歌辞》又分三类，曰雅舞，曰杂舞，曰散乐。雅舞用于郊庙朝飨，如高祖时之《武德舞歌》，文帝时之《四时舞歌》之类，均佚，今存东平王苍后汉《武德舞歌》。杂舞用于宴会，有《公莫》《巴渝》《槃舞》《鞞舞》《铎舞》《拂舞》《白纻》等，始皆出自方俗，后寖陈于殿庭。歌辞今存者两篇，《铎舞歌》一篇（《圣人制礼乐篇》），《巾舞歌》一篇（又名《公莫舞歌》），皆"声辞杂写，不可复辨"。（又有《拂舞歌·淮南王篇》，崔豹《古今注》谓"淮南小山之所作也"，然《晋书·乐志》谓"拂舞出自江左，旧云吴舞"，则《淮南王篇》或后人所托也。）至于散乐，仍俳优歌舞杂奏，今存《俳歌辞》一篇（一名《侏儒导》），辞意不甚可解。

《鼓吹曲》《横吹曲》皆自外国传来。《鼓吹曲》一曰《短箫铙歌》，盖北狄之乐。汉高后时，班壹雄朔野而有之，鸣笳以和箫声，后遂传入中国。《横吹》有双角，张骞自西域传来，惟得《摩诃兜勒》一曲，李延年因胡曲更造《新声二十八解》，其辞亦佚。《鼓吹曲辞》今存《铙歌》十八曲，另有四曲（《务成》《玄云》《黄爵》《钓竿》）其辞已亡。《铙歌》中《上之回》记武帝时事，《上陵》歌辞明言“甘露初二年”，乃宣帝时，其余时代均不可知。各篇“声辞艳相杂，不复可分”，故意义有费解处。其内容有战歌、恋歌及祝颂之歌。句调参差，长短相间，体势矫健，情感热烈，为其特点，如《战城南》之写战事：

战城南，死郭北，野死不葬乌可食。为我谓乌，且为客豪，野死谅不葬，腐肉安能去子逃。水深激激，蒲苇冥冥，枭骑战斗死，驽马徘徊鸣。梁筑室，何以南，梁何北（一作“何以北”），禾黍而（一作“不”）获君何食，愿为忠臣安可得。思子良臣，良臣诚可思，朝行出攻，暮不夜归。

《有所思》之写情：

有所思，乃在大海南，何用问遗君，双珠玳瑁簪，用玉绍缭之，闻君有他心，拉杂摧烧之，摧烧之，当风扬其灰，从今以往，勿复相思，相思与君绝，鸡鸣狗吠，兄嫂当知之。妃呼狶，秋风肃肃晨风飔，东方须臾高知之。

《相和歌辞》者，“丝竹更相和，执节者歌。”（《宋书·乐志》）“诸调曲皆有辞有声，而大曲又有艳有趋有乱。辞者，其歌诗也；声者，若羊吾夷、伊那何之类也。艳在曲之前，趋与乱在曲之后。”（《乐府诗集》卷二十六）

《相和》《杂曲》诸歌辞，多采自民间。《杂曲》乐调多不知所起，因无可归类，故自成一类。《宋书·乐志》云：“凡乐章古词，今之存者，并汉世街陌谣讴，《江南可采莲》《乌生》《十五子》《白头吟》之属是也。”其后渐被于管弦，即《相和》诸曲是也。皆“感于哀乐，缘事而发”。为汉代乐府之精华，对后世影响亦最大，其中最简单者，如《江南可采莲》：

> 江南可采莲，莲叶何田田，鱼戏莲叶间。鱼戏莲叶东，鱼戏莲叶西，鱼戏莲叶南，鱼戏莲叶北。

但取音节谐美，无甚深意，殆纯为“街陌谣讴”。亦有缘事而发（如田横自杀之后，门人伤之，作悲歌，李延年分为二曲，曰《薤露》，曰《蒿里》，遂为挽歌。西汉末，翟义以丞相子起兵讨王莽，不克，见害，门人作歌悼之，曰《平陵东》），写社会风俗及故事、人生之慨叹、男女相思与别离等等，如《陇西行》写西北妇女之善于持家云：

> 天上何所有？历历种白榆。桂树夹道生，青龙对道隅。

凤凰鸣啾啾，一母将九雏。顾视世间人，为乐甚独殊。好妇出迎客，颜色正敷愉。伸腰再拜跪，问客平安不？请客北堂上，坐客氈氍毹。清白各异樽，酒上正华疏。酌酒持与客，客言主人持。却略再拜跪，然后持一杯。谈笑未及竟，左顾敕中厨。促令办粗饭，慎莫使稽留。废礼送客出，盈盈府中趋。送客亦不远，足不过门枢。取妇得如此，齐姜亦不如。健妇持门户，一胜一丈夫。

首八句与以后文意并不相贯，乃歌唱时一种引子，即所谓“艳”（“引”“艳”一声之转），亦如《诗经》中之兴也。《东门行》写一不得志之白发小吏，欲出而行劫，其贤德之妻子力劝止之。《妇病行》写妇病时嘱其夫勿虐待孤儿，及妇死后家中苦况。《孤儿行》写孤儿受兄嫂虐遇之苦，凄怆动人。亦有寓言人生之作，如《乌生》写乌“端坐桂树间”，为荡子弹射而死，因连及白鹿、黄鹄、鲤鱼，或在上林西苑中，或摩天高飞，或在洛水深渊中，均不免为人所弋获，借慨人生之难逃世网，造境奇崛。《长歌行》慨盛时难久，归结于“少壮不努力，老大徒伤悲”。《善哉行》因“来日大难”思学仙以解脱世难。如《艳歌行》写“兄弟两三人，流宕在他县”，逆旅主妇为之补衣，逆旅主人疑而眄之，客答以“语卿且勿眄，水清石自见”，颇富情趣。《白头吟》写一女子因闻其所欢有两意，故作歌诀绝。（此诗《玉台新咏》列之古乐府中，未署作者主名，后人附会为卓文君作，不可信。）《陌上桑》写罗敷出采桑，一过路官人致词挑之，罗敷拒绝，并盛夸其夫婿。篇中叙问答口吻，神情逼肖，而描绘罗敷容色一段，尤为绚烂：

罗敷喜蚕桑，采桑城南隅。青丝为笼系，桂枝为笼钩。头上倭堕髻，耳中明月珠。湘绮为下裙，紫绮为上襦。行者见罗敷，下担捋髭须。少年见罗敷，脱帽着帩头。耕者忘其犁，锄者忘其锄。来归相怒怨，但坐观罗敷。

以上所述诸歌，大抵出自民间，其中是否有文人稍加润饰者不可知。惟此种乐歌传唱一时，文人渐有仿其体而试作者。如张衡《同声歌》，为婚姻之歌，其结句“乐莫斯夜乐，没齿焉可忘”，与乐府《飞来双白鹄》“今日乐相乐，延年万岁期”相似，可见其模仿民歌之迹。又如辛延年作《羽林郎》，写冯子都调笑酒家胡女，而胡女拒之，其情味之婉美与描写之秾艳，均似《陌上桑》。宋子侯作《董娇饶》（《抱朴子·自叙》篇：“洪者，君之第三子也。生晚，为二亲所娇饶”。娇饶殆犹今人言娇惯之意。）结句“吾欲竟此曲，此曲愁人肠。归来酌美酒，挟瑟上高堂”，亦民歌体裁。此种仿乐府体作诗之风气，至建安时而大盛，于五言诗之成立甚有关系。

为歌诗以抒哀乐，人性自然，贵贱所同，汉高帝以无赖为天子，志得意满，过沛，置酒沛宫，击筑自歌曰：

大风起兮云飞扬，威加海内兮归故乡，安得猛士兮守四方。

令沛中儿皆和习之，帝乃起舞，慷慨伤怀。汉武帝宠李夫人，夫人早卒，帝念之，令方士致其神，其夜，帝遥望见好女如李夫人，不得就视，帝愈益相思悲感，为作诗曰：

是邪非邪，立而望之，偏何姗姗其来迟。

令乐府诸音家弦歌之。淮南厉王犯法，文帝徙之蜀，王不食而死，民间作歌曰：

一尺布，尚可缝。一斗粟，尚可舂。兄弟二人不相容。

武帝时，卫子夫为皇后，弟青贵震天下，天下歌之曰：

生男无喜，生女无怨，独不见，卫子夫，霸天下。

当时民间此种歌诗必甚多，武帝命乐府采歌谣，当时所采集，见于《汉志》者一百三十余篇，兼采乐谱（如《河南周歌声曲折》七篇、《周谣歌诗声曲折》七十五篇），惜皆不传。

汉乐府之影响

周代之四言诗体，至汉代其势已尽，而汉赋板重，又不适于抒情，故汉人势必至于创一种新诗体，而新诗体之创立，亦必有所资借，民间乐府，恰足为创新诗体者所取资。汉乐府体裁本极变化，而以五言者为多，五言较四言为轻灵，而较杂言为整齐，文人仿作乐府，多用此体，五言新诗体因此成立矣。

文学史上，每一种新体裁之建立，多由于庶民与文人之合作。新文学之来源在民间，而收功在文人。庶民能供给新形式、新风格、新生气，其长处为清新，其短处为浅薄，文人提高其境界，增加其内容，修炼其技术，渗透自己个性于其中，于清新之中，加以精美深厚，遂成伟制。及此种体裁既树立，后世模仿者多，渐渐陈腐，于是又须别觅新来源，产生新体裁。古人论文，鄙视民间，固不免于偏，今人又或过重平民，甚至以为惟平民作品为可贵，一入文人之手即将腐化，持论亦未尽当。汉乐府固出自民间，然经辛延年、宋子侯及曹氏父子之手，境界益进，风格益高；词固起于歌妓，然不朽之词有待于温庭筠、韦庄、李后主；曲固起于优伶，然不朽之曲有待于马致远、关汉卿；小说固起于闾巷中之说书讲史者，然不朽之小说有待于吴敬梓、曹雪芹。其起源在民间，其收功在文人，此实不易之原则矣。

南北朝新民族之乐府

晋代以后之乐府歌辞，如《郊庙歌辞》《燕射歌辞》《鼓吹曲辞》《舞曲歌辞》等，均文人奉诏特制，典重沉闷，无文学价值，精华所寄，则在南北新民族之小乐府。自晋室南渡至隋朝统一，南北分峙者二百余年。江南本有吴歌，至此始渐出现。（《乐府诗集》卷四十四曰："盖自永嘉渡江之后，下及梁陈，咸都建业，吴声歌曲，起于此也。"）北方因五胡侵入，有特殊之新民族性，故其乐歌亦有特殊风格。大抵南歌婉媚，善言儿女之情；北歌豪迈，多写英雄之概。

南方民歌又分吴歌与西曲。吴歌为江南民歌，西曲则杂出于荆、郢、樊、邓之间。《晋书·乐志》曰："吴歌杂曲，并出江南，东晋以来，稍有增广。……始皆徒歌，既而被之管弦。"吴歌盖三国时已有之，西晋灭吴之后，此种格调，亦曾流传北方。晋武帝问孙皓："闻南人好作《尔汝歌》，颇能为不？"皓正饮酒，因举觞劝帝，歌曰：

昔与汝为邻，今与汝为臣。上汝一杯酒，令汝寿万春。

帝悔之。（见《世说新语·排调》）又石崇妾绿珠曾作《懊侬歌》（丝布涩难缝）一曲（《乐府诗集》卷四十六引《古今乐录》）：

丝布涩难缝，今侬十指穿。黄牛细犊车，游戏出孟津。

自东晋以后，历宋齐梁陈，咸都建康，于是吴歌渐为人注意，文人亦喜其体而仿为之，遂多流传于后。

吴歌中有《子夜歌》《读曲歌》《上声歌》《欢闻歌》《神弦歌》《华山畿》等，而以《子夜歌》及《读曲歌》最多。《子夜歌》盖起于东晋时，《宋书·乐志》曰："《子夜哥》者，有女子名子夜，造此声。晋孝武太元中，琅邪王轲之家有鬼哥《子夜》。……则子夜是此时以前人也。"《大子夜歌》曰：

歌谣数百种，《子夜》最可怜。慷慨吐清音，明转出天然。

此首无异《子夜歌》之总序。"慷慨吐清音，明转出天然"，为《子夜歌》之最佳评语。再录《子夜歌》数首为例：

宿昔不梳头，丝发被两肩。婉伸郎膝上，何处不可怜。

朝思出前门，暮思还后渚。语笑向谁道，腹中阴忆汝。

郎为傍人取，负侬非一事。摛门不安横，无复相关意。（以上《子夜歌》）

春林花多媚，春鸟意多哀。春风复多情，吹我罗裳开。（《子夜春歌》）

反覆华簟上，屏帐了不施。郎君未可前，待我整容仪。

（《子夜夏歌》）

仰头看桐树，桐花特可怜。愿天无霜雪，梧子解千年。

（《子夜秋歌》）

途涩无人行，冒寒往相觅。若不信侬时，但看雪上迹。

（《子夜冬歌》）

《读曲歌》盖起于宋时，《古今乐录》曰："《读曲歌》者，元嘉十七年袁后崩，百官不敢作声歌，或因酒宴，止窃声读曲，细吟而已。以此为名。"而《宋书·乐志》则谓："《读曲歌》者，民间为彭城王义康所作也。其哥云'死罪刘领军，误杀刘第四'是也。"两说虽殊，而其时期则同，盖彭城王义康得罪被徙亦在元嘉十七年也。《子夜歌》皆五言四句，格调划一，《读曲歌》则多变化，录数首为例：

折杨柳，百鸟园林啼，道欢不离口。

忆欢不能食，徘徊三路间，因风觅消息。

打杀长鸣鸡，弹去乌臼鸟。愿得连冥不复曙，一年都一晓。

罢去四五年，相见论故情。杀荷不断藕，莲心已复生。

《神弦曲》共十一曲，十八篇，一曰《宿阿》、二曰《道君》、三曰《圣郎》、四曰《娇女》、五曰《白石郎》、六曰《青溪小姑》、七曰《湖就姑》、八曰《姑恩》、九曰《采莲童》、十曰《明下童》、十一曰《同生》。盖长江下游民间祀神娱神之歌，与《九歌》相类，曲中所写神灵之生活，皆男女青年之生活，接近人生。《娇女曲》云：

> 北游临河海，遥望中菰菱。芙蓉发盛华，渌水清且澄。弦歌奏声节，仿佛有余音。
>
> 蹀躞越桥上，河水东西流。上有神仙居，下有西流魚。行不独自去，三三两两俱。

《白石郎曲》云：

> 白石郎，临江居，前导江伯后从鱼。
>
> 积石如玉，列松如翠，郎艳独绝，世无其二。

《青溪小姑曲》云：

> 开门白水，侧近桥梁。小姑所居，独处无郎。

诸歌均清艳。齐吴均《续齐谐记》由《青溪小姑曲》推衍而成一段关于青溪小姑之神话。

《华山畿》二十五首，其中亦附有一段艳异之故事。《乐府诗集》卷四十六引《古今乐录》曰：

> 《华山畿》者，宋少帝时《懊恼》一曲，亦变曲也。少帝时，南徐一士子，从华山畿往云阳，见客舍有女子，年十八九，悦之无因，遂感心疾。母问其故，具以启母。母为至华山寻访，见女，具说，闻感之，因脱蔽膝，令母密置其席下，卧之，当已，少日果差，忽举席见蔽膝而抱持，遂吞食而死。气欲绝，谓母曰："葬时车载，从华山度。"母从其意。比至女门，牛不肯前，打拍不动。女曰："且待须臾。"妆点沐浴，既而出歌曰："华山畿，君既为侬死，独活为谁施。欢若见怜时，棺木为侬开。"棺应声开，女透入棺，家人叩打，无如之何，乃合葬，呼曰"神女冢"。

《西曲歌》出于荆、郢、樊、邓之间，其声节送和，与吴歌异，故其方俗谓之"西曲"，有《石城乐》《乌夜啼》《莫愁乐》《估客乐》《襄阳乐》《三洲歌》等三十四曲。《西曲歌》亦多儿女言情之作，而伤别望归之诗较吴歌为多。如《三洲歌》云：

> 送欢板桥湾，相待三山头。遥见千幅帆，知是逐风流。
> 风流不暂停，三山隐行舟。愿作比目鱼，随欢千里游。

《古今乐录》："《三洲歌》者，商客数游巴陵三江口往还，因共作此歌。"盖荆襄一带，多经商者，商人重利轻别离，故其民歌遂多伤离怀远之什。

《西曲》与《吴歌》有一相类之点，即多用双关语，如“理丝入残机，何悟不成匹”。“摘门不安横，无复相关意。”以及以“丝”为“思”，以“莲”为“怜”，以“芙蓉”为“夫容”，以“梧子”为“吾子”之类。

自东晋以还，吴歌之声乐颇为时人所欣赏，贵族亦多好之。《乐府广题》曰：“谢尚为镇西将军，尝著紫罗襦，据胡床，在市中佛国门楼上弹琵琶作《大道曲》。市人不知是三公也。”《晋书·王恭传》：“道子尝集朝士，置酒于东府，尚书令谢石因醉为委巷之歌，恭正色曰：‘居端右之重，集藩王之第，而肆淫声，欲令群下何所取则。’”所谓“委巷之歌”“淫声”，殆指《子夜》之类。《南齐书·王俭传》：“上（高帝）曲宴群臣数人，各使效伎艺，褚渊弹琵琶，王僧虔弹琴，沈文季歌《子夜》。”此皆南朝贵族喜唱吴歌之证。故宋顺帝升明二年，尚书令王僧虔上表论乐曰：“自顷家竞新哇，人尚谣俗，务在噍危，不顾律纪，流宕无涯，未知所极，排斥典正，崇长烦淫。”（《宋书·乐志》）《南齐书·萧惠基传》亦曰：“自宋大明以来，声伎所尚，多郑、卫淫俗，雅乐正声，鲜有好者。”可见吴歌声乐风靡一时。东晋以来之士大夫不但喜吴歌之声乐，且有仿其体作歌者。王献之作《桃叶歌》曰：

桃叶复桃叶，桃树（《玉台新咏》作“叶”）连桃根。相怜两乐事，独使我殷勤。

桃叶复桃叶，渡江不用楫。但渡无所苦，我自来迎接。

《古今乐录》："《桃叶歌》者，晋王子敬之所作也。桃叶，子敬妾名，缘于笃爱，所以歌之。"孔绰作《碧玉歌》曰：

碧玉破瓜时，相为情颠倒。感郎不羞郎，回身就郎抱。

名诗人鲍照亦仿作吴歌，民歌格调韵味浸入五言诗中，遂为宋齐以后之诗开一新境。

北方民歌存于今者，有《企喻歌辞》《琅琊王歌辞》《钜鹿公主歌辞》《紫骝马歌辞》《黄淡思歌辞》《地驱乐歌辞》《雀劳利歌辞》《慕容垂歌辞》《陇头流水歌辞》等三十六曲，不知何以误入《梁鼓角横吹曲》中。北方民歌多写英雄之概，如《企喻歌》：

男儿欲作健，结伴不须多。鹞子经天飞，群雀两向波。
放马大泽中，草好马著膘。牌子铁裲裆，钰鉾鸐尾条。

《琅琊王歌辞》曰：

新买五尺刀，悬著中梁柱。一日三摩娑，剧于十五女。
恠马高缠鬃，遥知身是龙。谁能骑此马，唯有广平公。

（广平公姚弼，兴之子）

《折杨柳歌辞》曰：

上马不捉鞭，反折杨柳枝。蹀座吹长笛，愁杀行客儿。

遥看孟津河，杨柳郁婆娑。我是虏家儿，不解汉儿歌。

健儿须快马，快马须健儿。跸跋黄尘下，然后别雄雌。

即写儿女之情者，亦直爽显露，与南歌之缠绵蕴藉者不同，如《捉搦歌》云：

谁家女子能行步，反着裌禅后裙露。天生男女共一处，愿得两个成翁妪。

黄桑柘屐蒲子履，中央有丝两头系。小时怜母大怜婿，何不早嫁论家计。

《折杨柳枝歌》云：

前门一株枣，岁岁不知老。阿婆不嫁女，那得孙儿抱。

敕敕何力力，女子临窗织。不闻机杼声，只闻女叹息。

问女何所思，问女何所忆。阿婆许嫁女，今年无消息。

此外，北方民歌尚有足称述者，如《敕勒歌》最能写出鲜卑民族之生活，歌曰：

> 敕勒川，阴山下。天似穹庐，笼盖四野。天苍苍，野茫茫，风吹草低见牛羊。

《乐府广题》曰："北齐神武攻周玉壁，士卒死者十四五。神武恚愤，疾发。周王下令曰：'高欢鼠子，亲犯玉壁，剑弩一发，元凶自毙。'神武闻之，勉坐以安士众。悉引诸贵，使斛律金唱《敕勒》，神武自和之。其歌本鲜卑语，易为齐言。"

北方民歌有描写英雄之作，如《陈安歌》及《李波小妹歌》。当东晋初，刘曜围陈安于陇城。安败，南走陕中。曜使将军平先、丘中伯率劲骑追安，安与壮士十余骑于陕中格战。安左手奋七尺大刀，右手执丈八蛇矛，近交则刀矛俱发，远则双带鞬服，左右驰射而走。平先亦壮健绝人，与安搏战，三交，夺其蛇矛而退，遂追斩安于涧曲。安善于抚按，吉凶夷险，与众同之。及其死，陇上为之歌。曜闻而嘉伤，命乐府歌之（《晋书·刘曜载记》）：

> 陇上健儿曰陈安，躯干虽小腹中宽，爱养将士同心肝。騄骢骏马铁锻鞍，七尺大刀配齐镮，丈八蛇矛左右盘，十荡十决无当前。百骑俱出如云浮，追者千万骑悠悠，战始三交失蛇矛。十骑俱荡九骑留，弃我騄骢樊岩幽，天非降雨迨者

休。阿呵呜呼奈子何，呜呼阿呵奈子何。

北魏时，广平人李波宗族强盛，残掠不已，公私咸患，百姓为之语云：

李波小妹字雍容，褰裙逐马如卷蓬，左射右射必叠双，妇女尚如此，男子安可逢。

北方新民族入中夏既久，渐失其强悍之风，于是亦有缠绵婉媚之乐歌，如北魏末年胡太后所作《杨白花》歌，即一例也。歌曰：

阳春二三月，杨柳齐作花。春风一夜入闺闼，杨花飘荡落南家。含情出户脚无力，拾得杨花泪沾臆。秋去春还双燕子，愿衔杨花入窠里。

杨华，武都仇池人，少有勇力，容貌雄伟，魏胡太后逼通之，华惧及祸，乃率其部曲降梁。胡太后追思之不能已，为作《杨白花》歌，使宫人连臂踏足歌之，声甚凄婉。

民间流传之故事诗

民间流传之故事诗，亦因南北地域之不同，而有不同之内容与风格。南方最佳之故事诗为《孔雀东南飞》，叙夫妇间之悲剧，缠绵幽怨；北方最佳之故事为诗《木兰诗》，叙女子代父从军之事，雄壮慷慨。

《孔雀东南飞》凡三百五十三句，一千七百六十五字，为中国最长之诗。此诗初见于徐陵所编之《玉台新咏》，编者有序云：

> 汉末建安中，庐江府小吏焦仲卿妻刘氏，为仲卿母所遣，自誓不嫁。其家逼之，乃没水而死。仲卿闻之。亦自缢于庭树，时伤之，为诗云尔。

《玉台新咏》列此诗于繁钦、曹丕之间，则以为汉末之作。近人梁启超谓："像《孔雀东南飞》和《木兰诗》一类的作品，都起于六朝，前此则无有。"以为受佛本行赞等佛教文学之影响。陆侃如并举证证明《孔雀东南飞》为六朝时作品，如谓"合葬华山旁"与《华山畿》有关，"青庐"为北朝结婚时之特别名词（见《酉阳杂俎》），"龙子幡"乃南朝之风尚。胡适则反对梁、陆诸人之说，谓《孔雀东南飞》毫无佛教思想之痕迹，如作于佛教盛行以后，至少应有"来生""轮回""往生"等希望，陆氏所举诸证，亦多未可据。胡氏谓：

> 《孔雀东南飞》的创作，大概去那个故事本身的年代不

远，大概在建安以后不远，约当三世纪的中叶。但我深信这篇故事诗流传在民间，经过三百多年之久（230—550年），方才收在《玉台新咏》里，方才有最后的写定，其间自然经过了无数民众的减增修削，添上了不少的本地风光（如“青庐”“龙子幡”之类），吸收了不少的无名诗人的天才和风格，终于变成了一篇不朽的杰作。（《白话文学史》第六章）

此诗起句“孔雀东南飞，五里一徘徊”，乃发端之辞。《玉台新咏》有《双白鹄》曰：

飞来双百鹄，乃从西北来。十十将五五，罗列行不齐。忽然卒疲病，不能飞相随。五里一反顾，六里一徘徊。吾欲衔汝去，口噤不能开。吾欲负汝去，羽毛日摧颓。乐哉新相知，忧来生别离。峙嶓顾群侣，泪落纵横垂。今日乐相乐，延年万岁期。

此诗亦收入《乐府诗集》，在汉瑟调中，字句与《玉台新咏》微异。此诗借白鹄譬喻男子不能庇护其心爱之妇人，欲言而口噤不能开，欲负之同逃而无力，只能哀鸣瞻顾而已。民间歌者，因感觉此首古歌辞之寓意恰合焦仲卿妻故事之情节，故用为发端，久之，此段发端遂被缩短为十字。（亦本胡氏说）

《木兰诗》，后人考证甚多，异说纷纭，迄无定论。胡适谓此诗起处“唧唧复唧唧，木兰当户织，不闻机杼声，惟闻女叹息，问女何所思，问女何所忆”六句与《折杨柳枝歌》中“敕敕何力力”六句全同，可以推知此诗创作之年代殆与《折杨柳枝歌》相去不远。此诗流传民间，数经演变，亦有文人润色之处，如“朔气传金柝，寒光照铁衣”等。（《白话文学史》第七章）

第七章　佛教之输入与中古期文艺思潮

中国民族淡于宗教性，故无自创之宗教。先秦之墨家，颇有宗教精神，然未能成为宗教，其学亦不久即湮没。东汉末张道陵所创之道教，并无精深教义，惟以迷妄之说惑愚民。汉魏以降，印度之佛教大兴于中国，支配国人思想者数百年，对于文学影响亦甚大。

佛教之传入中国

普通说法，均谓佛教之入中国，在东汉明帝时，所谓永平求法之事。据近人研究，佛教入中国，当远溯于秦汉之际。《史记·秦始皇本纪》："三十二年……始皇乃使将军蒙恬发兵三十万人北击胡，略取河南地。三十三年……西北斥逐匈奴。自榆中并河以东，属之阴山，以为三（或作四）十四县，城河上为塞。……徙谪，实之初县。禁不得祠，明星出西方。"日人藤田丰八读"禁不得祠"为句，谓"不得"即"佛陀"之对音，中土学人，多从其说，则秦始皇时，佛教盖已于西域传入匈奴。《汉书·五行志》谓：“史记秦始皇帝二十六年，有大人长五丈，足履六尺，皆夷狄服，凡十二人，见于临洮。”大人之见临洮，每论为奇迹，为传说，亦皆暗示西域佛教之东进。及汉武帝通西域，佛教又得传通之机会，《魏书·释老志》：“及开西域，遣张骞使大夏还，传其旁有身毒国，一名天竺，始闻有浮屠之教。”《史记》《汉书》均未言张骞闻浮屠教，魏收或别有所据。考诸当日情事，此非不可能者。《史记·匈奴列传》谓：“其明年（元狩三年）春，汉使骠骑将军去病将万骑出陇西，过焉支山千余里，击匈奴，得胡首虏骑万八千余级，破得休屠王祭天金人。”休屠王所居住地在今甘肃武威一带，距西域甚近，极易传入西域之佛教，其祭天金人殆即佛像。《三国志》裴注引鱼豢《魏略·西戎传》：“昔汉哀帝元寿元年，博士弟子景卢受大月氏王使伊存口受《浮屠经》。”可见西汉末中国人已有受佛经者，此皆汉明以前佛教传入中国之事实也。汉明求法事，诸书记载不同，从各方面考察，其事实盖如此：明帝永平十一年，卢江太守献上濼湖中发见之金像，朝野以为祥瑞。明帝因而梦见金人之光明，明日，博问群臣，此为何神。傅毅曰：“臣闻天竺有得道者，号之曰佛，飞行虚空，身为日光，殆将其神也。”永平十六年，命将北征匈奴，征西域。十七年春，西域诸国遣子入侍，此时蔡愔奉使至西域，明帝命其访问佛教真相，蔡愔遂与摄摩腾携经像同来中国。惟在摄摩腾未来以前，中国佛教已有相当之发展。楚王英为明帝异母弟，晚节更喜黄老学，为浮屠斋戒祭祀。永平八年，英遣郎中令奉黄缣白纨诣国相以赎罪，国相以闻，诏报曰："楚王诵黄老之微言，尚浮屠之仁祠，洁斋三月，与神为誓，何嫌何疑，当有悔吝。其还赎，以助伊蒲塞桑门之盛馔。"当时之佛教行持，不外三点：一祠祀，二斋戒，三施食。偏重仪式，对佛教教义尚不甚了解，佛教最有特色之禅定与般若，尚未流行。至桓帝时，支娄迦谶与安世高始将佛教之定慧大量传入中国。（此段大旨采释印顺所撰《秦汉的佛教》，见《文史杂志》第五卷第三、四期合刊。）

佛典之翻译

当东汉末叶，士大夫高谈政治，反抗宦官，卒有党锢之祸，继之以汉末之混乱。魏晋之际，朝廷多故，士大夫感觉政治上之无出路，遂多喜老庄，走入玄想之途。此种思想之转变，恰好授予佛教移植中土以绝好之机会。故佛教传入中国远在东汉之前，而佛教之被大多数人民所接受，则在东汉以后。中国向无如佛教之伟大宗教，故佛教传来之后，国人皆欲知其教义究竟如何，此则非从翻译经典着手不可，是以东汉以降，译经之业大盛。

僧徒记述译事，每推本于摄摩腾、竺法兰，谓今所传《四十二章经》实中国最古佛典，摩腾等于汉明帝永平中随汉使至洛阳，在白马寺译此。近人有怀疑此事者，梁启超谓其书“纯是魏晋以后文体……其体裁摹仿《老子》，其内容思想，亦与两晋谈玄之流相接近，殆为晋人伪托无疑”。（梁著《佛典之翻译》）汤用彤辨其不然，谓东汉时此经已出世，故襄楷上桓帝书及汉末《牟子理惑论》皆曾引用。惟此经有两种译本：其一汉译，文极质朴；其一吴支谦译，行文优美。刘宋以后，汉译辞劣，因少读者，或即亡佚；支谦所译，则因文辞之美而得长存。古人写经，往往不著译人，而摩腾译经为一大事，因遂误以支谦所出即是汉译，流传至今，因袭未改，故梁任公疑其文辞不似汉人也。此经内容，亦历经改窜，其中大乘教理，老庄玄学，乃唐以后人所增入，梁任公据此疑为后人伪作，不知此乃后世之改窜，非旧文也。（汤著《汉魏两晋南北朝佛教史》第三章）总之，《四十二章经》远出汉桓帝之前则为事实，论译事者，仍当以此为最古也。

自东汉桓、灵以后，译业演进，可分三期：一为外国人主译期，自东汉至西晋；二为中外人共译期，东晋南北朝；三为本国人主译期，唐贞观至贞元。宋赞宁所谓：“初则梵客华僧，听言揣意，方圆共凿，金石难和。……次则彼晓汉谈，我知梵说，十得八九，时有差违。……后则猛（智猛）、显（法显）亲往，奘（玄奘）、空（不空）两通，器请狮子之膏，鹅得水中之乳。……印印皆同，声声不别。”（《宋高僧传》卷三）即述此三期译业之概况也。

第一期译业之代表人物，有安世高、支谶、支谦、康僧会、维祇难、竺将炎、竺法护等。

安清，字世高，安息国王嫡后之子，让国于叔，皈依佛教，于汉桓帝建和二年至洛阳，至灵帝建宁中。二十余年，译出《安般守意经》《阴持入经》《修行道地经》等三十余部。又有支娄迦谶者，简称支谶，月氏人，桓帝末游洛阳，于灵帝光和、中平间，译《般若道行品》《首楞严》《般舟三昧》等经。当时译经，皆由胡僧口授，类用胡语，中国人任笔受，译为汉文，书之于纸。任笔受者如不能尽解胡语，则尚须有人传译。为安世高任笔受者为严佛调，临淮人，为支谶任笔受者为孟福、张莲，皆洛阳人。此时译经，文皆质朴，《高僧传》称安世高所译经："义理明析，文字允正，辩而不华，质而不野。"又谓支谶所译："审得本旨，了不加饰。"

三国时，魏与吴均有译经之业，而以吴为盛。支谶译出《维摩诘》《大般泥洹》等四十余种，康僧会译出十余种，维祇难与竺将炎合译一种，名《法句经》。支谦，字恭明，一名越，月氏人，其父于汉灵帝时来洛阳，谦生于中国，十岁学汉文，十三学胡书，后人称之为"河南支恭明"（《祐录》卷七道安《了本生死经序》），盖胡人之深被华化者。支谦初居洛阳，汉献帝时奔吴。支谦既精通汉文，故译经时既重文辞之美。《高僧传》称谦"辞旨文雅"。支谦谓竺将炎所译《法句经》："或得胡语，或以义出音，近于朴直，仆初嫌其辞不雅。”（《出三藏记集》卷七《法句经序》。按此序旧不载作者姓名，汤著《佛教史》考定为支谦作。）又嫌支谶所译《首楞严》“辞质多胡音”。（支愍度《合首楞严经记》）故支谦译经，文辞华美，不用对音，此亦与当时环境有关，盖晚汉以还，尚文之风已盛，而佛学初来，真识尚寡，译经文辞华赡，亦可增一种吸引力，易为时人所爱读。支愍度《合首楞严经记》谓支谦：“才学深彻，内外备通。以季世尚文，时好简略，故其出经，颇从文丽。”颇能得其用心。然文辞虽美，而与原文意旨未必尽能密合，故僧叡论谦译《思益经》谓：“恭明前译，颇丽其辞，仍迷其旨。是使宏标乖于谬文，至味淡于华艳。”（罗什译《思益梵天所问经》僧叡序）正如清末严复之译西书，文词古雅，而时失原意，此盖亦译业必经之阶段也。康僧会，其先康居人。世居天竺，其父因行贾移交趾，故康僧会亦生于中国，初居交趾，后至建业。僧会亦工汉文，其译笔文雅，与支谦同。然当时亦有主张译文宜质直径达，与支谦等殊趣者。《法句经序》云：

> 始者维祇难出自天竺，以黄武三年来适武昌。仆从受此五百偈本，请其同道竺将炎为译。将炎虽善天竺语，未备晓汉，其所传言，或得胡语，或以义出音，近于质直。仆初嫌其辞不雅，维祇难曰：“佛言‘依其义，不用饰，取其法，不以严’（胡适之曰“严”是当时白话，意为妆饰，如《佛

本行经》第八曰："太子出池，诸女更严。"），其传经者当令易晓，勿失厥义，是则为善。"座中咸曰："老氏称'美言不信，信言不美'，仲尼亦云'书不尽言，言不尽意'，明圣人意深邃无极。今传胡义，实宜径达。"

维祇难盖主张译文宜质直达意，令人易晓，而无取于华美也。

西晋时译经者有竺法护，其先月氏人，本姓支，世居敦煌，年八岁出家，事沙门竺高座为师，故姓竺，曾随师至西域，游历诸国，遍习方言，携梵经多种而归，于晋武帝、惠帝时，在洛阳、长安从事翻译。《高僧传》谓其"所获《贤劫》《正法华》《光赞》等一百六十五部。孜孜所务，惟以弘通为业。终身写译，劳不告倦。经法所以广流中华者，护之力也"。法护通中国语言文字，其译经时之助手，有聂承远父子等。道安评法护所译之经曰："护公所出……虽不辩妙婉显，而弘达欣畅……依慧不文，朴则近本。"（《高僧传》卷一）竺法护于佛教入中国以来，译经最多，所译有《光赞般若》《新道行》《正法华》等二百十部。

初期译经，率无原本，但凭译人背诵。盖古时佛经，不著竹帛，其故大抵一因古代书写工具不便，传写极难；二为含有教宗神秘之观念，认书写为渎经。佛书何时始有写本，此为学界未决之问题。但据法显《佛国记》曰："法显本求戒律，而北天竺诸国皆师师口传，无本可写。”法显西游，在东晋隆安三年后（公元5世纪初），尚云“无本可写”，则印本、写本极为晚出，可以推见，以故我国初期译业，皆无原本，《高僧传》称安世高“讽持禅经”，称支娄迦谶“讽诵群经”，则二人所译，皆由暗诵可知。在此种情况之下，必先有暗诵之人，然后有可译之本，所诵者完全不完全，正确不正确，皆无从得旁证反证。学者以求真为职志者，不能以此为满意，于是西行求法之事兴。朱士行以竺佛朔所译《道行经》译理不尽，遂誓志捐身，远求大本，于魏甘露五年入西域，西行求法之人，此其首也。

东晋南北朝为译经事业之第二期，此期最重要之人物，则有道安、竺佛念、鸠摩罗什、昙无谶、僧迦提婆、佛陀跋多罗、宝云、智严、求那跋摩、求那跋陀罗、枸那罗陀等。

自刘石猾夏，晋室南渡，偏安江左，中原陷于群胡，云扰百年，号为乱世，而佛教日盛，其故有三：（一）祸福报应，本为佛教起信之端。乱世民生凋敝，灾害无常，人心易倾向于宗教，以求安慰庇佑，而胡人本无文化，知识浅稚，尤易信奉宗教，佛徒亦愿借慈悲之旨以化其凶残。故五胡君主石勒、苻坚、姚兴等均极尊佛教，崇礼高僧；（二）魏晋以来，尚玄言，重旷达，约言析理，发明奇趣，此释氏智慧之所以能弘；祖尚虚浮，佯狂遁世，此僧徒出家之所以日众。故东晋名僧名士往还极密，彼此相染，而王公贵人亦加以提倡护持。（三）佛本外国之宗教，五胡猖獗之时，中原华夷之界渐泯，外来之教，易于风行。（《高僧传·佛图澄传》记石虎曾下书曰：“朕生自边壤，忝当期运，君临诸夏。至于飨祀，应兼从本俗。佛是戎神，正所应奉。”）有此三因，故此时期佛法大行，道安、鸠摩罗什、慧远等高僧皆出于其间，佛经翻译之业，亦远较第一期为盛矣。

道安，本姓卫氏，常山扶柳人，年二十出家，后事佛图澄，居大河南北，及慕容氏略河南，道安南投襄阳，居十余载，苻秦克襄阳，道安遂赴长安，后卒于长安。道安风骨坚挺，弘法殷勤，为佛教史上之重要人物，其平生整理经典，提倡译业，皆可特记。《祐录·道安传》曰：“初，经出已久，而旧译时谬，致使深义隐没未通。每至讲说，惟叙大意，转读而已。安穷览经典，钩致深远，其所注《般若》《道行》《密迹》《安般》诸经，并寻文比句，为起尽之义，及《析疑》《甄解》，凡二十二卷。序致渊富，妙尽玄旨。条贯既叙，文理会通，经义克明，自安始也。”盖梵胡文体，本与中土不同，传译艰难，不免谬误，读之者如不悉原文，其研求方法，只能在译本中“寻文比句”，前后推勘，以求其名相之含义，与全书之意义。道安于此种工夫，用力最深，既通其滞文，乃能“析疑”，既窥其隐义，乃加“甄解”，既了其全旨，乃能作经科判。道安既博览群经，故集众经，自汉光和以来，迄晋宁康二年，作《综理众经目录》一卷，此其整理经典之功也。道安于晋孝武太元四年至长安，太元十年卒，七年之中，极力奖励译事，每亲为校定，译毕之后，常序其缘起，即“兵乱都邑，伐鼓近郊”，犹工作不辍。同时有赵整者（亦作赵正，或作赵政，字文业）仕苻坚为太守，及秘书郎，后出家名道整，亦为译经之护持。道安、赵整虽提倡有功，然译胡为汉，实多赖竺佛念之力。竺佛念，凉州人，华戎音义，莫不兼通，苻、姚二代，西僧之来华者，不娴华语，传译之责，众咸推念。在道安、赵整主持下所译重要经典，有《阿毗昙毗婆沙》《中阿含》《增一阿含》《发智论》《阿毗昙心》等。

道安虽不通梵文，而对旧译诸经，能正其谬误，所注《般若》《道行》《密迹》《安般》，寻比文句，析疑甄解，后此罗什见之，谓所正者皆与原文合（《历代三宝记》卷四），彼盖极富理解力而最忠实于学问。道安鉴于旧日译经，多失原旨，深感传译之为易，于是有“五失本，三不易”之说。其所作《摩诃钵罗若波罗蜜经抄序》（《出三藏记集》卷八）云：

> 译胡为秦，有五失本也：一者，胡语尽倒，而使从秦，一失本也；二者，胡经尚质，秦人好文，传可众心，非文不可，斯二失本也；三者，胡经委悉，至于叹咏，叮咛反复，或三或四，不嫌其烦，而今裁斥，三失本也；四者，胡有义说，正似乱辞，寻说向语，文无以异，或千五百，刈而不

存，四失本也；五者，事已全成，将更傍及，反腾前辞，已乃后说，而悉除此，五失本也。

然《般若经》三达之心，覆面所演，圣必因时，时俗有易，而删雅古以适今时，一不易也。愚智天隔，圣人叵阶，乃欲以千岁之上微言，传使合百王之下末俗，二不易也。阿难出经，去佛未久，尊者大迦叶令五百六通，迭察迭书。今离千年而以近意量裁。彼阿罗汉乃兢兢若此，此生死人而平平若此，岂将不知法者勇乎？斯三不易也。

梵文文法与中文迥殊，传译时改动甚多，故有五失本；佛经时代既古，义旨复深，今人传译，未能尽瞭，故有三不易。译经既如是之难，故当谨守原书辞意。旧日译经，过求中文之美者，道安譬之“窍成而混沌终”。（《摩诃钵罗若波罗蜜经抄序》）过于省略，以求简约者，道安譬之“蒲萄酒之被水者”。（《比丘大戒序》）同时赵整之意见亦与道安同。道安于《十四卷本鞞婆沙序》引赵整之言曰：“昔来出经者，多嫌胡言方质，而改适今俗，此政所不取也。何者？传胡为秦，以不闲方言，求知辞趣耳，何嫌文质？文质是时，幸勿易之，经之巧质，有自来矣。惟传事不尽，乃译人之咎耳。”（《出三藏记集》卷十）盖译经所重在意，不重在辞，译者不应致意文辞之华美，而应求意旨之无讹，故道安、赵整所监译之经卷，要“案本而传，不令有损言游字，时改倒句，馀尽实录也。”（《鞞婆沙序》）时竺佛念笔受诸经，常疑此土好华，每存莹饰，安公深疾，“穷校考定，务存典骨。……许其五失梵本，出此以外，毫不可差”。（《出三藏记集》卷十）此皆可见道安注重直译之态度。

道安虽极力提倡译业，传译态度亦颇忠实，然其所监译诸经，并非尽善。道慈《中阿含经序》曰：昔释法师于长安出《中阿含》诸经律，“凡百余万言，并违本失旨，名不当实，依稀属辞，句味亦差，良由译人造次，未善晋言，故使尔耳”。（《祐录》卷九）盖道安既不通梵文，而当时胡僧亦未能精晓汉语，译经时仍不免扞格，及鸠摩罗什至长安，而后译业始大进。

道安卒后十六年，鸠摩罗什至长安。罗什本天竺人，父鸠摩罗炎，弃相位出家，投止龟兹，龟兹王以妹强妻之，遂生罗什。罗什幼极聪慧，年七岁，随母俱出家，遍游罽宾、沙勒、温宿诸国，精通佛教经典。苻坚遣吕光西征，破龟兹，得罗什，同归中国。时苻坚卒，中原大乱，吕光据凉州，罗什居凉州十八年，通晓中国语言文字，后秦姚兴灭后凉，迎罗什至长安。姚兴好佛法，尊罗什以国师之礼，请其译经。罗什于后秦弘始三年冬（即东晋安帝隆安五年，公元401年）至长安，十五年卒，年七十。十二年中，共译出《大品般若》《小品金刚般若》《十住》《法华》《维摩诘》《思益》《首楞严》《持世》《佛藏》《遗教》《小无量寿》等经，又有《十诵律》等律，又有《成实》《中论》《百论》《十二门论》等，凡三百余卷。

初期译经，为私人事业，以梵客胡僧为主译，中国人为笔受，受其所宣之义而著之于文，录讫即成，音义隔阂，无由是正。及佛教势盛，帝王尊奉，译经遂由官府主办，于是有译场之组织，制度渐密。罗什译经，即由姚兴主持，在长安逍遥园设译场，译《大品》新经时，姚兴且亲执旧经以相考校，其隆重可见。罗什既“硕学钩深，备悉方言”，助译者为慧壑、道融、昙影、僧叡、僧肇、慧观等，皆一时之俊。译经之时，有义证者，正其译义之真似；有总勘者，译毕覆校全文。因求精密，不厌三复。故当时译经态度方法，忠实谨密。僧叡记罗什译经之情形曰：

> 手执胡本，口宣秦言，两释异音，交辩文旨。……与诸宿旧义业沙门释慧恭……五百余人，详其义旨，审其文中，然后书之。……胡音失者，正之以天竺；秦名谬者，定之以字义。不可变者，即而书之。是以异名斌然，胡音殆半。斯实匠者之公谨，笔受之重慎也。（《大品经序》，见《出三藏记集》卷八）

所谓“秦言”，指中国文，“天竺”指梵文，“胡音”盖指西域文字。佛经原为梵文，后佛学盛行西域，盖有用西域文字所译之经典。罗什译经时，不但根据佛经原著，且亦参考西域文译本。且罗什译经，译出其文，即随讲其义，译场助手，皆受业弟子，亲承音旨，精契教义，反复研求，务蕲精切，宜其所译诸经成绩之卓越矣。

罗什尝与其弟子讨论译事，《高僧传》曰：

> 什既率多谙诵，无不究尽，转能汉言，音译流便。……初，沙门慧叡才识高明，常随什传写，什每为叡论西方辞体，商略同异，云："天竺国俗，甚重文制，其宫商体韵，以入弦为善。凡觐国王，必有赞德，见佛之仪，以歌叹为贵，经中偈颂，皆其式也。但改梵为秦，失其藻蔚，虽得大意，殊隔文体。有似嚼饭与人，非徒失味，乃令呕哕也。"

罗什既具有文学欣赏力，不但能深解佛经意蕴，且能欣赏梵文文辞之美，因此更知翻译之不易。盖道安认为译经之困难，在汉梵文法之悬殊，及佛经意蕴之深奥，而罗什更注意于梵经文辞之美，尤为传译之难事。盖严格论之，文章之内容与形式，不能分离，义精者文必美，翻译时如"失其藻蔚"，则"虽得大意"，亦"失味"矣。罗什既注意文辞，故反对纯粹之直译，以为译经时虽一方面须忠实于原文之意旨，而一方面译文亦须有中国文之风味，不可过于质直生硬，所谓"曲从方言，而趣不乖本"。（慧观《法华宗要序》）《高僧传·僧叡传》曾记一事，可见罗什对于译经文体之态度："昔竺法护出《正法华经》，《受决品》云：'天见人，人见天。'什译经至此，乃言曰：'此语与西域义同，但其言过质。'叡曰：'将非人天交接，两得相见。'什喜曰：‘实然。’”故罗什译经，方法变化。其译《智度》，则“梵文委曲……法师以秦人好简，故裁而略之”。（僧叡《大智释论序》）其译《中论》，则“乖阙繁重者……皆裁而裨之”。（僧叡《中论序》）其译《百论》，则“陶练覆疏，务存论旨。使质而不野，简而必诣”。（僧肇《百论序》）据此可知，罗什所译，对于原本，或增或削，务在达旨，与道安所谓“尽从实录，不令有游言损字”者殊科。实则安之与什，易地皆然。安惟不通梵文，故兢兢于失实；什既华梵两晓，故游刃有余地也。什译虽多剪裁，仍极矜慎，其重译《维摩》，“道俗虔虔，一言三复，陶冶精求，务存圣意”。（僧肇《维摩诘经序》）近年德国人在龟兹之西寻得贝叶梵文佛经多种，柏林大学路德施教授（Prof. Hemich Luders）在其中检得《大庄严论》残本，知此书即普光窥基诸人所称之《喻鬘论》，陈寅恪用罗什译本与原本互校，更能明了罗什译经之艺术。陈氏谓罗什译经有三点可注意，一为删去原文繁重，二为不拘原文体制，三为变易原文。陈氏之言曰（见所作《童受喻鬘论梵文残本跋》，《清华学报》第四卷第二期）：

> 予尝谓鸠摩罗什翻译之功，数千年间，仅玄奘可以与之抗席。……所以致此之故，其文不皆直译，较诸家雅洁，当为一主因。……盖罗什译经，或删去原文繁重，或不拘原文体制，或变易原文。……校其译文，均可证明。今《大庄严

> 经论》译本卷十末篇之最后一节，中文较梵文原本为简略；而卷十一首篇之末节，则中文全略而未译；此删去原文繁重之证也。《喻鬘论》之文，散文与偈颂两体相间。……然据梵文残本以校译文，如卷一之“彼诸沙弥等，寻以神通力，化作老人像……”一节，及卷十一之“我以愚痴故，不能善观察，为痴火所烧……”一节，本散文也，而译文为偈体。如卷一之“夫求法者，不观形相，唯在智慧……”一节，及卷二之“汝若欲知可炙处者，汝但炙汝瞋忿之心……”一节，本偈体也，而译文为散文。……此不拘原文体制之证也。卷二之“诸仙苦修行，亦复得生天”一节，“诸仙”二字梵文原文本作 Kanva 等，盖 Kanva 者，天竺古仙之专名，非秦人所习知，故易以公名改作“诸仙”二字。又卷四之“汝如蚁封，而欲与彼须弥山王，比其高下”一节，及卷六之“犹如蚊子翅，扇于须弥山，虽尽其势力，不能令动摇”一节，“须弥”梵本一作 Mandara，一作 Vindhya，盖此二山名，皆秦人所不知，故易以习知之须弥使读者易解。此变易原文之证也。

罗什译经，于文体方面虽变化多方，而对于翻译名词则极矜慎。盖每一种学问，皆有其特殊之名词或术语，每一名词或术语，各有其特殊之含义。治学者首宜明此，翻译时尤宜重此，否则易滋误解。如甲国学术中之名词，乙国文字无相当之字以译之，则只可直译其音。罗什盖发现旧译诸经中译名多误，僧叡《毗摩罗诘提经义疏序》曰：“既蒙鸠摩罗什法师正玄文，擿幽指，始悟前译之伤本，谬文之乖趣耳。至如以‘不来相’为‘辱来’，‘不见相’为‘相见’，‘未缘法’为‘始神’，‘缘合法’为‘止心’。诸如此比，无品不有，无章不尔。然后知边情诠诐，难可以参契真言，厕怀玄悟矣。”（《出三藏记集》卷八）罗什译经，于名词之难以强译者，即直译其音，故“异名斌然，梵音殆半”。其弟子僧叡对于译名词亦极注意，其所作《思益经序》即讨论及此经名“思益”二字翻译之不当，谓“此经天竺正音名‘毗绝沙真谛’”，“当是‘持意’，非‘思益’也”，“旧名‘持心’，最得其实”。（《出三藏记集》卷八）

晋宋之间，北方译经中心，除长安外，河西亦颇重要。陇西本为佛教自西域来华之要道，竺法护于晋初在敦煌译经，前凉张天锡曾请月氏优婆塞支施仑译经，北凉沮渠蒙逊崇信佛法，译经之业遂盛。其中巨子为昙无谶，昙无谶，中印度人，经罽宾、龟兹、鄯善至敦煌，于北凉玄始十年（421 年）至姑臧，义和三年（433 年）为蒙逊所杀，曾译出《涅槃经》《大集经》《大云经》《佛所行赞经》等，皆大乘经典。昙无谶亦一慎重之译者，《高僧传》谓沮渠蒙逊“欲请出经本，谶以未参土言，又无传译，恐言舛于理，不许即翻，于是学语三年，方译写《初分》十卷”。其所译《佛所行赞经》（Buddha charita）乃佛教伟大诗人马鸣（A'svaghosha）之杰作，用韵文述佛一生故事，昙无谶用五言无韵诗体译出，全诗共分二十八品，约九千三百句，凡四万六千余字。

晋末宋初，江南译经之业亦盛，庐山与建康皆有重要译场。建康有道场寺（晋）、祇洹寺（宋），庐山有般若台（慧远有组织）。僧迦提婆在庐山译出《阿毗昙心》等，又在建康重译《中阿含》，佛陀跋多罗在庐山译出《修行方便论》，又在建业道场寺译出《华严经》，是为晋译《华严》。佛陀跋多罗（华名觉贤），迦维罗卫人，释智严游印度，礼请东来，以姚秦时至长安，罗什极敬礼之，既而为什门人所排摈，飘然南下，所译经论十五部，一百十七卷。时法显、宝云等先后往印度留学，携归经卷甚多。法显在道场寺请佛陀跋多罗译出《大泥洹经》及《摩诃僧祇律》等，佛驮什在建康龙光寺译出《弥沙塞律》，宝云译出《佛本行赞》，又与智严同译《普耀》《四天王》等经，求那跋摩在建康译出《菩萨善戒》《四方羯磨》等，求那跋陀罗在建康译出《杂阿含》，又在丹阳译出《楞伽经》，又在荆州译出《无量寿》等经。求那跋陀罗卒于468年，此后译事稍衰，故《高僧传》云："自大明（457—464年）已后，译经殆绝。"只有永明十年（492年）求那毗地译出《百句喻经》《十二因缘》《须达长者经》，皆小品。在南方所译之经，影响最大者，为《涅槃》《华严》《楞伽》三部。

梁陈间，有枸那罗陀（真谛），西天竺人，梁武大同十二年由海道至中国，陈文帝时，译出《摄大乘论》《唯识论》《俱舍论》等二百七十八卷。

晋末宋初江南译业之盛，颇得慧远提倡之力，盖僧迦提婆、佛陀跋多罗二僧均先集庐山，后到建康也。慧远本姓贾氏，雁门娄烦人。少为诸生，博综六经，尤善《庄》《老》。二十一岁出家事道安，道安赏其颖悟。后随道安南居襄阳。晋孝武太元三年，苻丕寇襄阳，道安为朱序所留，不得去，乃分散徒众，各随所之。慧远遂下荆州，后栖止庐山，造精舍，即所谓东林寺也。慧远德行淳至，学术宏深，为江南佛教大师，与北方之鸠摩罗什相辉映，二人曾通书论学。慧远对于译经，主张调和直译、意译两法，曾谓：

> 自昔汉兴，逮及有晋……其中弘通佛教者，传译甚众，或文过其意，或理胜其辞。……若能参通晋胡，善译方言，幸复详其大归，以裁厥中焉。（《出三藏记集》卷十《三法度序》）

“文过其意”乃意译之失，“理胜其辞”乃直译之失，如能折中二者之间，“详其大归，以裁厥中”，令“质文有体，义无所越”（《出三藏记集》卷十《大智论抄序》），此则慧远之所主张也。

慧远以后，讨论译事者，有梁之僧祐及隋之彦琮。

僧祐生于宋卒于梁（445—518 年），曾作《胡汉译经文字音义同异记》（《出三藏记集》卷一），讨论译经错误之原因，由于梵文与汉文字音字义变迁极多，且梵文属于复音语系，“为语单复无恒，或一字以摄众理，或数言而成一义”。汉文属于单音语系，一字一音，一字一义，故传译甚难，是以新旧诸经译名词时，无论译音译义，多有参差。僧祐曾举数例曰：

> 天竺语称“维摩诘”，旧译解云“无垢称”，关中译云“净名”，“净”即“无垢”，“名”即是“称”，此言殊而义均也。旧经称“众祐”，新经云“世尊”，此立义之异旨也。旧经云“乾沓和”，新经云“乾闼婆”，此国音之不同也。略举三条，馀可类推矣。

道安、慧远对于翻译之意见皆见于所作译经序，鸠摩罗什对于翻译之意见则见于与其弟子之言谈，至隋彦琮（557—610 年）始作专文讨论翻译。彦琮，俗姓李，赵郡人，隋开皇间，总持译事。《续高僧传》卷二《彦琮传》谓其“久参传译，妙体梵文，此土群师皆宗鸟迹，至于音字诂训，罕得相符，乃著《辨正论》，以垂翻译之式”。《辨正论》中曾批评历代译经之得失，主张“宁贵朴而近理，不用巧而背源”。并论为翻译之难，于是提出“八备”之说，以为须具有此八种条件始能成为完美之译才，所谓“八备”者，即，诚心爱法，志愿益人，不惮久时，其备一也。

将践觉场，先牢戒足，不染讥恶，其备二也。

筌晓三藏，义贯两乘，不苦闇滞，其备三也。

旁涉坟史，工缀典词，不过鲁拙，其备四也。

襟抱平恕，器量虚融，不好专执，其备五也。

沉于道术，淡于名利，不欲高衒，其备六也。

要识梵言，乃闲正译，不坠彼学，其备七也。

薄阅《苍》《雅》，粗谙篆隶，不昧此文，其备八也。

第一、二、五、六诸条皆人格之修养，第三条乃佛学之修养，第四、七、八条乃梵汉文学之修养。有佛学及梵汉文学之修养，始有能力翻译，有人格之修养始能忠实翻译。彦琮始备悉翻译之甘苦，故进一步主张治佛学者应通梵文，能读原本，其言曰："彼之梵法，大圣规谟……研古有功，解便无滞。……向使……才去俗衣，寻教梵字……人人共解，省翻译之劳，代代咸明，除疑网之失。"

此时期中，西行求法之风极盛，法显、昙无竭、智严、宝云、智猛等皆赍归经本，能梵文，能自译，译学渐独立矣。

第三期译业之主要人物则有玄奘、义净等。

玄奘，俗姓陈，洛州缑氏人。年十三出家，于唐太宗贞观二年冒禁赴印度求法，贞观十九年归，在外十七年，从印度大师戒贤受学，深通法相，赍归经典六百五十七部。

归后即从事译经，自贞观十九年至高宗龙朔三年（645—663年），十九年中，所译共七十三部，一千三百三十卷。传称师自永徽改元后，“专务翻译，无弃寸阴。每日自立课程，若昼日有事不充，必兼夜以续之。遇乙之后，方乃停笔。……三更暂眠，五更复起，读诵梵本，朱点次第，拟明旦所翻。”绝笔之时，距圆寂仅一月（玄奘六十五岁），其用力精勤如此。所译诸经最著者，如《大般若经》六百卷、《大毗婆娑》二百卷、《瑜伽师地论》一百卷。

玄奘既兼精梵汉文，对译经用力又极勤，故弥感译经之不易，于是有五种不翻之说，其言曰：“五种不翻：一、秘密故，如陀罗尼；二、含多义故，如薄伽梵具六义；三、此无故，如阎浮树，中夏实无此木；四、顺古故，如阿耨菩提，非不可翻，而摩腾以来，常存梵音；五、生善故，如般若尊重，智慧轻浅。”（周敦义《翻译名义序引》）此五种名词皆难以强译者，故用音译。

玄奘译经之成绩，为罗什后又进一步，道宣曾指出其特点曰：“自前代已来，所译经教，初从梵语，倒写本文，次乃回之，顺同此俗，然后笔人观理文句，中间增损，多坠全言。今所翻传，都由奘旨，意思独断，出语成章，词人随写，即可披玩。”（《唐高僧传》卷四本传）盖前代译师，多为梵僧，无论若何通洽，终是东渡以还，始学华语，辞义扞格，自不能免，口度笔受，终分两橛，例如罗什号称“转能汉言，音译流便”，然据笔受《大智度论》之僧叡则谓："法师于秦语大格……苟言不相喻，则情无由比。……进欲停笔争是，则校竞终日，卒无所成。退欲简而便之，则负伤手穿凿之讥。"（《出三藏记集》卷十引《大智释论序》）则扞格情形，可以想见，幸而肇、叡诸贤，既精佛理，复擅文辞，故相得益彰，庶无大过矣。又如真谛晚年，始得与法泰对翻《摄大乘》《俱舍》两论，真谛叹曰："吾早值子……无恨矣。"（《唐高僧传·法泰传》）是知前代任何名匠，总须与笔受者蛩驱相依，故原本所含义谛，最少亦须假途于两人以上之心理，始得现于译本。夫待译乃通，已为间接，此则间接之中又间接焉，故必如玄奘能以一身兼笔舌之两役，始可更进于完善也。

义净，俗姓张，范阳人，以唐高宗咸亨二年出游印度，历三十七年乃归。归后专事翻译，所译五十六部，二百三十卷。不空，后天竺人，幼入中国，开元、大宝间游印度，归而专译密宗书一百二十余卷。

晚唐以后，印度佛教渐衰，国人西游绝迹，译事无足齿数。宋代虽有法天、法护、施护等数人，稍有译本，补苴而已。

综观此数百年中翻译佛经之历史，译人对于翻译文体之主张，亦数有改变。最初期译者如安世高、支谶等，皆不通汉文，仅凭笔受者写录，意旨不免舛讹，文辞亦极质朴，稍后如支谦，虽亦胡人，而生长中土，通晓汉文，遂嫌旧译辞质，而主张意译，善用《老》《庄》辞句，译名辞亦不采胡音，故译般若婆罗密为“明度”，译须菩提为“善业”，所译文笔华美，易引起中国人之欣赏，而于原意颇多出入。道安等不满意此等译法，遂主张直译，宁可质朴，务求存真。翻译文体之讨论，自道安始。及罗什以硕学伟才，兼通梵秦，主持译业，研讨益精，一方面力求忠实，一方面又贵雅洁，能保持文学意味，信、达、雅三条件具备，故其所译最为杰出，于是佛经之文遂在中国产生一种特殊文体。赞宁云：“童寿（即罗什）译《法华》，可谓折中，有天然西域之语趣矣。”（《宋高僧传》卷三）“天然语趣”四字，洵乃精评。自罗什所译诸经论出，然后我国之翻译文学完全成立，盖有外来“语趣”之输入，则文学内容为之扩大，而其素质亦起一大变化。然罗什终系胡僧，对中国语文不免仍略有扞格，至玄奘以中国人而居印度十七年，兼精梵汉文，于是意译、直译调和无间矣。

总之，翻译文体之问题，直译、意译之得失，实为焦点。在启蒙时代，语、义两未娴洽，依文转写而已，此为未熟的意译。稍进，则顺俗晓畅，以期弘通，而于原文是否吻合不甚措意，此为未熟的意译。然初期译本尚希，饥不择食，凡有出品，咸受欢迎，文体得失，未成为译界问题也。及兹业寖盛，新本日出，玉石混淆，于是求真之念骤炽，而尊尚直译之论起，然而矫枉太过，诘鞠为病，复生反动，则意译论转昌，卒乃两者调和，而中外醇化之新文体出焉。此殆凡治译事者所例经之阶段，而佛典文学之发达，亦其显证也。

佛经翻译对中国文学的影响

佛教翻译对于中国文学的影响有下列诸项：

一、在中国文学最浮靡又最不自然的时期，在中国散文与韵文皆走到骈偶滥套的路上的时期，佛教的译经起来，竺法护、鸠摩罗什等用朴实平易接近人民语言之文体翻译佛经，但求易晓，不加藻饰，遂造成一种新文体。此种接近人民语言之新文体虽不曾充分影响当时之文人，甚至不曾影响当时之僧人，然佛教经典之尊严，抬高了此种新文体之地位，留下无数文学种子在唐以后生根发芽，开花结果，佛寺禅门遂成为白话文与白话诗之重要发源地。唐代禅宗语录用白话，僧人王梵志亦作白话诗。

二、佛教文学富于想象力，虽有时不免有不近情理之幻想，然对于缺乏想象力之中国古文学却有甚大的解放作用。我们可以说，中国唐以后浪漫主义的文学受印度文学的影响甚大。

三、佛经文学往往注重形式上的布局与结构，如《普耀经》《佛所行赞》《佛本行经》，皆是伟大的长篇故事。其余经典亦往往带小说或戏剧之形式，《须赖经》一类，便是小说体之作品，《维摩诘经》《思益梵天所问经》都是半小说体半戏剧体之作品。此种悬空结构之文学体裁，乃中国古时所未有，它们的输入，与后代弹词、平话、小说、戏剧之发达乃有直接或间接之关系，佛经之散文与偈体夹杂并用，亦与后来之文学体裁有关。

但此几种影响皆非短时期所能产生，亦非专靠译经所能收效，在译经最盛之时期，中国文学之形式与风格都不表现一点翻译文学之势力。不但如此，其时和尚作的文学，除译经以外，都是模仿中国文士之骈偶文体，《弘明集》《高僧传》都是铁证。《弘明集》是论辩之文，《高僧传》是记载之文，但均中骈文滥调之毒，故说理往往不分明，记事往往不正确，直到唐代，余毒未歇。故吾人可以说：译经文学不曾影响到六朝文人，亦不曾影响到当时的和尚，只见和尚文学的文人化，而看不见文人文学的和尚化。

下面具体地叙说受佛经文学影响而产生的民间文学。

5 世纪以后，佛教徒倡行三种宣传教义之方法：（一）经文之转读；（二）“梵呗”的歌唱；（三）“唱导”的制度。此三种宣传法是佛教文学传到民间去的路子，也是产生民间佛教文学的来源。

所谓“转读”，即将经文向大众朗诵，大众随读，如今之念经。但转读之法，仍不能使大众了解经义，于是更进一步，将经文重新敷衍一番，变成通俗之唱本，遂造成一种文学新体，谓之“变文”，或称“佛曲”“俗文”“讲唱文”。“变文”即佛经变相之意，其形式为散韵夹杂体。在二十余年前，此种变文陆续发现于敦煌千佛洞之石室中，约四十余种。此四十余种之变文，有演述佛经之故事者，有演述民间传说之故事者。演述佛经故事之变文，重要者，如《维摩诘经变文》，将富于文学趣味之《维摩诘经》演述成一部伟大的史诗；又有《降魔变文》，乃依据《愚贤经》叙舍利弗与六师斗法之事；又有《目连救母变文》，叙述佛弟子目连出家为僧，以善因得成罗汉，从地狱中救出其母。此外尚有《佛本行经变文》《八相成道经变文》《佛本生经变文》《地狱变文》等等，皆较为简短，且俱首尾残缺。演述非佛经故事之变文，有《列国传》，叙述伍子胥之故事；《明妃传》，叙述王昭君嫁匈奴之故事。

《降魔变文》前有序文一段，其中云“伏维我大唐汉圣主开元天宝圣文神武应道皇帝陛下”，其撰作年代盖在唐玄宗时。《目连救母变文》在唐元和时已流行，王定保《摭言》中说：“张处士《忆柘枝诗》云：‘鸳鸯钿带抛何处，孔雀罗衫属阿谁。’白乐天呼为‘问头’。祜矛盾之，曰：‘……明公亦有《目连经》，《长恨词》云：上穷碧落下黄泉，两处茫茫都不见。此岂不是目连访母耶?’”《太平广记》亦有此条，字句稍异，作“此非目连变耶”。《维摩诘经变文》第二十卷末有题记云：“广政十年八月九日在西川静真禅寺写此第二十卷。”此是记抄写的年月日，撰作当在此以前，后蜀广政十年是后汉天福十二年（947年），撰作当在此以前，大约是晚唐或五代初。

此种变文皆用散文韵文合组而成，其散文虽未脱六朝对偶之习，但已颇通俗，今举《降魔变文》一段为例：

阿修罗执日月以引前，紧郁罗握刀枪而从后。于时风师使风，雨师下雨，湿却嚣尘，平治道路。神王把棒，金刚执杵，简择骁雄，排比队伍。然后吹法螺，击法鼓，弄刀枪，振威怒，动以雷奔，行如云布。

其韵文大都以七言为主，今亦举《降魔变文》一段为例：

六师忿怒情难止，化出宝山难可比，崭岩可有数由旬，紫葛金藤而覆地，山花郁翠锦文成，金石崔嵬碧云起，上有王乔丁令威，香水浮流宝山里。飞仙往往散名华，大王遥见生欢喜。舍利弗见山来入会，安详不动居三昧，应时化出大金刚，眉高额阔身躯磊。手持金杵火冲天，一拟邪山便纷碎。

此种体裁，即后来宝卷弹词之滥觞，而宋人话本亦由变文转变而来。

“梵呗”的歌唱，乃是用梵音歌唱赞文。据《高僧传》所记，此类赞文有出于当时和尚等所自造者，有所谓皇皇顾维一契、大慈哀愍一契等，遂开佛教俗曲之风气。敦煌石室所发现之《太子赞》，叙述释迦出家修道事，以五、七言相间成文，如：

车匿报耶殊，太子雪山居。路远人稀烟火无，修道甚清虚。

显然为凑合梵呗音调之故。又如《净土赞》《五更转》《十二时》等，皆属于此一类。此外民间俗曲如《孝子董永》《季布歌》等，虽所叙非佛教故事，但体制大体相同。

“唱导”是一种斋场的布道会，本有特制之唱导文，大都是骈四俪六之文体，但当时为使听众易于感受起见，往往临时制造浅近之唱导文，于是不知不觉走上俗曲一条路。另一方面则唱导之本意原是说法布道，故后来渐渐倾向于白话文讲说，至禅宗大师白话语录出，散文方面又创立一种新体裁。

第八章 五言诗

五言诗为东汉时所产生之一种新诗体，建安、正始之间，经曹植、阮籍两大诗人之努力试作，发为伟制，证明此新诗体之于抒情言志，较四言诗及辞赋均便利，操觚之士，靡然从风。魏晋南北朝三百年中，五言诗遂为文学主流。萧子显《南齐书·文学传论》历叙四言、五言、七言诸体诗，及赋、颂、章、表、碑、诔诸体文，而结之曰“五言之制，独秀众品”，时人之重五言，可以见矣。魏晋诗文作者之为五言诗，如汉人之皆能辞赋。最重要之文学家，即最伟卓之五言诗人，此时期中人生重要之情感，多于五言诗发之。文学风气之流变，可于五言诗觇之。（四言诗虽有作者，七言诗亦渐萌芽，然均不若五言之盛。）

五言诗之起源

古人论五言诗之起源者，上溯西汉，钟嵘《诗品序》曰：“逮汉李陵，始著五言之目。”《苕溪渔隐丛话前集》卷一引《蔡宽夫诗话》云："五言起于苏武、李陵，自唐以来有此说，虽韩退之亦云。"（韩愈《荐士》诗："五言出汉时，苏李首更号。"）然夷考其实，则枚乘古诗、苏李赠答、卓文君《白头吟》、班婕妤《怨歌行》，或为依托之篇，或由解说之误，皆非真出于西汉人之手，辨证于下：

萧统《文选》载《古诗十九首》，不著作者主名。徐陵《玉台新咏》以《青青河畔草》以下八首，益以《兰若生春阳》一首，题为"枚乘杂诗"。徐陵编《玉台新咏》在萧统撰《文选》之后，萧统不知其为枚乘作，徐陵何由知之。《古诗》中有枚乘之作，齐梁间盖有此说，故刘勰《文心雕龙·明诗》篇亦云："《古诗》佳丽，或称枚叔。"然刘勰仅为疑辞，而徐陵则著为定论，殊伤武断。李善《文选注》云："五言并云古诗，盖不知作者，或云枚乘，疑不能明也。诗云'驱车上东门'，又云'游戏宛与洛'。此则辞兼东都，非尽是乘明矣。"盖亦觉徐说之难信矣。

苏、李及班姬之诗，颜延之、刘勰、苏轼均已疑之。《太平御览》卷五八六引颜延之《庭诰》："李陵众作，总杂不类，是假托，非尽陵制。至其善篇，有足悲者。"《文心雕龙·明诗》篇云："至成帝品录，三百余篇，朝章国采，亦云周备，而辞人遗翰，莫见五言，所以李陵、班婕妤见疑于后代也。"苏轼亦云："陵与苏武赠答五言诗，亦后人所拟，而统不能辨。"（《苕溪渔隐丛话前集》卷一）《汉书·苏武传》载陵别苏武诗："径万里兮度沙幕，为君将兮奋匈奴。路穷绝兮矢刃摧，士众灭兮名已隤。老母已死，虽欲报恩将安归!”乃西汉通常歌体，与高祖《大风歌》、武帝《秋风辞》相似。《汉书·外戚班婕妤传》载其自伤悼赋，西汉人抒情或用短歌，或用辞赋，未有用五言诗者。且班婕妤乃班固祖姑，婕妤果有五言诗，班固不应失载。盖李陵、班姬为失意之英雄、美人，其身世易引人同情，好事者作诗代抒悲愤，并非有意作伪，年祀稍远，作者主名湮没，而其诗尚存，后人遂误以为李、班自撰矣。

《白头吟》,《宋书·乐志》载此篇曰“古词”,《玉台新咏》亦列之于“古乐府”中。卓文君所作之说，见于六朝人所撰之《西京杂记》中，盖亦好事者所附会也。

由以上所考辨，知西汉时未尝产生五言诗。

西汉虽无正式之五言诗，然已有五言歌曲，如戚夫人歌云：

> 子为王，母为虏，终日舂薄暮，常与死为伍。相离三千里，当谁使告女。(《汉书·外戚传》)

又如李延年歌：

> 北方有佳人，绝世而独立。一顾倾人城，再顾倾人国。宁不知倾城与倾国，佳人难再得。(《汉书·外戚传》)

成帝时亦有五言歌谣，如：

邪径败良田，谗口乱善人。桂树华不实，黄爵巢其颠。故为人所羡，今为人所怜。（《汉书·五行志》："成帝时歌谣又曰：'邪径败良田……'桂，赤色，汉家象。华不实，无继嗣也。王莽自谓黄象，黄爵巢其颠也。"）

安所求子死？桓东少年场。生时谅不谨，枯骨后何葬？（《汉书·尹赏传》：赏为长安令，收捕轻薄少年恶子。数百人，置狱中大穴内，百日后，令死者家自发取，长安歌之曰云云。）

又汉代乐府歌辞，体制无定，有四言者，如《来日大难》；有长短句，如《乌生》《东门行》《孤儿行》；有五言者，如《江南》《陇西行》《鸡鸣》《陌上桑》等，而亦以五言者为多。中国字为单音，诗体句调，宜于整齐，周诗多四言，句调简短，变化无多，易于凝重而难于动宕，故至汉代，箴、铭、颂、赞等典重之作，多采四言之体，而鲜有用于抒情者。韦孟《讽谏》《在邹》，及韦玄成《自劾》《戒子孙》诸四言长诗，殊板重少诗意。四言既不适于抒情，于是民间讴谣自然产生了一种五言体，其后渐发展为较长之乐歌。五言较四言虽仅多一字，然因其为奇数，故句法轻灵而变化。（钟嵘《诗品序》："夫四言，文约意广，取效《风》

《骚》，便可多得。每苦文繁而意少，故世罕习焉。五言居文词之要，是众作之有滋味者也，故云会于流俗。岂不以指事造形，穷情写物，最为详切者耶！”）文人感其适用，取以抒情言志，不必被诸管弦，于是五言诗体遂兴。其兴起盖在后汉之世，后汉文人为五言诗者，如班固《咏史》、秦嘉《赠妇》、蔡邕《翠鸟》《饮马长城窟行》（《文选》无人名，《玉台新咏》以为蔡邕作）、郦炎《见志》、赵壹《嫉邪》。五言诗本受乐歌之影响而产生，故在后汉时，五言诗与乐府歌辞并无严界，《古诗十九首》中之《冉冉孤生竹》，亦入杂曲歌辞（《乐府诗集》），《驱车上东门》《玉台新咏》亦列入乐府杂曲，《生年不满百》，乃从瑟调曲《西门行》提炼而成。凡此皆见五言诗与乐府歌辞关系之切也。

东汉之五言诗

东汉五言诗传世者，不及百篇，除上述班固诸人之作外，多无作者主名。（《后汉书·列女蔡琰传》载琰所作《感愤》诗，不足据。《苕溪渔隐丛话前集》卷一引东坡云：“读《列女传》蔡琰二诗，其词明白感慨，类世所传《木兰诗》，东京无此格也。建安七子犹含养圭角，不尽发见，况伯喈女乎？又琰之流离为在父没之后，董卓既诛，伯喈乃遇祸，今此诗乃云为董卓所驱虏入胡，尤知其非真也。盖拟作者疏略，而范晔荒浅，遂载之本传，可发一笑也。”）盖当时此体尚未成立，作者不过偶尔尝试，未尝以此自矜，故无专以五言名家之诗人。然正因自然，转多高制，故东汉五言佳篇，千古传诵者，非班固、蔡邕等著名文士之作，乃无名氏之古诗，《文选》录无名氏之五言诗十九篇，后谓之“《古诗十九首》”。（梁时传世古诗当不止此数，《诗品》谓古诗：“其体源出于《国风》。陆机所拟十四首。”又谓“《去者日以疏》四十五首”云云，钟嵘所见盖有五十九首之多。）其中《冉冉孤生竹》一篇，或谓为傅毅作。（《文心雕龙·明诗》篇）钟嵘谓其中有曹植之辞，亦疑似之语。（《诗品》：“《去者日以疏》四十五首……旧疑是建安中曹、王所制。”）按“弹筝奋逸响，新声妙入神”二句在《古诗·今日良宴会》中，《北堂书钞·乐部》引为曹植作，则《古诗》中或果有曹植之篇欤？不可详考矣。《古诗十九首》之内容不外写人生死生离合、盛衰新故之感，刘勰谓其：“婉转附物，怊怅切情，实五言之冠冕。”钟嵘谓其：“文温以丽，意悲而远。惊心动魄，可谓几乎一字千金。”盖诸诗皆真情郁积，积而满，满而发，虽似“凿空乱道，读之自觉四顾踌躇，百端交集。诗至此，始可谓其中有物也已”。（刘熙载《艺概》卷二）故后之为五言诗者，于此诸作，莫不深玩熟诵，奉为楷模，其中可注意者有两点：

一、钟嵘谓古诗“源出于《国风》”，实则其中多合《骚》意，如：

涉江采芙蓉，兰泽多芳草。采之欲遗谁，所思在远道。还顾望旧乡，长路漫浩浩。同心而离居，忧伤以终老。

庭中有奇树，绿叶发华滋。攀条折其荣，将以遗所思。馨香盈怀袖，路远莫致之。此物何足贵，但感别经时。

其芳馨悱恻、轻灵幽渺之致，非《国风》所有。《楚辞》盛行于汉，其形式衍为赋，而其精神意味则融于五言诗，故东汉五言诗兼承《风》《骚》，而得于《骚》者尤多。自此以后，六朝五言诗、唐代古近体诗、唐五代两宋词，其深微精美者莫不汲《骚》之流。

二、《古诗十九首》虽无作者主名，大抵出自文人。五言诗之体制采自乐府歌辞，而古诗有与乐府不同者。乐府出自民间，多记事之篇，写社会情况重绚烂之描写，鲜深刻之言情，其长处为清新、平易、直爽，而无高深之意境，且风格相似，不显作者个性。古诗为文人抒情之什，表现作者之个性，故有高超之境界，深远之情思。换言之，古诗乃用乐府五言之体裁，而提高其境界者。厥后曹、阮、陶、谢诸大家之作，皆导源于此。

东汉古诗，除《十九首》外，如《上山采蘼芜》写弃妇之怨，《十五从军征》写军士之苦，均甚警策。又有一种四句之小诗，如“藁砧今何在，山上复有山。何当大刀头，破镜飞上天”。如“高田种小麦，终久不成穗。男儿在他乡，焉得不憔悴”。真朴平淡，为后世绝句之先导。

建安时五言诗之大盛

汉献帝建安二十余年（196—220年），为中国文学史上重要时代。东汉中叶以后平弱之文风，至此一振，诗文辞赋，均有生气、有特色，而诗之成绩尤卓异，盖此二十余年中可谓五言诗之成立时期。

汉末天下大乱，兵连祸结，当时文士，强者怀立功之志（如曹操），弱者感流离之苦（如王粲），或激昂慷慨，或哀怨悲凉，其情之动于中者深，又有此种适于言情之新五言诗体以发抒之，所作遂有生气、有精彩，故后之论诗者如陈子昂、李白皆盛推建安。

东汉因乐府盛行，文人有仿制乐府歌辞者，有采用乐府之五言体作诗者，此种风气至建安而大盛。建安诗人，一方面仿制乐府歌辞，一方面创作五言诗。其所制乐府歌辞，亦以五言者为多，虽用乐府旧题，然内容往往与题无关，可以自抒新意，如《薤露》《蒿里》本挽歌，曹操《薤露》《蒿里》两篇则咏歌汉末时事，曹植《薤露行》则叙己立功立言之志，且亦不必尽被管弦。《文心雕龙·乐府》篇云："子建、士衡，咸有佳篇，并无诏伶人，故事谢丝管，俗称乖调，盖未思也。"故建安诗人之乐府，实与五言诗无大异也。

建安诗人以曹氏父子为中心。自董卓乱后，群雄纷起，天下云扰，曹操挟天子，据中原，扫荡四方，规模闳伟。操工诗能文，其子丕、植兄弟，咸蓄盛藻，一时才士群集，最著名者：孔融、王粲、刘桢、陈琳、阮瑀、徐幹、应玚等七人，称“建安七子”焉。《文心雕龙·明诗》篇曰：“建安之初，五言腾踊，文帝、陈思，纵辔以骋节；王、徐、应、刘，望路而争驱；并怜风月，狎池苑，述恩荣，叙酣宴，慷慨以任气，磊落以使才。造怀指事，不求纤密之巧；驱辞逐貌，惟取昭晰之能。此其所同也。”此总论建安诗之盛况。

曹操（155—220年）雄才大略，一世之杰，而特好文学，《魏志·武帝纪》注引《魏书》谓操：“登高必赋，及造新诗，被之管弦，皆成乐章。”曹操所作皆乐府歌辞，有杂言者，如《气出唱》三首，《秋胡行》二首，有四言者，如《短歌行》，而以五言者为最佳，如《薤露》《蒿里行》，咏叹汉末时事，《苦塞行》叙行军之苦，骏迈悲凉，劲气直达。操虽亦伤乱，如“瞻彼洛城郭，微子为哀伤”（《薤露》），“白骨露于野，千里无鸡鸣。生民百遗一，念之断人肠”（《蒿里行》），然多豪语，无苦语，如“老骥伏枥，志在千里。烈士暮年，壮心不已”（《步出东西门行》），至如“山不厌高，海不厌深。周公吐哺，天下归心”（《短歌行》），“悲彼东山诗，悠悠使我哀”（《苦寒行》），则俨然以周公自况，可见其用世之志矣。

曹丕（187—226年）字子桓，操子，后篡汉为魏文帝。

所作乐府有四言者，如《短歌行》《善哉行》《煌煌京洛行》；有五言者，如《折杨柳行》《猛虎行》；有七言者，如《燕歌行》；有杂言者，如《临高台》《上留田行》。丕亦作五言诗，丕诗便娟婉约，与其父迥异，乐府《燕歌行》开七言之体。（前人论七言诗之祖者，或举汉武《柏梁台》诗，然《柏梁台》诗乃后人拟作，顾亭林《日知录》卷二十一已辨之。）《杂诗》“西北有浮云”一首最佳，钟嵘称其“美赡可玩”。总之，曹丕之诗，不及其父与弟，曹丕在文学史上之价值，不在诗而在文与文学批评也。

曹植（192—230年）字子建，丕弟。为建安时最伟大之诗人，亦为最早以五言诗名家之人，五言诗体至曹植基础始固。每一种新文学体裁之产生，必经多年之酝酿，多人之试作，至伟大之天才出，尽其全力，多方试验，扩大其内容，增进其技巧，提高其境界，用此种新体裁，作出许多高美之作品，树立楷模，开辟途径，使后人有所遵循，于是此种新体裁始能成立，始能盛行。而此伟大作家，遂为百世尸祝，奉为宗匠。曹植在五言诗中即居如此地位，钟嵘《诗品》论曹植诗，譬之“人伦之有周、孔”，其故在此。曹植对于五言诗体之建立，其功绩之可徵者有两端：

一、在建安诗人中，曹植所作五言诗及五言乐府最多。（其五言诗传世者近三十首，五言乐府传世者二十余首。）其乐府亦多自抒怀抱，不拘原题之意，与五言诗无殊，故曹植可谓以全力作五言诗者，其人格个性皆渗透于其所作之五言诗中，遂增扩内容，提高境界。楚辞之体出自楚国民间，有志行芳洁之屈原，用此体裁，抒其忠爱，楚辞之体始尊。五言诗体源于汉代民间之乐歌，曹植出，用此体裁写其深厚之情思，树立高浑之风格，五言诗体始尊。

二、《古诗十九首》如浑金璞玉，纯出自然，曹植始经意为之，加以人巧。其诗中有发端奇警者，如“惊风飘白日，忽然归西山”（《赠徐幹》），“高台多悲风，朝日照北林”（《杂诗》），“明月照高楼，流光正徘徊”（《七哀》），有字句锤炼、对偶甚工者，如“凝霜依玉除，清风飘飞阁”（《赠丁仪》），“秋兰被长坂，朱华冒绿池”（《公讌》），凡此种种，皆树立五言诗之技巧，使后之作者有所遵循。

曹植本怀立功之志，非甘于专以文辞自见者，《与杨德祖书》云：“吾虽德薄，位为蕃侯，犹庶几戮力上国，流惠下民，建永世之业，留金石之功。”《薤露行》亦云：“人居一世间，忽若风吹尘。愿得展功勤，输力于明君。怀此王佐才，慷慨独不群。”然为其兄文帝及侄明帝所忌。明帝时，曾上表求自试，又每欲求别见独谈，论及时政，幸冀试用，终不能得，十一年中而三徙都。（《太平御览》卷一九八引曹植《迁都赋》：“余初封平原，转出临淄，中命鄄城，遂徙雍丘，改邑浚仪，而末将适于东阿。号则六易，居实三迁，连遇瘠土，衣食不继。”）常汲汲无欢，作乐府《吁嗟篇》以自叹：

吁嗟此转蓬，居世何独然。长去本根逝，宿夜无休闲。东西经七陌，南北越九阡。卒遇回风起，吹我入云间。自谓终天路，忽然下沉泉。惊飚接我出，故归彼中田。当南而更北，谓东而反西。宕宕当何依？忽亡而复存。飘飖周八泽，连翩历五山。流转无恒处，谁知吾苦艰。愿为中林草，秋随野火燔。糜灭岂不痛，愿与根荄连。

故其诗多忧生之嗟、哀怨之什，如乐府《箜篌引》慨人生无常，交道难恃，欲及时行乐，以知命自慰。《种葛篇》《浮萍篇》及《七哀诗》写男女夫妇疏隔离弃之怨，借以自伤。《赠白马王彪》诗既伤兄弟间死别及生离之痛，而又有难言之隐，故尤为悲凉沉挚，其作法直书见事，直抒胸臆，下开杜甫。

建安七子皆能五言诗，而以王粲、刘桢为最工，故《诗品》中皆列于上品。王粲（177—217年）字仲宣，山阳高平人。天才甚高，然未尝专力作五言诗，故其五言诗不多。以《七哀诗》为最佳，写乱离之象，莽苍精融，沈约列举“先士茂制，讽高历赏”者，曾举“仲宣霸岸之篇”，即指《七哀诗》，以诗中有“南登霸陵岸，回首望长安”，推为名句也。刘桢（？—217年）字公幹，东平人，在当时颇以五言诗名。曹丕称“其五言诗之善者，妙绝时人”（《与吴质书》），桢诗如《赠五官中郎将》《赠徐幹》，皆清警缠绵，深情独至。

丕、植兄弟与诸文士周旋，公宴、赠答诸诗开后世酬应之端。

阮　籍

自建安以后，五言诗风气既开，作者甚多。魏齐王芳正始（240—249 年）以降，老庄学兴，清谈风盛，所谓“正始明道，诗杂仙心”，诗风一变。其时诗人，推嵇康、阮籍，皆竹林名士，嵇康诗多四言，阮籍诗则多五言，传世者有《咏怀》八十余首。曹植尚作乐府歌辞，阮籍则脱离音乐，专作发抒自己情感之五言诗，且能于曹植之外别辟新境，故为极重要之诗人，乃继曹植之后，有功于五言诗之成立者也。阮籍与曹植虽境遇各殊，而皆有深忧隐痛，惟曹为儒家思想，阮则好《老》《庄》，故表现于诗者不同。阮籍（210—263 年）字嗣宗，瑀之子。容貌瑰杰，志气宏放，博览群籍，尤好《庄》《老》，嗜酒，能弹琴。时司马昭阴谋篡魏，凡天下名士，肯为己用者，尊宠之，否则诛除之。籍既不甘党附司马，而生长中朝，少负盛名，又不能飘然远行，故不与世事，酣饮为常，借以全身远害。司马昭欲为其子炎求婚于籍，籍醉六十日，不得言而止。钟会数以时事问之，欲因其可否而致之罪，皆以酣醉获免。籍既好老庄，重自然之旨，又嫉时人内行谄鄙，而外尊礼法（如何曾等），故益为放旷，见礼俗之士，以白眼对之。

然籍本有济世之志，登广武而兴慨，临穷途而痛哭，皆足以见其块垒。遭多忌之世，发言玄远，口不臧否，抑塞不平之气，皆于《咏怀》诗发之。“虽志在刺讥，而文多隐避”（颜延之语），故深微难解为阮诗之特点。（颜延之谓其：“百代之下，难以情测。”钟嵘亦曰：“厥旨渊放，归趣难求。”）然正因此，可以“陶性灵，发幽思，言在耳目之内，情寄八荒之表”（《诗品》），为五言诗辟一高远幽深之境界。阮籍诗之特长有数点：

一、善言哲理。阮籍好《老》《庄》，故其诗善言哲理，而尤深契无常之旨，如曰“如何金石交，一旦更离伤”，又曰“繁华有憔悴，堂上生荆杞”，又曰“春秋非有托，富贵焉常保”。盖生魏晋之际，目击世变多故，忧思伤心，感事而发。中国诗人以诗言哲理能工者，推阮籍、陶渊明、苏轼等，若许询、孙绰虽言老、庄之理，然枯淡无诗意，不足贵也。

二、诗味醇厚。诗最重味，故古人谓文譬如炊米为饭，诗则酿米为酒。阮诗寄兴深微，味最浓厚。

三、笔势峥嵘。阮诗用笔纵横跌宕，下开杜、韩。刘熙载谓阮诗“属辞之妙，去来无端，不可踪迹”。

四、不尚藻彩。自建安以降，诗文风气渐趋于华丽，尚词藻，而阮诗则以意胜，故钟嵘谓其“无雕虫之功”。

阮诗对后世影响亦大，陈子昂《感遇》、张九龄《感遇》、李白《古风》皆源出于《咏怀》。

西晋诗人

西晋五十余年之中［自武帝泰始元年（265年）至愍帝建兴四年（316年）］，老庄之学仍盛，然清谈名家如王衍、乐广、郭象等，不能如嵇、阮之兼工文采，故作诗者皆为文士。西晋承东汉辞赋之流，文尚华靡，而当时朝政苟且、风气奢淫，权贵好以华藻自饰（如贾谧），而文士亦以诗文为献媚之具，应制之作、酬答之篇日繁，而诗风遂日趋于浮靡矣。《文心雕龙·明诗》篇曰："晋世群才，稍入轻绮。……采缛于正始，力柔于建安。"建安之诗，风骨遒上（如曹植），正始之作，兴寄深微（如阮籍），西晋诗"采缛于正始，力柔于建安"，此其所以不及前人者也。

西晋诗人，推潘、陆为首。潘岳（247—300年）字安仁，中牟人。陆机（261—303年）字士衡，吴郡人。二人皆丰于才而短于识，故不能免于乱世。潘岳热中仕进，为贾谧"二十四友"之一，每候其出，辄望尘而拜（贾谧赠陆机诗即潘岳代作），后为赵王伦所杀。陆机乃吴名将陆抗之子。吴亡入洛，以才华见赏。时朝廷多难，顾荣、戴若思等劝其归吴，机不听，后为成都王颖所杀。二人诗皆辞采华丽。（《诗品》评陆云："才高辞赡，举体华美。"谢混评潘云："潘诗灿若舒锦，无处不佳。"）然无深厚之情感、高超之境界，读之不能动人，严格论之，不免为高等之诗匠。因合于六朝之风气，故声名甚盛，钟嵘列之于“上品”，称“陆才如海，潘才如江”。而后世论定，实不足与于第一流诗人之列也。陆机所作乐府诗多板重，不似曹氏父子能借旧题抒新意，矫健活泼，又拟古诗《行行重行行》等十余首，袭原诗之意而饰以藻彩，如剪彩为花，绝少生韵，其余之诗如《赴洛道中作》等，徒注意于字句之雕琢、对偶之工整，如：

振策陟崇丘，安辔遵平莽。夕息抱影寐，朝徂衔思往。

情思不能深厚，用笔复不能飞动。潘诗以《悼亡》为最有名，然亦嫌平板，少沉痛悱恻之致。总之，五言诗之缺乏内容而专重技巧（如雕琢及排偶），自潘、陆作俑，齐梁以降，深受其恶影响。西晋诗人之有名者，除潘、陆外，尚有傅玄、张华、张协等。张协诗遒炼，善描写，故《诗品》称其“巧构形似之言”，谢灵运、鲍照皆偶效之。

在西晋尚绮靡之风气中，左思颇能挺出。左思字太冲，临淄人。《咏史》诗八首最佳。名为咏“史”，实即咏“怀”，盖并非专咏一人一事，乃借古事以抒写自己之怀抱，胸次高旷，笔力雄迈。西晋之末，又有刘琨者，作诗甚少，而颇杰出。刘琨（271—318年）字越石，魏昌人。怀帝永嘉元年，为并州刺史，中原沦没，志图匡复，后兵败，为段匹磾所害。琨与潘岳皆在贾谧“二十四友”之中，当时并无诗名，盖亦不甚为诗。及遭逢丧乱，壮志不遂，苍凉激壮之情，自然发露于外（刘琨《答卢谌诗》附书谓“不复属意于文二十余年矣”），遂成杰作。《扶风歌》乃初赴并州刺史任时作，《重赠卢谌》则为段匹磾所囚时之诗，尤为哀愤矣。

东晋诗坛之风气

东晋百年之中（317—420 年），好以玄学佛理入诗，风气又一变，宋齐梁人多言之者。檀道鸾《续晋阳秋》（《世说新语·文学》篇注引）曰：

> 正始中，王弼、何晏好庄、老玄胜之谈，而世遂贵焉。至过江，佛理尤盛，故郭璞五言，始会合道家之言而韵之。询及太原孙绰，转相祖尚，又加以三世之辞，而《诗》《骚》之体尽矣。

沈约《宋书·谢灵运传论》曰：

> 有晋中兴，玄风独振，为学穷于柱下，博物止乎七篇，驰骋文辞，义单乎此。自建武暨乎义熙，历载将百，虽缀响联辞，波属云委，莫不寄言上德，托意玄珠，遒丽之辞，无闻焉尔。

刘勰《文心雕龙·明诗》篇：

江左篇制，溺乎玄风，嗤笑徇务之志，崇盛亡机之谈，袁、孙已下，虽各有雕采，而辞趣一揆，莫与争雄。

钟嵘《诗品》曰：

永嘉时，贵黄、老，稍尚虚谈，于时篇什，理过其辞，淡乎寡味。爰及江表，微波尚传。孙绰、许询、桓、庾诸公，诗皆平典似《道德论》，建安风力尽矣。

观诸家之言，可知东晋一代诗风。钟嵘追溯此种风气，谓起于西晋之末，西晋人以玄理入诗之可徵者，有王济，《诗品》谓："永嘉以来，清虚在俗。王武子辈诗贵道家之言。""武子"即王济之字也。济诗存者仅《平吴后三月三日华林园诗》一首，四言体，乃颂功德之作，所谓"诗贵道家之言"者，无从考见。东晋许询、桓温、庾亮之诗均不传（丁福保《全晋诗》中收许询诗四句，桓温诗四句），孙绰诗传世者多四言，如《答许询》诗第一段云：

仰观大造，俯览时物。机过患生，吉凶相拂。智以利昏，识由情屈。野有寒枯，朝有炎郁。失则震惊，得必充诎。

《与庾冰》诗第一段云：

> 浩浩元化，五运迭送。昏明相错，否泰时用。数钟大过，乾象摧栋。惠怀凌构，神銮不控。

东晋人谈玄理之五言诗，可举王羲之《兰亭》诗为例。

> 仰视碧天际，俯瞰渌水滨。寥阒无涯观，寓目理自陈。大矣造化功，万殊莫不均。群籁虽参差，适我无非亲。

诗贵缘情绮靡，寄兴深微，而东晋士大夫因喜老、庄，好佛理，变清谈为韵语，以抽象说理之法作诗，遂枯淡寡味，乖比兴之旨，故昔之论者，或谓之《诗》《骚》体尽，或谓之遒丽无闻，或谓之“平典似《道德论》”，率皆贬辞，惟东晋简文帝称许询五言诗“妙绝时人”（《世说新语·文学》篇），简文亦谈士，盖赏其玄理，非真能知诗者，所言未足为典要也。

当时惟郭璞能屏除此种抽象之说理，改用具体之写法。璞（276—324年）字景纯，闻喜人，其《游仙》诗十四首，虽亦言玄理，而不似孙绰之枯淡。钟嵘谓郭璞“始变永嘉平淡之体，故称中兴第一”，刘勰谓“景纯艳逸，足冠中兴”（《文心雕龙·才略》篇），萧子显谓“郭璞举其灵变”（《南齐书·文学传论》）。所谓“平淡”乃指抽象式之说理，所谓“艳逸”或“灵变”即化抽象为具体。且璞亦振奇之士，其《游仙》诗，实亦借以咏怀，虽假栖遁之言，而激烈悲愤，自在言外，故钟嵘谓其“辞多慷慨，乖远玄宗”，又云“乃是坎壈咏怀，非列仙之趣”。《文选·游仙》诗李善注曰：“璞之制，文多自叙，虽志狭中区，而辞无俗累，见非前识，良有以哉。”自吾人观之，李善所谓郭诗之缺点，正其优点也，录一首为例：

青溪千余仞，中有一道士。云生梁栋间，风出窗户里。借问此何谁？云是鬼谷子。翘迹企颍阳，临河思洗耳。阊阖西南来，潜波涣鳞起。灵妃顾我笑，粲然启玉齿。蹇修时不存，要之将谁使？

魏晋以来，佛学渐盛，其时僧人，多与名士往还，工玄谈，美文采，故亦颇有能五言诗者，而融以佛理，遂导唐人王维、柳宗元之先河。晋僧人能诗传于今者，有支遁（314—368年）、慧远［334—416年（或417年）］、庐山诸道人、庐山诸沙弥、史宗、帛道猷、竺僧度等。支遁诗喜用《庄子》词句，慧远及庐山诸道人诗虽言佛理，亦间用藻彩，有具体之描写，故不至于平淡寡味。

崇岩吐清气，幽岫栖神迹。希声奏群籁，响出山溜滴。有客独冥游，径然忘所适。挥手抚云门，灵关安足辟。流心

叩玄扃，感至理弗隔。孰是腾九霄，不奋冲天翮。妙词趣自均，一悟超三益。（慧远《庐山东林杂诗》）

超兴非有本，理感兴自生。忽闻石门游，奇唱发幽情。褰裳思云驾，望崖想曾城。驰步乘长岩，不觉质有轻。矫首登灵阙，眇若凌太清。端坐运虚论，转彼玄中经。神仙同物化。未若两俱冥（庐山诸道人《游石门诗》）

帛道猷诗不用佛经典故及字句，不坠理障，而将禅言融化于诗中，故尤为迥绝：

连峰数千里，修林带平津。云过远山翳，风至梗荒榛。茅茨隐不见，鸡鸣知有人。闲步践其径，处处见遗薪。始知百代下，故有上皇民。（《陵峰采药触兴为诗》。《释氏古诗题》云："寄道壹，有相招之意。"《高僧传》："猷与道壹经有讲筵之遇，后与一书，因赠诗云。"）

陶　潜

两晋一百五十余年，西晋尚绮艳，重雕琢；东晋又以玄理入诗，淡乎寡味，故除左思、刘琨、郭璞外，无卓出之诗人。至东晋末陶潜出，始放一异彩，是又不可以时代限，不可以风气囿矣。

陶潜（《宋书·陶潜传》谓潜卒于宋元嘉四年，年六十三岁。近人多不信此说，梁任公谓潜年五十六岁，古直谓潜年五十二岁，逯钦立谓潜五十一岁，尚无定论。）字渊明，浔阳人。曾为镇军参军、建威参军，后补彭泽令，旋自免归，遂隐居不复仕。陶潜异于六朝诗人者有数点：

一、六朝诗人，多为贵族，即有出自寒微者，如鲍照，亦终身仕宦。陶潜平生出仕之时甚短，隐居旧庐，躬耕自给，故能写田园幽静自然之生活，亲切有味。（如“时复虚曲中，披草共来往。相见无杂言，但道桑麻长”。又如“晨兴理荒秽，带月荷锄归”，又如“平畴交远风，良苗亦怀新”，又如“开春理常业，岁功聊可观。晨出肆微勤，日入负耒还。山中饶霜露，风气亦先寒”。）为“古今隐逸诗人之宗”。吾国以农立国，应有极佳之田家诗。前乎陶潜者，如《豳风·七月》写农人生活，虽甚真切，而无高远之意境；后乎陶潜者，如王维、储光羲、柳宗元等皆得之于旁观或想象，非身历其境，故不能如陶诗之真切。此陶潜之所以卓也。

二、魏晋以后，老、庄思想大兴，故六朝诗人，或只尚辞采，无高深之思想见解，如潘、陆等；其有思想见解者，非道家即释氏。如阮籍、谢灵运、陶潜生晋宋之间，虽亦染老、庄思想，而又深契儒言，其诗中常用《论语》，《饮酒》诗末首称孔子“弥缝”之功，谓“凤鸟虽不至，礼乐暂得新”，而慨然于“如何绝世下，六籍无一亲。终日驰车走，不见所问津”，尤可见其向慕所在。（沈德潜曰：“晋人诗，旷达者徵引老、庄，繁缛者徵引班、扬，而陶公专用《论语》。”刘熙载云：“陶诗有‘贤哉回也’‘吾与点也’之意，直可嗣洙、泗遗音。”）故能旷达而不流于放荡，玩心高明而未尝不脚踏实地。

三、六朝文人重才轻德，已成风气，最著名者如潘、陆、颜、谢等，皆文采足矜，器识无取，而陶潜则人品、识度均高，立身行己，光明坦白，“欲仕则仕，不以求之为嫌；欲隐则隐，不以去之为高。”（《苕溪渔隐丛话前集》卷三引东坡语）而接人待物，则外和内介，在夷惠之间（如对王弘、檀道济等），故钟嵘谓“每观其文，想其人德”，萧统亦谓：“尝谓有能读渊明之文者，驰竞之情遣，鄙吝之意祛，贪夫可以廉，懦夫可以立，岂止仁义可蹈，亦乃爵禄可辞！”（《陶渊明集序》）

陶潜爱好自然，自谓：“少无适俗韵，性本爱丘山。”（《归园田居》）故诗中多写自然景物，而其诗之妙处，亦即在“自然”二字。以情思论，皆由衷之言，修辞立诚，无客气假象，无应酬恶习。（如《与殷晋安别》诗）以作诗态度论，则纯为自抒怀抱，无刻意求工、取悦于人之意。（《饮酒》诗序：“既醉之后，辄题数句自娱，纸墨遂多，辞无诠次，聊命故人书之，以为欢笑尔。”）以技术论，亦无雕琢曼辞之弊，所谓“文体省净，殆无长语”，不烦绳削而自合者。

结庐在人境，而无车马喧。问君何能尔，心远地自偏。采菊东篱下，悠然见南山。山气日夕佳，飞鸟相与还。此中有真意，欲辩已忘言。（《饮酒》之五）

陶潜诗因不合六朝之风气，故其诗在当时不甚为人注意。颜延之与陶潜交谊甚笃，陶卒后，延之作《陶徵士诔》，极赞陶之为人，而于其诗则不称道，仅云“文取指达”而已，颜盖不甚欣赏陶之诗也。刘勰作《文心雕龙》，凡晋宋以前有名文人皆称述之，独未尝及陶潜。钟嵘作《诗品》，潘、陆皆居“上品”，而列陶于“中品”。惟萧统颇能欣赏陶潜，所作《陶渊明集序》曰：“其文章不群，词采精拔，跌宕昭彰，独超众类，抑扬爽朗，莫之与京。横素波而傍流，干青云而直上。语时事则指而可想，论怀抱则旷而且真。”北齐阳休之《陶集序录》曰：“余览陶潜之文，辞采虽未优，而往往有奇绝异语。”六朝人惟重“辞采”，鲜有能赏其“奇绝异语”者。唐人渐知重陶，如王维、孟浩然、储光羲、韦应物等皆学陶。北宋王安石、苏轼、黄庭坚尤推崇之，苏轼云：“吾于诗人无所甚好，独好渊明之诗。渊明作诗不多，然其诗质而实绮，癯而实腴，自曹、刘、鲍、谢、李、杜诸人皆莫及也。”（《苕溪渔隐丛话前集》卷四）王安石评渊明诗有“奇绝不可及之语，如‘结庐在人境’”云云，“由诗人以来无此句也”。（《苕溪渔隐丛话前集》卷三）黄庭坚谓：“颜、谢之诗可谓不遗炉锤之功矣，然渊明之墙数仞而不能窥也。”（《苕溪渔隐丛话前集》卷三）《蔡宽夫诗话》云：“渊明诗唐人绝无知其奥者，惟韦苏州、白乐天尝有效其体之作，而乐天去之亦自远甚。大和后，风格顿衰，不特不知渊明而已。然薛能、郑谷乃皆自言师渊明，能诗云：‘李白终无敌，陶公固不刊。’谷诗云：‘爱日满阶看古集，只应陶集是吾师。’”（《苕溪渔隐丛话前集》卷四）陶诗之价值始确定矣。

元嘉诗人

孙、许以诗谈玄理之风气，至东晋末亦渐变，《续晋阳秋》曰：“询、绰并为一时文宗，自此作者悉体之。至义熙中，谢混始改。”（《世说新语·文学》篇注引）《宋书·谢灵运传论》亦云：“仲文始革孙、许之风，叔源大变太元之气。”太元是晋孝武帝年号（376—396年），义熙乃晋安帝年号（405—418年），两书均谓殷仲文与谢混（字叔源）有改变风气之功，盖由说理而返于抒情，由枯淡而返于绮靡，故《诗品》亦云：“义熙中，以谢益寿、殷仲文为华绮之冠。”“益寿”即谢混小字也。殷仲文诗今存一首，谢混诗今存三首，其《游西池》诗云：

悟彼蟋蟀唱，信此劳者歌。有来岂不疾，良游常蹉跎。逍遥越城肆，愿言屡经过。回阡被陵阙，高台眺飞霞。惠风荡繁囿，白云屯曾阿。景昃鸣禽集，水木湛清华。褰裳顺兰沚，徙倚引芳柯。美人愆岁月，迟暮独如何。无为牵所思，南荣戒其多。

远较孙、许等为“斐然”矣。谢混乃谢安之孙，门第华贵。史称其“风格高峻”，少所交纳，惟与族子灵运、瞻、晦、曜以文义赏会，尝居在乌衣巷，故谓之为“乌衣之游”，因宴饮之余，为韵语以奖劝灵运、瞻等。（《南史·谢弘微传》）可想见其家门文风之盛，故其族子灵运遂为刘宋一代诗宗。

谢灵运（385—433年），玄之孙，为贵公子，好佛，与高僧慧远游，爱山水，祖居始宁（今浙江上虞）。谢玄在始宁一带经营别墅，灵运承其业，曾作《山居赋》，描写别墅情况，其中有水田旱田，可收获香秔麻麦粟菽，又有竹木蔬菜鱼鸟之类，而果园分布最广，有杏坛、㮈园、橘林、栗圃，桃、李、梨、枣、枇杷、林檎。总之，谢氏别墅包含南北两山，有田亩、竹林、果园、菜圃。灵运又曾为永嘉太守、临川内史，并山水胜地。灵运“寻山陟岭，必造幽峻”，故其诗多写山水，《文心雕龙·明诗》篇云“宋初文咏，体有因革，庄、老告退，而山水方滋”，即指谢诗而言。灵运盖天性好美，“车服鲜丽，衣裳器物，多改旧制，世共宗之，咸称谢康乐”。（《宋书》本传）故独能欣赏山水之美，为中国诗辟一新境。山水诗在汉末已有。曹操乐府“东临碣石”一篇即全首写景，其后曹植、王粲、刘桢、嵇康，以至张华、潘岳、左思、张载等人诗中皆有写景之成分，对于南北朝山水诗人不无影响。至于东晋殷仲文、谢混、庾阐、湛方生等人更可认为谢灵运之开先。此外，游仙、招隐一类诗亦大有关系，此类诗往往写山人羽士之居处，所以不免有山林岩穴之描写，如陆机《招隐》诗："轻条象云构，密叶成翠幄。激楚伫兰林，回芳薄秀木。山溜何泠泠，飞泉漱鸣玉。"左思《招隐》诗："白云停阴冈，丹葩曜阳林。石泉漱琼瑶，纤鳞或浮沉。非必丝与竹，山水有清音。"郭璞《游仙诗》："翡翠戏兰苕，容色更相鲜。绿萝结高林，蒙笼盖一山。"等等，皆明显之例。此等诗句虽非诗之主体，但往往为可爱之部分，其后渐发展成为主体，事极可能。正如画中之山水，最初为故事之点缀、人物之背景，其后反客为主，竟成山水画，其发展程序颇一致也。

山水诗既起源于东汉，何以至南朝始盛，此则地理关系。东晋以前文学中心在北方，文人亦多数生长居住在北方。北方山水本不及南方秀丽，南方之山容水态，因气候关系变化较多，其可欣赏处亦较多。若以建康山水与洛阳比较，优劣本极显明，至于庐山烟霞与山阴道上之盛况更不必言矣。

南朝文人之生活与自然确是较接近，陶渊明、宗炳、陶弘景辈山泽高士且不论，如王羲之父子等贵家子弟，亦常亲近山林，谢灵运亦如此。谢灵运即使不曾有伐木开山之豪游，一生居于其别墅中亦尽多清福，从谢之《山居赋》可以想见其别墅之幽美广阔。同时山阴孔氏之园墅，竟至“周回三十三里”（《宋书·孔季恭传》），可以想象当时贵族此种享受之程度。南朝贵族注重园亭之享受并非始于宋代，谢灵运之园本是其祖父谢玄所建。（《山居赋》自注）王导在东渡之初，政局尚未大定之时，已有果木成林，养鸟兽麋鹿，可供隐士居处之西园矣。（《晋书·郭文传》）以南朝豪族拥有田庄之广，因山水胜处营造园墅，享受富贵清福，自是平常之事。研究谢灵运等贵族诗人之山水文学，此种生活背景似亦当注意。（以上余冠英说）

汉赋写山水，乃刻画其形貌，谢诗则专写其美，如：

白云抱幽石，绿篠媚清涟。（《过始宁墅》）

乱流趋正绝，孤屿媚中川。云日相辉映，空水共澄鲜。（《登江中孤屿》）

均极华妙，前无古人。谢诗非但工于模山范水，而又能融以《庄》理《骚》意，故空灵旷逸，意境深美：

嫋嫋秋风过，萋萋春草繁。美人游不还，佳期何由敦。芳尘凝瑶席，清醑满金尊。（《石门新营所住四面高山回溪石濑茂林修竹》）

沉冥岂别理，守道自不携。心契九秋干，目玩三

春荑。居常以待终，处顺故安排。惜无同怀客，共登青云梯。（《登石门最高顶》）

企石挹飞泉，攀林摘叶卷。想见山阿人，薜萝若在眼。握兰勤徒结，折麻心莫展。情用赏为美，事昧竟谁辨。观此遗物虑，一悟得所遣。（《从斤竹涧越岭溪行》）

灵运作诗极用心，《谢氏家录》记其“在永嘉西堂思诗，竟日不就”。（《诗品》引）又曾与颜延之同受文帝诏，拟《乐府·北上篇》，“延之受诏便成，灵运久之乃就”。（《南史·颜延之传》）可见其惨淡经营之功，故其诗用思运笔造句炼字，精密深思，甚至制题亦极经意，如《石门新营所住四面高山回溪石濑茂林修竹》《从斤竹涧越岭溪行》。盖灵运极富于艺术观念，力求精美，而才气俊逸，能不以人巧掩天机，不至流于匠气，故鲍照谓其诗如“初发芙蓉，自然可爱”也。

谢灵运为南朝之标准诗人，盛负时名，史称：“每有一诗至都邑，贵贱莫不竞写，宿昔之间，士庶皆遍。”（《宋书》本传）齐梁间人亦极推崇之，沈约作《宋书》，特于《谢灵运传》后总论文学流变，俨然奉为一代宗匠。钟嵘作《诗品》，于南渡后诗人，惟列灵运于上品。齐梁诗人作诗有专学谢者，如齐武陵王晔、梁王籍、伏挺等。（《南史》卷四十三《武陵昭王晔传》：“与诸王共作短句诗，学谢灵运体。”

卷二十一《王籍传》："为诗慕谢灵运。至其合也，殆无愧色。时人咸谓康乐之有王籍，如仲尼之有丘明，老聃之有严周。"卷七十一《儒林伏挺传》："博学有才思，为五言诗，善效谢康乐体。"）谢灵运诗，所以最为南朝人所重者，盖亦有故。魏晋以来，玄学大兴，渡江之后，佛理尤盛，如何融合此两种盛行之新思想于盛行之新五言诗体中，为时人之所理想。在西晋时，向秀、郭象精于玄义，而不工吟咏。潘岳、陆机诗才绮艳，而名理无闻。东晋孙绰、许询皆致力此途，虽研精玄释，而苦乏诗才，所作"理过其辞，淡乎寡味"，不为真赏所重。惟郭璞文藻秀出，其《游仙》诗能合道家之言而韵之。东晋僧人如慧远，亦能以佛理入诗，不乏风韵，惜皆篇什不多，未能大畅宗风。谢灵运出，此理想始实现。灵运敬事远公，自许慧业，曾作《辨宗论》，申竺道生顿悟之旨，又注《金刚般若》，与慧严、慧观等修改《大本涅槃》，其深于佛学如此。《高僧传》卷七《释慧叡传》谓："陈郡谢灵运笃好佛理，殊俗之音，多所达解。乃谘叡以经中诸字，并众音异旨，于是著《十四音训叙》。条例梵汉，昭然可了，使文字有据焉。"皎然《诗式》卷一《文章宗旨》："康乐公早岁能文，性颖神彻，及通内典，心地更精。故所作诗，发皆造极，得非空王之道助邪?"谢诗中用佛经语者，如《石壁立招提精舍》："四城有顿踬，三世无极已。浮欢昧眼前，沉照贯终始。……敬拟灵鹫山，尚想祇洹轨。"《过瞿溪山僧》："望岭眷灵鹫，延心念净土。若乘四等观，永拔三界苦。”灵运《山居赋》自注谓《老》《庄》“二书最有理，过此以往，皆是圣人之教，独往者所弃”。其崇尚玄义如此。《山居赋》自注复谓：“少好文章，自山栖以来，别缘既阑，寻虑文咏，以尽暇日之适，便可得通神会性，以永终朝。”再参看上文所引《诗品》引《谢氏家录》及《南史·颜延之传》所记灵运精心作诗之事，可见其笃好诗篇又如此，故能兼此三者，以玄理、佛义发为精美之诗。百余年来，世人齐心同愿，向往未逮者，灵运独能为之。举世景从，百祀推奉，殆无足怪矣。然诗文有一时之标准，有千古之标准。自一时之标准而论，谢胜于陶；自千古之标准而论，谢仍不及陶。盖陶之识度襟怀，均胜于谢。陶诗写自然，能见宇宙间大化流行生生不息之意，人生与自然融合为一，得一更超旷之境，所谓“此中有真意，欲辩已忘言”，谢则但能欣赏自然之美，语虽超远，实则未能忘怀得失（《日知录》卷十九“文辞欺人”条谓：“古来以文辞欺人者，莫若谢灵运……灵运身为元勋之后，袭封国公。宋氏革命，不能与徐广、陶潜为林泉之侣。既为宋臣……元嘉之际，累迁侍中……至屡婴罪劾，兴兵拒捕，乃作诗曰：‘韩亡子房奋，秦帝鲁连耻。本自江海人，忠义感君子。’及其临刑，又作诗曰：‘龚胜无余生，李业有终尽。’若谓欲效忠于晋者，何先后之矛盾乎。”），意味不及陶之深厚。然刻画山水，华妙澄鲜，为五言诗开一新境，虽贵巧似，尚琢炼，而能新能俊，故仍胜于潘、陆也。（谢诗过于凝练，不免时有滞句，无其天才而强学之，流弊益显，《南齐书·文学传论》已言之："一则启心闲绎，托辞华旷，虽存巧绮，终致迂回。宜登公宴，本非准的。而疏慢阐缓，膏肓之病，典正可采，酷不入情。此体之源，出灵运而成也。"）

谢氏群从，亦多诗人，谢瞻、谢惠连，其诗句均近灵运，而精深华妙不逮。当时与谢灵运齐名者有颜延之。延之功力有余，天才不足，其诗板滞有匠气，多死句，不及谢远甚。鲍照谓其"若铺锦列绣，雕缋满眼"，钟嵘谓其"喜用古事，弥见拘束"，皆深中其弊，然凝丽典重，宜于作侍游应诏之诗，如"陟峰腾辇路，寻云抗瑶甍。春江壮风涛，兰野茂荑英。宣游弘下济，穷远凝圣情。岳滨有和会，祥习在卜征"。（《车驾幸京口侍游蒜山作》）此等诗句，今日视之，味同嚼蜡，而在当时盖颇受欣赏，颜之得名，亦由于此。（颜《北使洛》诗所谓"文辞藻丽，为谢晦、傅亮所赏"者，实亦无甚精彩。）颜诗惟《秋胡行》及《五君咏》较警策。颜诗远宗陆机（《诗品》谓颜诗源出陆机），守诗派正统，而不能创新境，颜不及谢，此亦一因。

颜既去谢远甚，而当时有异军特起之鲍照。虞炎《鲍照集序》称其"家世贫贱"，虽"才秀人微……取湮当代"（《诗品》），实则能与谢颉颃，故后人或并称"鲍谢"焉。鲍照（？—466 年）字明远，东海人，为一有创造力之诗人。年二十，用七言诗体作《行路难》十八首，前无古人，下开百代，唐李白、高适、岑参、杜甫等七言歌行皆受其影响，可见其天才之警绝。录一首为例：

> 泻水置平地，各自东西南北流。人生亦有命，安能行叹复坐愁。酌酒以自宽，举杯断绝歌路难。心非木石岂无感，吞声踯躅不敢言。

其五言诗于字句务求生创锤炼，而体格紧峭，气骨俊逸，写情景均奇警，读之起一种生新爽健之感，其造句炼字之法，如“温念终不渝，藻志远存追”（《吴兴黄浦亭庾中郎别》），“温”字、“藻”字，炼字新警，如“木落江渡寒，雁还风送秋”（《登黄鹤矶》），若云“秋风送雁还”，或“寒风送秋雁”，或“木落秋雁还”，皆不及此妙。故杜甫、韩愈常效鲍诗句法，如“穹跨负天石”（《从登香炉峰》），“霞石触峰起”（《登庐山》），句法峭秀，杜甫常拟之。又如“泪竹感湘别，弄珠怀汉游”（《登黄鹤矶》），韩愈拟之曰：“斑竹啼舜妇，清湘沉楚臣。”

鲍照向民歌学习，主要有三方面。一是《吴歌》和《采菱歌》，都是学习吴歌西曲的。二是《行路难》，《乐府诗集》卷七十引《陈武别传》：“武常牧羊，诸家牧竖有知歌谣者，武遂学《行路难》。”由此可见《行路难》是民间歌谣。鲍照作《行路难》，表达愤懑不平之意，形式采用七言。西汉时民间创作中已有七言体，而文人采用七言，迟至东汉魏晋。鲍照作《行路难》十八首，大大推动了七言诗的发展。三是古乐府，鲍照用汉乐府旧题，如《代东武吟》，都在声诉下级官吏及一般人民征戍、行旅、别离、贫困种种苦难。

江南旧有吴歌，东晋以来，其声渐盛，缠绵婉媚，流连哀思，足以动摇人心，士大夫多好之，遂有效其体者。王献之作《桃叶歌》，孙绰作《碧玉歌》，皆其证也。鲍照天才遒逸，不受传统之拘束，独喜吴歌，时仿为之，有《吴歌》三首、《采菱歌》七首、《幽兰》五首。其《吴歌》云：

> 人言荆江狭，荆江定自阔。五两了无闻，风声那得达。

鲍照虽仿吴歌，而造句炼字，已融入自已之特色，如《采菱歌》：

> 弭榜搴蕙荑，停唱纫薰若。含伤拾泉花，萦念采云萼。

《子夜》《欢闻》等歌皆脱口天然，无此种凝练之辞句。鲍照且用吴歌体裁，试作他种之诗，其《中兴歌》十首即仿《子夜》体。此外如《酒后》《讲易》《可爱》《夜听声》《咏老》《春咏》等皆是：

> 晨节无两淹，年意不俱处。自非羽酌欢，何用慰愁旅。

（《酒后》）

节运同可悲，莫若春光甚。和风未及燠，遗凉清且凛。（《春咏》）

此种作风，自与守矩矱、尚典重之颜延之殊趣，故鲍讥颜诗“雕缋满眼”（《南史·颜延之传》），而颜亦“忌照之文，故立休、鲍之论”（《诗品》）。休即惠休，姓汤，初为沙门，孝武令使还俗，位至扬州从事史。（《宋书·徐湛之传》）惠休与鲍照同为喜仿吴歌，而以其缠绵轻蒨之风格入诗者，鲍照有《秋日示休上人》《答休上人》两首，其《答休上人》云：

酒出野田稻，菊生高冈草。味貌复何奇，能令君倾倒。玉碗徒自羞，为君慨此秋。金盖覆牙柈，何为心独愁。

此诗已显然有一种轻灵婉妙之韵味，与鲍照其他之诗不同。惠休之诗，尤近吴歌：

葳蕤华结情，宛转风含思。掩涕守春心，折兰还自遗。江南相思引，多叹不成音。黄鹤西北去，衔我千里心。（《杨花曲》）

少年窈窕舞君前，容华艳艳将欲然。为君娇凝复迁延，流目送笑不敢言。长袖拂面心自煎，愿君流光

及盛年。(《白纻歌》)

故颜延之薄之曰:“惠休制作,委巷中歌谣耳,方当误后事。”(《南史·颜延之传》)惠休论诗亦扬谢抑颜,讥其“错采镂金”(《诗品》),乏自然之趣。两派遂如水火。然休、鲍此种试作,能为五言诗增新风味,故时人颇多悦之者。“大明、泰始中(457—471年),鲍、休美文,殊已动俗。”(《诗品》)遂俨然与颜、谢抗席。(据《诗品》所载,谢超宗、丘灵鞠、刘祥、檀超、钟宪、颜则、顾则心“传颜、陆体”,不从休、鲍之风。)故《南齐书·文学传论》谓:“颜、谢并起,乃各擅奇,休、鲍后出,咸亦标世。”又谓“今之文章……略有三体”,而其一则“发唱惊挺,操调险急,雕藻淫艳,倾炫心魂。……斯鲍照之遗烈”,可见其影响之巨矣。

齐梁间诗坛之风气

自宋元嘉(424—453年)以降,因帝王之提倡,诗风甚盛。宋孝武帝、明帝均好诗(《诗品》称孝武“雕文织采,过为精密”),裴子野《雕虫论序》谓:“宋明帝博好文章……每有祯祥及幸讌集,辄陈诗展义,且以命朝臣。其戎士武夫,则托请不暇,困于课限,或买以应诏焉。于是天下向风,人自藻饰,雕虫之艺,盛于时矣。”钟嵘《诗品》亦谓："今之士俗，斯风炽矣。才能胜衣，甫就小学，必甘心而驰骛焉……至使膏腴子弟，耻文不逮，终朝点缀，昼夜呻吟。"然所用心者率在技巧，《文心雕龙·明诗》篇曰："俪采百字之偶，争价一句之奇，情必极貌以写物，辞必穷力而追新，此近世之所竞也。"于是有喜用事及重声律之风气，钟嵘《诗品序》评之曰：

> 夫属词比事，乃为通谈。若乃经国文符，应资博古，撰德驳奏，宜穷往烈。至乎吟咏情性，亦何贵于用事？"思君如流水"，既是即目；"高台多悲风"，亦惟所见；"清晨登陇首"，羌无故实；"明月照积雪"，讵出经、史。观古今胜语，多非补假，皆由直寻。颜延、谢庄，尤为繁密，于时化之。故大明、泰始中，文章殆同书抄。近任昉、王元长等，词不贵奇，竞须新事，尔来作者，寖以成俗。遂乃句无虚语，语无虚字，拘挛补衲，蠹文已甚。

又曰：

> 古曰诗颂，皆被之金竹。故非调五音，无以谐会。……故三祖之词，文或不工，而韵入歌唱，此重音韵之义也，与世之言宫商异矣。今既不被管弦，亦何取于声律耶？……王元长创其首，谢朓、沈约扬其波。三贤或贵公子孙，幼有文辩，于是士流景慕，务为精密，襞积细微，专相陵架。故使

文多拘忌，伤其真美。余谓文制，本须讽读，不可蹇碍，但令清浊通流，口吻调利，斯为足矣。至平上去入，则余病未能，蜂腰鹤膝，闾里已具。

永明声律说

上述两种风气之中，重声律之风气关系尤大。声律之说，起于齐武帝永明（483—493 年）之时，乃沈约等所倡，《南史·陆厥传》曰：

时盛为文章，吴兴沈约、陈郡谢朓、琅邪王融以气类相推毂，汝南周颙善识声韵。约等文皆用宫商，将平上去入四声，以此制韵，有平头、上尾、峰腰、鹤膝。五字之中，音韵悉异，两句之内，角徵不同，不可增减。世呼为“永明体”。

沈约在《宋书·谢灵运传论》中亦略述其声律之说曰：

夫五色相宣，八音协畅，由乎玄黄律吕，各适物宜。欲使宫羽相变，低昂互节，若前有浮声，则后须切响。一简之内，音韵尽殊；两句之中，轻重悉异。妙达此旨，始可言文。

约颇自矜重，以为独得之秘，发前人所未发，故又言：

> 自灵均以来，多历年代，虽文体稍精，而此秘未睹。……张、蔡、曹、王，曾无先觉，潘、陆、谢、颜，去之弥远。

并撰《四声谱》，自谓入神之作。（《南史·沈约传》）

吾国古时，读字音有长言、短言之分。（见《公羊传》）所谓"短言"，殆指入声字，其发音短促，且有k、p、t之语尾。所谓"长言"，殆指非入声字。古时对于非入声之字，因读时轻重缓急之异，其声调亦必稍有区别，惟不若后世平上去三声，有确定之读法及严密之分野。至齐永明时，始有四声之说。四声之说何以成立？何以起于永明之时？据陈寅恪之意见，谓中国所以成立一四声之说，而不定为其他数之声者，以除去本易分别、自为一类之入声，复分别其余之声为平上去三声，合计之，适为四声也。但其所以分别其余之声为三声者，实依据及摹拟中国当日转读佛经之三声，而中国当日转读佛经之三声，又出于印度古时《声明论》之三声。据天竺围陀之《声明论》，其所谓声svara者，适与中国四声之所谓声者相类似，即指声之高低言。围陀《声明论》依其声之高低，分别为三：一曰udātta，二曰svarita，三曰anuoātta。佛教输入中国，其教徒转读经典时，此三声之分别当亦随之输入，至当日佛教徒转读其经典所分别之三声，是否即与中国之平上去三声切合，今日固难详知。然二者俱依声之高下，分为三阶，则相同无疑也。中国语之入声皆附有k、p、t等辅音之缀尾，可视为一特殊种类，而最易与其他之声分别。平上去则其声响高低相互距离之间难有分别，但应分别之为若干数之声，殊不易定。故中国文士依据及摹拟当日转读佛经之声，分别定为平上去三声，合入声计之，适为四声。至于四声说所以成立于齐永明之世，而创其说者适为周颙、沈约之徒者，则因南齐武帝永明七年二月二十日，竟陵王子良大集善声沙门于京邸，造“经呗新声”，实为当时考文审音之一大事。在此略前之时，建康之审音文士及善声沙门讨论研究必已甚众而且精。永明七年，竟陵京邸之结集，不过此新学说研究成绩之发表，而周颙、沈约之徒，又适为此新学说之代表人也。（《清华学报》第九卷第二期陈寅恪《四声三问》）陈氏之说，推勘细密，惟尚有可讨论者。按魏时李登撰《声类》十卷，凡一万一千五百二十字，以五声命字。（封演《封氏闻见记》）晋吕静仿李登之法，作《韵集》五卷，宫、商、角、徵、羽各为一篇。（《魏书·江式传》）李、吕两家之书不传，其五声之分如何，不能确知。所谓“宫、商、角、徵、羽”者，不过一种符号，其所代表者究为何物？（沈约亦谓“宫羽相变”，则以宫羽代平仄也。）徐景安《乐书》谓宫为上平，商为下平，角为入，徵为上，羽为去，固属附会。王静安谓阳类一，与阴类之平上去入四合为五声（《观堂集林》卷八《五声说》），吾人亦未敢信其必当。惟所欲研究者，即此五声说是否依字之声调高下而分，是否与沈约等之四声说有相当之关系。假如魏晋时之五声说，是依字之声调高下而分，则当时虽无平上去入之名，而已有平上去入之实。除四声外，其余一声或较牵强不合理，沈约等之四声说，不过五声说之修正，非绝对之独创也。（赵翼有四声不起沈约说，以“《晋书·经籍志》有晋张谅撰《四声韵林》二十八卷”。王静安《五声说》即认为沈约四声说乃由五声说中变来者。）何以明之？按文人之自觉地于诗文中注重音律，沈约之前，已有范晔、谢庄。［王融与沈约同为主张音律说之代表人，尝欲造《知音论》未就，融尝谓钟嵘曰：“宫商与二仪俱生，自古词人不知之。……惟见范晔、谢庄颇识之耳。”（《诗品》）是王融亦颇推重范、谢二人也。］范晔《狱中与诸甥侄书》曰：“性别宫商，识清浊，斯自然也。观古今文人，多不全了此处，纵有会此者，不必从根本中来。……年少中，谢庄最有其分。”所谓“宫商”或即如后之所谓平仄，范晔谓古今文人纵有会此者，不必从根本中来，所谓“从根本中来”即知其所以然。范晔既自命为从根本中来者，则必对于文字之声调，已有明显严密之区分，而作诗文时加以有意识的配合矣。即此可证在沈约之前虽无平上去入之名，或已有平上去入之实，惟其说未甚普遍，知之者不多耳。窃意中国字读音，除入声外，其余可分为平、上、去三种声调，殆亦自然之势，非尽人力所强为。周秦汉人读字音时，事实上或亦略有此种区别，惟未尝有意识的予以严密明确之厘定。东汉末翻译佛经，梵文传入中国，《隋书·经籍志》谓："自后汉佛法行于中国，又得西域胡书，能以十四字贯一切音，文省而义广，谓之婆罗门书。"（《隋志》著录《婆罗门书》一卷）乃中国民族第一次与高等拼音文字相接触，遂悟以两字切，作一音之反切法。（反切始于汉末孙炎）反切发明，字音确定，遂可以依字之声调而分类。（《苕溪渔隐丛话前集》卷一引《蔡宽夫诗话》云："秦汉以前……音无反切，平侧皆通用，如庆云、卿云、皋陶、咎繇之类。"是蔡氏之意，亦以为反切法之发明而后平侧始分也。）李登创五声说，盖以自战国末年以来，五行说兴，世人对于一切事物之分类，喜用"五"分法，故李登亦分字之声调为五种。其所谓五声，殆于平上去入之外，尚分出一声，而此一声为何，虽不可知，然就声调自然之理论之，必较牵强。及沈约、周颙等受佛经转读之启示，遂修正李登之五声说而为四声说（沈约《答陆厥书》曰"宫商之音有五，文字之别累万，以累万之繁，配五声之约"云云，是沈约亦知五声说也），并予以"平上去入"明显之标名，既合声调之自然，又为公开之提倡，当时视为新创，约等矜其独得。此永明之四声说所以独著于后世也。至于沈约等用四声说于诗文中，特重音律之调谐，或亦受佛经翻译之启示，《高僧传》载鸠摩罗什与慧叡论西方辞体，商略同异，云"天竺国俗，甚重文制，其宫商体韵，以入弦为善。凡觐国王，必有赞德，见佛之仪，以歌叹为贵，经中偈颂，皆其式也”。天竺国文制，甚重宫商，于是沈约等亦用宫商于中国文制中矣。

沈约等既创四声之说，当时颇有致书辨难者。日僧遍照金刚《文镜秘府论》云：“魏定州刺史甄思伯（按即甄琛），一代伟人，以为沈氏《四声谱》不依古典，妄自穿凿，乃取沈君少时文咏犯声处以诘难之。”又引沈约《答甄公论》谓四声“同诸四象”，周、孔所以不论四声者，以四声即含有四时之象。按甄琛怀事必师古之成见，讥沈氏四声说不依古典，未免拘虚，而沈氏既自矜其四声说为“独得胸衿”之创见，而又以四声附会四时牵强解释，亦殊可不必。陆厥亦曾致书沈约谓：“历代众贤，似不都阇此处，而云‘此秘未睹’，近于诬乎？”并举例证明，谓：“自魏文属论，深以清浊为言；刘桢奏书，大明体势之致。岨峿妥怗之谈，操末续颠之说，兴玄黄于律吕，比五色之相宣，苟此秘未睹，兹论为何所指邪？”约答书曰：“自古辞人，岂不知宫羽之殊、商徵之别。虽知五音之异，而其中参差变动，所昧实多，故鄙意所谓‘此秘未睹’者也。”（《南齐书·陆厥传》）盖陆厥所论，乃自然之音律，沈约所论，乃人工之音律，由无心之暗合，而进于意匠之自觉，于其中“参差变动”，研究精细，不得不谓为文学上一种新贡献。钟嵘所谓“文多拘忌，伤其真美”，声律之流弊，或至于此。若善用之，亦未尝不可以增益其美，正未可一概抹杀，纪昀谓："齐梁文格卑靡，惟此学独有千古。"（《文心雕龙声律篇评》）则持平之论矣。

沈约《四声谱》之书不传，其声律说之详，不可得而知。《宋书·谢灵运传论》谓："欲使宫羽相变，低昂舛节，若前有浮声，则后须切响。一简之内，音韵尽殊；两句之中，轻重悉异。妙达此旨，始可言文。"此数言盖其精义所在。据前人之解释，"前有浮声，后须切响"，黄侃《文心雕龙札记》云："飞谓平清，沉谓仄浊。……一句纯用仄浊，或一句纯用平清，则读时亦不便，所谓'沉则响发而断，飞则声扬不还'。""一简之内，音韵尽殊"，邹汉勋《五韵论》云："音目同纽，韵谓同类，言五字诗一句之中，非正用重言连语，不得复用同韵同音之字。""两句之中，轻重悉异"，据日僧遍照金刚《文镜秘府论》南卷《论文意》类引王昌龄《诗格》以"轻清"与"重浊"对举，知轻重即清浊，知沈约"相变""舛节"之法，不仅分平仄，且分清浊也。

沈约音律说除以上所述者外，又有"八病"之说。王应麟《困学纪闻》引《诗苑类格》载沈约云："诗病有八：平头、上尾、蜂腰、鹤膝、大韵、小韵、旁纽、正纽。惟上尾、鹤膝最忌，余病亦通。"清纪昀《四声考》疑"八病"非沈约之说，其言曰："按齐梁诸史，休文但言四声五音，不言八病。言八病自唐人始。所列名目，惟《诗品》载'蜂腰''鹤膝'二名，《南史》载'平头''上尾''蜂腰’‘鹤膝’四名，其‘大韵’‘小韵’‘正纽’‘旁纽’之说，王伯厚但据李淑《诗苑类格》，不知淑又何本，似乎辗转附益者。”按沈约《答甄琛书》云：“作五言诗者，善用四声，则讽咏而流靡；能达八体，则陆离而华洁。”《文镜秘府论》西卷《论病》，述及病犯名称有“八体、十病、六犯、三疾”，知“八体”即八病，沈约既言及八体，则自非后人附益，惟沈约对于八病说之解释既无传，后人之说极不一致，纪昀谓：“宋人所说八病，微有不同，然皆不详所本，大抵以意造之。”《文镜秘府论》作者遍照金刚，生于日本宝龟五年，卒于日本承和二年，当唐大历九年至大和九年（774—835 年），距沈约时较近，录其说以备参考：

一、平头。平头诗者，五言诗第一字不得与第六字同声，第二字不得与第七字同声。同声者，不得同平上去入四声。犯者名为犯平头。

二、上尾。上尾诗者，五言诗中第五字不得与第十字同声，名为上尾。

三、蜂腰。蜂腰诗者，五言诗一句之中，第二字不得与第五字同声，言两头粗，中央细，似蜂腰也。

四、鹤膝。鹤膝诗者，五言诗中第五字不得与第十五字同声，言两头细，中间粗，似鹤膝也。

五、大韵。大韵诗者，五言诗若以“新”为韵，上九字中更不得安“人”“津”“邻”“身”“陈”等字，既同其类，名犯大韵。

六、小韵。小韵诗者，除韵之外，而迭有相犯者，名为犯小韵病也。

七、傍纽。傍纽诗者，五言诗一句之中有“月”字，更不得安“鱼”“元”“阮”“愿”等字。此即双声，双声即犯傍纽。

八、正纽。正纽者，五言诗“壬”“衽”“任”“入”四字为一纽，一句之中，已有“壬”字，更不得安“衽”“任”“入”等字。如此之类，名为犯正纽之病也。

沈约声律论之精义，即在“宫羽相变，低昂舛节”，使声调变化错综，以免重复蹇吃之弊。至于诸种琐屑之规律，或出后人附益。即沈约所自言者，及约自撰篇什，亦未必严遵。《南史·陆厥传》谓：“约论四声，妙在诠辩，而诸赋亦往往与声韵乖。”自声律说兴，诗中之律诗，文中之四六，赋中之律赋，皆受其影响而产生者。

沈约、谢朓、王融以声律入诗，遂创为新体（王闿运《八代诗选》称永明体为新体诗），但沈约论韵虽精，而诗才未卓。王融五言之作，亦“几乎尺有所短”（《诗品》），故能应用此种声律新说，而于五言诗有超异之建树者，当推谢朓。谢朓（464—499年）字玄晖，灵运族子，其才闳伟不足，清美有余，生平论诗贵“圆美流转如弹丸”（《南史·王筠传》），可见其向慕所在，故能运用此精细之声律，发为清新妍美之作，为声韵说试验之成功，增一坚强之证据，沈约称之曰：“二百年来无此诗也。”（《南史·谢朓传》）

此非尽阿好之言，约盖矜其声律之发明，而又自愧才弱，不能卓然创为新体诗，有谢朓之作出，始足为己说张目，而杜反对者之口，故心悦诚服，情见乎辞，所谓“二百年来无此诗”者，非仅贵其高，实亦贵其新也。朓诗情韵妍美，如花之初放，月之初盈，骀荡之情，圆满之辉，令人魂醉，然才力稍弱，故“善自发诗端，而末篇多踬”（《诗品》），其所作已有开唐人律诗及绝句之端者，如：

> 玉绳隐高树，斜汉耿层台。离堂华烛尽，别幌清琴哀。翻潮尚知恨，客思眇难裁。山川不可尽，况乃故人杯。（《离夜》）
>
> 夕殿下珠帘，流萤飞复息。长夜缝罗衣，思君此何极。（《玉阶怨》）

朓诗既出，“至为后进士子之所嗟慕”（《诗品》），梁高祖重陈郡谢朓诗，常曰：“不读谢诗三日觉口臭。”（《太平广记》卷一九八引《谈薮》）梁刘孝绰有重名，无所与让，惟服谢朓，常以谢诗置几案间，动静辄讽味。（《颜氏家训·文学》篇）其见重于世如此。唐李白极重谢诗，常称道之。曾国藩选《十八家诗钞》，于六朝取曹、阮、陶、谢、鲍、谢六家，因六人皆有特异之风格，能卓然树立也。（谢朓集中多咏物小诗，如《咏蔷薇》《咏蒲》《咏灯》《咏烛》《咏琴》，又有联句诗，每人四句，皆可见当时风气。）

梁陈间五言诗发展之两种趋势

萧子显谓：“在乎文章，弥患凡旧。若无新变，不能代雄。”（《南齐书·文学传论》）诚文学演化不易之原则。东晋南渡以后之五言诗，谢灵运融合玄释，模写山水，鲍照仿吴歌，谢朓用声律，均能吸收新成分，故能免于陈腐，开创风气。萧梁之时，鲍照、谢朓尤为时人所重，钟嵘《诗品》云：“次有轻薄之徒，笑曹、刘为古拙，谓鲍照羲皇上人，谢朓今古独步。”故梁陈之际，五言诗之发展，有两种趋势：一则承鲍照之风，仿效吴歌，受其影响，日臻于轻蒨婉媚；一则承谢朓之风，重声律，工对偶，篇幅简短（八句），开唐代律诗之先河。梁武帝父子为前者之代表，何逊、阴铿则后者之冠冕也。

梁武帝父子文雅工诗，与曹氏相似，惟曹氏拟汉乐府，树建安遒健之体；梁氏仿吴歌，开梁陈轻艳之风。此其异也。梁武帝萧衍及其子昭明太子统、简文帝纲、元帝绎皆能诗。简文帝自云：“七岁有诗癖，长而不倦。”（《梁书》本纪）为太子时，弘纳文士徐摛、徐陵、庾肩吾、庾信等，赏接无倦，并命徐陵撰录艳歌十卷，名《玉台新咏》。《子夜》《欢闻》等吴歌，昭明太子撰《文选》所不取者，《玉台新咏》均以入选，此可见昭明太子与简文帝兄弟二人好尚之不同，亦可见鲍照、惠休以来重民歌之风气，至简文而大盛。故简文之诗“轻靡”，当时化之，号为“宫体”。兹录萧氏父子乐府诗二首为例：

阶上香入怀，庭中花照眼。春心一如此，情来不可限。（梁武帝《子夜四时歌》）

相逢半路溪，隔溪犹不渡。望望判知是，翩翩识行步。摘赠兰泽芳，欲表同心句。先将动旧情，恐君疑妾妒。（简文帝《半路溪》）

陈后主亦好文学，以宫人有文学者袁大舍等为女学士，每引宾客对张贵妃等游宴，使诸贵人及女学士与狎客共赋新诗，互相赠答，采其尤艳丽者以为曲词，被以新声，选宫女有容色者以千百数，令习而歌之，其曲有《玉树后庭花》《临春乐》等，大指所归，皆美张贵妃等容色。陈后主自撰之诗，亦轻靡，盖承简文之风者。

梁陈间诗人有何逊、柳恽、吴均、徐陵、阴铿、江总等，大抵皆以韵秀工整见长，无以前之高浑深厚，惊奇跌宕。何逊、阴铿尤工琢句，注意于声律对偶，上承永明之风，下奠唐律之基。录阴铿诗一首为例：

怀土临霞观，思归想石门。瞻云望鸟道，对柳忆家园。寒田获里静，野日烧中昏。信美今何益，伤心自有源。（《和侯司空登楼望乡》）

此等诗影响唐人甚大，故杜甫自谓“颇学阴何苦用心”，其称李白亦云“李侯有佳句，往往似阴铿”也。

北朝诗人

北朝诗远逊南朝，其故亦可得而言：

一、自永嘉以降，南朝江山半壁，尚可偏安。而北方干戈相寻，迄无宁日。“其能潜思于战争之间，挥翰于锋镝之下，亦有时而间出矣。……然皆迫于仓卒，牵于战阵，章奏符檄，则粲然可观；体物缘情，则寂寥于世。”（《北史·文苑传序》）其后元魏虽统一北方，然因异族入主，文风终不能如江南之盛。

二、自五胡乱华，衣冠之族、才华之伦多讳难南渡，其留居北方者，多朴实之士，故远承东汉之朴学，经术特盛，而诗风寂寥。

北朝著名文人，如温子昇、邢邵、魏收等，皆不工诗，间有一二佳者，皆来自南朝，如刘昶、萧悫，北渡后咸有佳作：

> 白云满鄣来，黄尘暗天起。关山四面绝，故乡几千里。（刘昶，宋文帝第九子，封晋熙王。废帝时，为徐州刺史，人言昶有异志，帝欲讨之，昶起兵不捷，乃奔魏。弃母妻，惟携妾一人骑马自随。在道慷慨为断句。）

> 清波收潦日，华林鸣籁初。芙蓉露下落，杨柳月中疏。燕帏缃绮被，赵带流黄裾。相思阻音息，结梦感离居。（《秋思》。萧悫，梁宗室上黄侯晔之子，天保中入齐。）

王士祯称刘、萧二人“逾淮不化，亦未易才”（《五言诗选凡例》），士祯又谓：“北朝魏齐之间，颜介最为高唱。”颜介即颜之推，亦南人北渡者也。《古意》诗二首风骨遒健，之推所撰《颜氏家训》中记之推与北朝人论诗之事云：“王籍《入若耶溪》诗云‘蝉噪林逾静，鸟鸣山更幽’，江南以为文外断绝，物无异议。简文吟咏，不能忘之，孝元讽味，以为不可复得。至《怀旧志》载于《籍传》。范阳卢询祖，邺下才俊，乃言：‘此不成语，何事于能？’”又云：“兰陵萧悫……工于篇什，尝有《秋诗》云‘芙蓉露下落，杨柳月中疏’，时人未之赏也。吾爱其萧散，宛然在目。……而卢思道之徒，雅所不惬。”可见北人欣赏之力，亦逊南人。

北朝诗人，多慕南朝，无其才情，徒效形制，不免平庸，如温、邢、魏收之作。然北人称心而言，亦自有其生气勃勃之作品，足表雄壮朴茂之特色，与南人异趣，可以高昂为代表。高昂字敖曹，北海蓨人，胆力过人，姿采殊异，佐高欢成霸业。酷好为诗，雅有情致，如：

> 垄种千口牛，泉连百壶酒。朝朝围山猎，夜夜迎新妇。

（《征行诗》）

春甲长驱不可息，六日六夜三度食。初时□言作虎牢，更被处置河桥北。回首绝望便萧条，悲来雪涕还自抑。（《从军与相州刺史孙腾行路难》）

怜君停欲死，天上人间无可比。走马海边射游鹿，偏坐石上弹鸣雉。昔日方伯愿三公，今日司徒羡刺史。（《赠弟季式》）

其雄劲遒健，为南朝所无，惜北人不能发挥此种特长，多成伟制，是则有待于盛唐高适、岑参矣。

庾信北渡，为北朝诗人之重镇，亦可谓六朝末年诗人之重镇。庾信（513—581年）字子山，南阳新野人，少仕梁，为东宫学士，侯景之乱奔江陵，元帝时，聘于西魏，梁灭，遂留长安。信少作绮艳，与徐陵齐名，号“徐庾体”。晚岁崎岖乱离，远托异国，有身世之感、乡关之思，遂一变为激壮苍凉，胜于徐陵。其《和张侍中述怀》诗感时伤事，气骨健举，为六朝末年仅见之作。《拟咏怀》二十七首亦佳。四句小诗如《寄王琳》《和侃法师》《重别周尚书》等皆警绝。沈德潜曰：“陈隋间人，但欲得名句耳。子山于琢句中，复饶清气，故能拔出于流俗中。”（《古诗源》卷十四）庾信诗影响于唐人者亦甚大，刘熙载云：“庾子山《燕歌行》开唐初七古，《乌夜啼》开唐七律，其他体为唐五绝、五律、五排所本者，尤不可胜举。”（《艺概》卷二）

故杜甫诗中亦数数称道之也。

隋代诗人

隋朝短祚（581—618年），与秦朝似，故在文学史上无特殊之建树，其时之诗，仍沿袭以前。然风气亦略有转变，《隋书·文学传》谓：

> 炀帝初习艺文，有非轻侧之论。暨乎即位，一变其风，其《与越公书》《建东都诏》《冬至受朝诗》及《拟饮马长城窟》，并存雅体，归于典制。虽意在骄淫，而词无浮荡，故当时缀文之士，遂得依而取正焉。

炀帝论文“非轻侧”，作诗“存雅体”，其《拟饮马长城窟》等篇，诚符此言。但帝为人喜矫饰，且荒淫不减陈后主，《隋书·音乐志》又谓帝：“后大制艳篇，辞极淫绮。”从今存《春江花月夜》等篇可见，仍未能尽易梁陈之风。隋代名诗人有卢思道、薛道衡等，而卓绝者则推杨素。杨素，字处道，武人亦复奸雄，《山斋独坐赠薛内史二首》，风度高峻，意境清远。又《赠薛播州十四首》，《北史》谓其“词气颖拔，风韵秀上，为一时盛作”。颇能矫齐梁之弊，可觇风气之将转矣。（刘熙载《艺概》曰：“隋杨处道诗甚为雄深雅健。齐梁文辞之弊，贵清绮不重气质，得此可以矫之。”）

隋人之诗已有对偶工巧、声律谐和、与唐人律绝无异者。如王胄《别周记室》：

五里徘徊鹤，三声断绝猿。何言俱失路，相对泣离樽。别意凄无已，当歌寂不喧。贫交欲有赠，掩泣竟无言。

吕让《和入京》云：

俘囚经万里，憔悴度三春。发改河阳鬓，衣馀京洛尘。钟仪悲去楚，随会泣留秦。既谢平吴利，终成失路人。

侯夫人（炀帝宫人）《妆成》：

妆成多自惜，梦好却成悲。不及杨花意，春来到处飞。

《自感》云：

欲泣不成泪，悲来翻强歌。庭花方烂漫，无计奈春和。
春阴正无际，独步意如何。不及闲花草，翻承雨露多。

无名氏《送别诗》云：

杨柳青青著地垂，杨花漫漫搅天飞。柳条飞尽花飞尽，借问行人归不归。

第九章　六朝骈文（附文学批评　辞赋）

魏晋南北朝三百余年中，文体异于两汉，因其语多并立，义不孤行，后世谓之骈文。

骈文之特征

骈文之特征有二：

一、造句对偶。中国文字，单音只义，易于属对，《尚书》《诗经》已有对句，皆出自然。刘勰所谓："岂营丽辞，率然对尔。"（《禹贡》："九州攸同，四隩既宅。"《盘庚》上："用罪伐厥死，用德彰厥善。"《诗经·柏舟》："觏闵既多，受侮不少。"《新台》："燕婉之求，籧篨不鲜。"）战国诸子，亦多偶句。其后这种排偶特别发达，遂为演成骈文之一因。

二、象征达意。骈文非徒形式排偶而已，尚有一主要特点，即用象征、比兴之法达意，而不用质言。如：

> 如其簪履或存，衽席无改，虽复身填沟壑，犹望妻子知

归。（谢朓《辞隋王笺》）

靡不望影星奔，藉响川鹜，鸡人始唱，鹤盖成阴，高门旦开，流水接轸。（刘峻《广绝交论》。言声势赫奕，趋势者众。）

郁烈之芳，出于委灰，繁会之音，生于绝弦。（陆机《演连珠》。言贞女没身而誉立，烈士效节而名彰。）

朕倾心骏骨，非惧真龙。（任昉《天监三年策秀才文》。言诚心求才。）

汉代辞赋盛行，辞家如邹阳、枚乘、司马相如等以作赋之法作文，赋本古诗之流，多用象征比兴，作诗之法，渗入文中，遂演变为骈文，故骈文为中国文学之一种特殊体裁，界于诗与文之间，恰与汉赋相反。汉赋为诗体之散文化者，骈文则为文体之诗化者。

六朝时助长骈文发展之因素

经两汉四百年之酝酿，辞赋成分，渗入散文，排偶之风，逐渐发达，故至六朝遂为骈文盛世，似自然之势。然六朝之时，亦自有其助长骈文发达之原因。最重要者，厥有二端：

一、审美观念发达。吾国自魏晋以降，审美观始发达，注意欣赏人、物及自然之美。何晏、王衍、潘岳、卫玠皆以美姿容为时人所称，潘岳与夏侯湛称“连璧”，卫玠号为“璧人”。裴楷有俊容仪，见者曰：“见裴叔则，如玉山上行，光映照人。”王羲之见杜弘治，叹曰：“面如凝脂，眼如点漆，此神仙中人。”王恭美姿仪，时人评曰：“濯濯如春月柳。”（并见《世说新语·容止》篇）此欣赏人之美也。谢灵运性豪侈，车服鲜丽，衣物多改旧形制，世共宗之，咸称谢康乐也。（《南史·谢灵运传》）谢玄好佩紫罗香囊（《晋书·谢玄传》），谢灵运好戴曲柄笠（《世说新语·言语》篇），范晔性精微，有思致，触类多善，衣裳器服，莫不增损制度。（《宋书·范晔传》）此欣赏物之美也。王献之曰：“从山阴道上行，山川自相映发，使人应接不暇。若秋冬之际，尤难为怀。”顾恺之从会稽还，人问山川之美，顾曰：“千岩竞秀，万壑争流，草木蒙笼其上，若云兴霞蔚。”（《世说新语·言语》篇）谢灵运诗专写山川，此欣赏自然之美也。六朝时人爱美之心既盛，故于文辞字句、声律对偶以及表现之方法，亦力求其精美，作者于此求工，赏者以此为贵。

二、重清谈，尚辞令。魏晋以降，极重清谈，《世说新语·文学》篇记当时清谈之情形，如殷浩为谢镇西标榜诸义作数百语，既有佳致，“兼辞条丰蔚”。支道林论《逍遥游》，“才藻新奇，花烂映发”。支道林初从东出，王长史宿构精理，并撰其才藻，往与支语，不大当对。王叙至作数百语，自谓是名理奇藻，支徐徐谓曰：“身与君别多年，君义言了不长进。”支道林与许、谢诸人共集王家，说《庄子·渔父》，支作七百许语，“叙致精丽，才藻奇拔”。《晋书·谢朗传》谓“朗善言玄理，文义艳发”。观此可见当时人清谈非仅贵论理之精，兼重修辞之美，既有“名理”，复有“奇藻”，其所言如何，虽无记载，以意揣之，殆亦如一篇沉思翰藻之文，不过播诸唇吻，不著诸楮墨耳，与吾人今日之演说相似，决非如吾人今日之闲谈，信口而道也。清谈于才藻之外，又贵简约。《晋书·乐广传》谓广：“尤善谈论，每以约言析理，以厌人之心。……王衍自言：‘与人语甚简至，及见广，便觉已之烦。’”常人语言，易患繁复，以简约为贵，自必赖修炼工夫，因清谈盛行，影响语言之美，故虽通常问对，不谈名理之时，亦多丽辞隽句。如：

竺法深在简文坐，刘尹问：“道人何以游朱门?”答曰：“君自见其朱门，贫道如游蓬户。”（《世说新语·言语》篇）

顾悦与简文同年，而发蚤白。简文曰：“卿何以先白?”对曰：“蒲柳之姿，望秋而落；松柏之质，经霜弥茂。”（同上）

（周颙）甚机辩，卫将军王俭谓颙曰：“卿山中何所食?”颙曰：“赤米白盐，绿葵紫蓼。”文惠太子问颙：“菜食何味最胜?”颙曰：“春初早韭，秋末晚菘。”（《南史·周颙传》）

诸偶句均极精练。此盖时人口语之实录，并非后世撰史者藻饰之词，此等语谓之“才语”，士人皆能言能解，如不能解，辄蒙浅陋之讥。《南史·彭城王义康传》：“义康素无术学……袁淑尝诣义康，义康问其年，答曰：‘邓仲华拜衮之岁。’义康曰：‘身不识也。’淑又曰：‘陆机入洛之年。’义康曰：‘身不读书，君无为作才语见向。’其浅陋若此。”上文所引问对诸例中之才语，吾人今日视之，皆文中隽句，而当时人口语常道之，此可见六朝人重言谈辞令之美，故当时谢灵运、谢瞻等并以才辩辞义相高。张绪言精理奥，见宗一时，吐纳风流，听者皆忘饥疲。（《南齐书·张绪传》）周颙音辞辩丽，太学诸生慕其风，争事华辩。（《南齐书·周颙传》）梁武帝尤崇讲学，国学诸生，惟以辩论儒玄为务，或发题申难，往复循环，用是讲论之词，自成条贯，大抵辨析名理，既极精微，而属词有序，质而有文，此二百年中语言之美，殊有助于文事也。

建安为骈文之开端

六朝骈文实发端于后汉建安之时，建安二十余年（196—220年）中，非但为诗之盛世，文亦卓绝。盖正当由散入骈之时，故能兼有二者之长，而无其偏弊。骈文之弊为藻饰堆砌、平板、辞浮于意，建安之文，无此诸弊，有骈文醇美之意味，而又运以散行之气，爽朗跌宕，文质彬彬。

刘师培尝论建安文学迁蜕之由曰："建安文学，革易前型，迁蜕之由，可得而说。两汉之世，户习七经，虽及子家，必缘经术。魏武治国，颇杂刑名，文体因之，渐趋清峻。一也。建武以还，士民秉礼，迫及建安，渐尚通侻，侻则侈陈哀乐，通则渐藻玄思。二也。献帝之初，诸方棋峙，乘时之士，颇慕纵横，骋词之风，肇端于此。三也。又汉之灵帝，颇好俳词（见杨赐、蔡邕传），下习其风，益尚华靡，虽迄魏初，其风未革。四也。"孙梅《四六丛话》卷三十一亦云："古文至魏氏而始变，变而为矜才侈博，六朝由此增华，然而质韵犹存，沉刻峭拔，是其所长，无襞积饾饤之迹也，如钟、索初变隶法，尚留古意。"

建安文家，仍推曹氏父子及建安七子。曹氏父子中，以诗论，以曹植为首，以文论，则当以曹丕为首。丕文如《典论·论文》及《与吴质书》等，气骨高秀，韵味醇美，文采斐然，而又能清空如话，后世鲜有能及者。丕甚重文章，其《典论·论文》曰："盖文章经国之大业，不朽之盛事。年寿有时而尽，荣乐止乎其身，二者必至之常期，未若文章之无穷。"又《与王朗书》曰："生有七尺之形，死惟一棺之土，惟立德扬名，可以不朽，其次莫如著篇籍。"故丕虽以太子、帝王之尊，而终身孜孜于撰述。《与王朗书》自谓"论撰所著《典论》、诗赋盖百余篇"。在丕之前，未有如此重视文章者。文学观念之独立，可谓自丕始，丕因重视文章，于是始有专篇论文之作，如《典论·论文》。

曹丕论文要旨有两点：

一、辨别文体。知“文本同而末异”，各种体裁皆有其特殊之作用与风格，故“奏议宜雅，书论宜理，铭诔尚实，诗赋欲丽”。

二、由文章而推究于作者之才性，故提出“气”字，曰：“文以气为主，气之清浊有体，不可力强而致。”以“气”论文，肇始于此。惟此所谓“气”者，与后世古文家如韩愈等所言之“气”含意不同。韩愈所言之“气”，乃指语势而言，曹丕所谓“气”，则指作者才性，气之清浊，如后人所谓阳刚阴柔，此乃出于天授，本乎自然，故不可以力强而致。

就文章之迹言之，体异而风格亦异。就作者之心言之，人异而才性亦异。故于文章“能之者偏”，曹丕评当时作家，即据此观念，曰：

> 王粲长于辞赋；徐幹时有齐气，然粲之匹也。如粲之《初征》《登楼》《槐赋》《征思》，幹之《玄猿》《漏卮》《圆扇》《橘赋》，虽张、蔡不过也。然于他文未能称是。陈琳、阮瑀之章表书记（“陈”字“阮”字，据《艺文类聚》加），今之隽也。应玚和而不壮。刘桢壮而不密。孔融体气高妙，有过人者，然不能持论，理不胜词，以至乎杂以嘲戏，及其所善，扬、班俦也。（《典论·论文》）

曹丕论文之见解，盖有所受。东汉用人，出于徵辟，极重清议，故郭泰称人伦之鉴，许邵有月旦之评，衡量人物之风甚盛，而其论亦益精。汉魏间刘邵本之作《人物志》，其论“人物之本出于情性”，人之禀性，不能皆中庸纯粹，故多“偏至之材”（《九征》），又分别人材之流品为十二，此十二材各有其所宜任之事（《流业》）。“人材不同，能各有异”，人君宜“量能授官”（《材能》）。曹丕盖用此种论人物之见解与方法以论文耳。（刘邵，建安时拜太子舍人，迁秘书郎，黄初中为尚书郎、散骑常侍，受诏作《皇览》，其与曹丕相从甚久，丕必熟闻其论。《隋书·经籍志》子部名家类载曹丕《士操》一卷，书虽不传，而观其名，盖亦评量人物之作，可知丕于此事亦尝致力也。）

正始名理之文

魏明帝太和中，傅嘏、荀粲已开清谈之渐，其后正始名士、“竹林七贤”祖述老庄，谈玄析理，其风益盛，于是遂多名理之文，而又分两派：一为何晏、王弼之文，清峻简约，文质兼备，虽阐发道家之绪，实与名法家言为近，傅嘏、夏侯玄、钟会皆属此派；一为嵇康、阮籍之文，跌宕壮丽，总采骋辞，虽阐发道家之绪，实与纵横家言为近。

东汉时，延笃论仁孝前后，刘梁《辩和同论》，已开论名理之端，建安文人承其风气，故刘勰论名理之文，溯源于王粲。《文心雕龙·论说》篇云："魏之初霸，术兼名法。傅嘏、王粲，校练名理。"《典略》谓"粲才既高，辩论应机"（《魏志·王粲传》注引），粲著有《难钟荀太平论》《儒吏论》《务本论》《爵论》（见《艺文类聚》诸书所引），均与名法之言为近。傅嘏有清理识要，好论才性，原本精微（《魏志·傅嘏传》注引《傅子》），其《才性论》不传。正始中，何晏、王弼大畅玄风，钟会辅之，而三人又不同。何以文辞胜，王以哲理胜，钟以逻辑胜。《王弼别传》谓弼"附会文辞，不如何晏"，《魏氏春秋》谓晏论道"约美"（《世说新语·文学》篇注引），裴徽谓晏"辞妙于理"，管辂谓晏"巧而多华"（《魏志·管辂传》注引《管辂别传》），此何晏以文辞胜之证也。《王弼别传》谓弼自然有所拔得胜于何晏，而钟会亦服其"高致"，此王弼以哲理胜之证也。《王弼别传》谓钟会"以校练为家"，《魏志·钟会传》亦称其"精练名理"，又谓"会死后，于会家得书二十篇，名曰《道论》，而实刑名家也，其文似会。"此钟会以逻辑胜之证也。史称何晏好老、庄言，作《道德论》（何本欲注《老子》，见王注精奇，意多所短，乃作《道德论》，见《世说新语·文学》篇），今不传。其析理之文传于世者，有《无名论》（《列子·仲尼》篇张注引）。王弼为卓异之天才，年十余，即与当时诸名士往还谈论，何晏极叹赏之，谓可与言天人之际，卒年二十四。注《易经》及《老子》，开学术之新风气。何晏以为圣人无喜怒哀乐，钟会等述之，弼驳之，曰：“圣人茂于人者，神明也；同于人者，五情也。神明茂，故能体冲和以通无；五情同，故不能无哀乐以应物。然则圣人之情，应物而无累于物者也。今以其无累，便谓不复应物，失之多矣。”其持论之明辨如此。钟会尝论《易》无互体、才性同异。（《世说新语·文学》篇“钟会撰《四本论》”注引《魏志》曰：“会论才性同异，传于世。四本者：言才性同，才性异，才性合，才性离也。尚书傅嘏论同，中书令李丰论异，侍郎钟会论合，屯骑校尉王广论离。”）诸文均不传。

竹林七贤之能文者，推阮籍、嵇康。阮籍为阮瑀之子，瑀文尚才藻，籍盖承其父风，《魏志》谓籍“才藻艳逸”，又称籍：“倜傥放荡，行己寡欲，以庄周为模则。”（《魏志·王粲传》）阮论文传于今者，若《通老论》诸文，今均弗完，惟见于《太平御览》诸书所引，其于明人所刻阮集者，有《通易论》《达庄论》《乐论》三篇。《通易论》综贯全经之义，以推论世变之由，其文奇偶相成，间用韵语。《达庄论》亦多韵语，然词必对偶，以气骋词。《乐论》文尤繁富，辅以壮丽之词。嵇康亦好老、庄，善著论，《太平御览》卷五九五引李充《翰林论》曰：“研核名理，而论难生焉。论贵于允理，不求支离。若嵇康之论，成文美矣。”其为世所推重如此。嵇氏之论传于今者九篇，以《养生论》《声无哀乐论》《难自然好学论》为最著，嵇文析理绵密，长于辨难，如剥蕉抽茧，无不尽之意。同时向秀亦精玄理，曾注《庄子》，“妙析奇致，大畅玄风”，向亦善为论，传于今者仅《难嵇叔夜养生论》一篇，绵密不减嵇氏。此外，如李康《运命论》，曹冏《六代论》，虽较汉人论体为恢宏，然与嵇、阮之作异矣。

文章酬应之弊

中国各体文学，往往坏于酬应。盖酬应乃徇人而作，视同禽犊，多虚妄之辞，背立诚之旨。秦以前，文章未成专业，故无酬应之弊。西汉辞赋大盛，已有以辞赋酬应者。桓谭《新论》谓：“茂陵周智、孙胡，不为赋讼酬应之文。”（《北堂书钞》未改本卷六十八引）可见当时为赋论酬应之文者必甚多，惟周智、孙胡不为，故桓谭特记之。王褒《圣主得贤臣颂》、扬雄《剧秦美新》，阿谀君工，乃酬应之著者。降及东汉，文体渐备，赞、颂、铭、诔，益多虚辞。蔡邕自言为碑铭多有惭德，惟郭有道无愧色，邕尚如此，余更不足论矣。魏桓范作《世要论》痛言其弊，《赞象》篇曰：

> 夫赞象之所作，所以昭述勋德，思咏政惠，此盖诗颂之末流矣。宜由上而兴，非专下而作也。……若言不足纪，事不足述，虚而为盈，亡而为有，此圣人之所疾，庶几之所耻也。（《世要论》，原书已佚，见《群书治要》引。）

《铭诔》篇曰：

夫渝世富贵，乘时要世，爵以赂至，官以贿成。……所在宰莅，无清惠之政，而有饕餮之害，为臣无忠诚之行，而有奸欺之罪，背正向邪，附下罔上，此乃绳墨之所加，流放之所弃。而门生故吏，合集财货，刊石纪功。称述勋德，高邈伊周，下陵管晏，远追豹产，近逾黄邵。势重者称美，财富者文丽。……欺曜当时，疑误后世，罪莫大焉。（建安十年，曹操下令禁立碑，晋武帝咸宁四年亦下诏曰：“此石兽碑表，既私褒美，兴长虚伪，伤财害人，莫大于此。一禁断之。其犯者虽会赦令，皆当毁坏。”均见《宋书·礼志》。）

盖文而无实，始于斯时，非惟韵文为然，即作论著书，亦蹈此失，《世要论·序作》篇曰：

夫著作书论者，乃欲阐宏大道，述明圣教，推演事义，尽极情类，记是贬非，以为法式。……岂徒转相放效，名作书论，浮辞谈说，而无损益哉。而世俗之人，不解作体，而务泛溢之言，不存有益之义。

文胜之弊，即此可睹。（汉人惟为己书作序，未有为他书作序者，有之，自三国始。）

两晋骈文

西晋文士均承王、何之风，以辨析名理为主，精《易》义，好《老》《庄》，能清言，王衍、乐广为之魁首。惟王、何虽工谈论，兼能文章，王衍、乐广则文藻鲜传于世，用是言语文章，分为二途。[《世说新语·文学》篇：“乐令善于清言，而不长于手笔，将让河南尹，请潘岳为表。潘云：‘可作耳，要当得君意。’乐为述已所以为让，标位二百许语。潘直取错综，便成名笔。”又：“太叔广甚辩给，而挚仲治长于翰墨……广谈，仲治不能对。退，著笔难广，广又不能答。”又：“江左殷太常父子（殷融、殷浩）并能言理，亦有辩讷之异，扬州口谈甚剧，太常辄云：‘汝更思吾论。’”]惟出口成章，便成文采，迄于宋齐，其风未替。当时能为名理之文者，惟石崇《巢许论》、欧阳建《言尽意论》，而裴頠《崇有论》亦为时所称。（《世说新语·文学》篇注引《晋诸公赞》曰：“頠疾世俗尚虚无之理，故著《崇有》二论以折之，才博喻广，学者不能究。”）

西晋文士不言名理而以文采著者，则推潘岳与陆机。潘、陆二人，极为南朝论文者所重，故沈约《宋书·谢灵运传论》称“降及元康，潘、陆特秀”。潘、陆虽齐名，而其文之风格不同，孙绰论之曰：“潘文烂若披锦，无处不善；陆文若排沙简金，往往见宝。”又云：“潘文浅而净，陆文深而芜。”（《世说新语·文学》篇）盖潘文精练，故《续文章志》称其：“选言简章，清绮绝伦。”（《世说新语·文学》篇注引）而陆文则失于繁缛，张华谓之曰：“人之作文，患于不才，至子为文，乃患太多也。”机之弟云深知机文繁缛之病，《文心雕龙·镕裁》篇曰：“至如士衡才优，而缀辞尤繁；士龙思劣，而雅好清省。及云之论机，亟恨其多，而称清新相接，不以为病，盖崇友于耳。”《定势》篇又云：“陆云自称‘往日论文，先辞而后情，尚势而不取悦泽。及张公论文，则欲宗其言。’”机文所以繁缛之弊，即在“先辞而后情”，张公殆即张华，论机之文，盖指出其弊，故云颇悟往日之非也。潘、陆两家文得失虽殊，然有一相同之点，即更工巧靡丽，所谓“缛旨星绸，繁文绮合”，然于工巧靡丽之中，仍多自然隽语，有放言落纸，气韵天成之美，建安风骨，犹有存者。如：

> 余年方四十，而懿亲戚属，亡多存寡；昵交密友，亦不半在。或所曾共游一途，同宴一室，十年之外，索然已尽。以是思哀，哀可知矣！（陆机《叹逝赋序》）
>
> 晋十有四年，余春秋三十有二，始见二毛。以太尉掾兼虎贲中郎将，寓直于散骑之省。高阁连云，阳景罕曜，珥蝉冕而袭纨绮之士，此焉游处。仆野人也，偃息不过茅屋茂林之下，谈话不过农夫田父之客，摄官承乏，猥厕朝列，夙兴晏寝，匪遑底宁。譬

犹池鱼笼鸟，有江湖山薮之思，于是染翰操纸，慨然而赋。（潘岳《秋兴赋序》）

章炳麟《菿汉微言》论晋人骈文曰："彼其修辞安雅，则异于唐；持论精审，则异于汉；起止自在，无首尾呼应之式，则异于宋以后之制科策论，而气息调利，意度冲远，又无迫笮蹇吃之病，斯信美也。"刘师培曰："晋人文学，其特长之处，非惟析理而已也。大抵南朝之文，其佳者必含隐秀，然开其端者，实惟晋文。又出语必隽，恒在自然，此亦晋文所特擅。齐梁以下，能者鲜矣。"（又曰："彦和以魏晋之文为浅者，亦以用字平易，不事艰深，即《炼字》篇所谓'自晋以来，用字率从简易'也。"）盖即谓此等文也。

东晋人士，承西晋清谈之绪，并精名理，善论难，以刘惔、王濛、许询为宗。其与西晋不同者，西晋所言名理，不越老、庄，至于东晋，则支遁、法深、道安、慧远之流，并精佛理，故殷浩、郗超诸人，皆承其风。孙绰、谢尚、阮裕等，均能言佛理，大抵析理之美，超越西晋，而能才藻新奇，言有深致。（时人言佛理之文，载于《弘明集》及《广弘明集》中。）佛理本为印度人之思想，中国古人所无。当时人用中国文字表达此种新思想，中国经典中词句，不尽适用，惟老、庄书中字句有可用者。此外放言遣辞，均须特创，在当时实一种新文体矣。录慧远《明报应论》一段为例：

> 无明为惑网之渊，贪爱为众累之府。二理俱游，冥为神用，吉凶悔吝，惟此之动。无用（当为“明”）掩其照，故情想凝滞于外物；贪爱流其性，故四大结而成形。形结则彼我有封，情滞则善恶有主。有封于彼我，则私其身而身不忘；有主于善恶，则念其生而生不绝。（《弘明集》卷五）

其格调仍为当时流行之骈体，内容则纯为佛理，而“无明”“惑网”“贪爱”“四大”皆新名词也。

晋人论文之作亦渐多，其单篇者有陆机《文赋》，陆云《与兄平原书》数十通，傅玄《七谟序》《连珠序》（《艺文类聚》引），皇甫谧《三都赋序》，左思《三都赋序》（并见《文选》），刘逵《吴都蜀都赋注序》，卫瓘（《魏志·卫臻传》注作权）《三都赋略解序》（并见《晋书·左思传》）。《文赋》论为文甘苦，颇多精义，区分文体亦较曹丕为精细，惜出以赋体，为华辞所掩，未能畅所欲言。陆云书研核得失，时伤细碎。然足见陆氏兄弟之用心于文事。皇甫谧诸人之序皆论赋体。其撰专书者则有挚虞、李充。《晋书·挚虞传》称其：“撰《文章志》四卷……又撰古文章，类聚区分为三十卷，名曰《流别集》，各为之论，辞理惬当，为世所重。”其后各家著录，名称卷数，均不尽同。大抵其所撰著有三种性质：《文章志》为序目，《文章流别集》乃总集（《隋志》：“总集者，以建安之后，辞赋转繁，众家之集，日以滋广，晋代挚虞，苦览者之劳倦，于是采擿孔翠，芟剪繁芜，自诗赋下，各为条贯，合而编之，谓为《流别》。”），《文章流别论》则为叙论。[《隋志》簿录类“《文章志》四卷”，总集类“《文章流别集》四十一卷（注云：梁六十卷、志二卷、论二卷）、《文章流别志》《论》二卷”。]其书已佚，《文章流别论》见于群书所引者尚存十余则，于诗、赋、箴、铭、哀词、颂、七、杂文之属，溯其起源，考其正变，以明古今各体之异同。于诸家撰作之得失，亦多品评。李充《翰林论》亦早佚，其详不可得知，但据各家论述及著录考之，亦有两种性质：其为总集者原名《翰林》，而评论者则称《翰林论》。其与挚虞不同者，挚虞所编重在类聚区分，故其书名则称《流别》，而所论多为文体；李充所编重在菁华，故其书名《翰林》，而所论多及作家。此二书体例之异也。晋人论文之作，有一相同之趋势，即承曹丕之风，辨析文体，而研核每种体裁之正变得失，日臻精密。

刘宋以后文学成独立之一科

春秋士夫，皆善辞令，战国诸子，多工文词，两汉尤多工赋能文之士，然文学未尝特立一科。魏晋时，文学观念渐独立，至刘宋时，文学遂特立一科。宋文帝元嘉中立儒学、玄学、史学、文学四馆，各聚门徒。文学馆，使司徒参军谢元主之（《南史·宋明帝纪》），明帝立总明观，分儒、道、文、史、阴阳五部学（《南史·宋明帝纪》）。此均文学别于众学之征，而《文章志》诸书，亦以此时为最盛。[宋傅亮撰《续文章志》（《隋志》），宋明帝撰《晋江左文章志》（《隋志》），邱渊之撰《文章录》《新集录》（《世说新语》注引），齐丘灵鞠撰《江左文章录序》（《南齐书》本传），沈约撰《宋世文章志》（《隋志》）。]更即修史体例徵之，《史记》《汉书》只有《儒林传》而无《文苑传》，宋范晔撰《后汉书》，始特立《文苑传》。更即簿录之学言之，晋荀勗因魏《中经》更著《新簿》，分群书为四部，其丁部之中，以诗、赋与图赞及汲冢书并列。宋元徽中，王俭撰《七志》，始立文翰之名。梁阮孝绪撰《七录》，易称文集，而文集录中，又区分楚辞、别集、总集、杂文为四部。此亦文学别立一科之证也。

南朝文风

宋齐梁陈四代，帝王多好文学，故文风甚盛，才士辈出。其时文学之士，大抵出于世族，如琅邪王氏、陈郡谢氏、彭城刘氏、吴郡张氏、兰陵萧氏等，父子兄弟各以能文擅名。举谢氏为例：

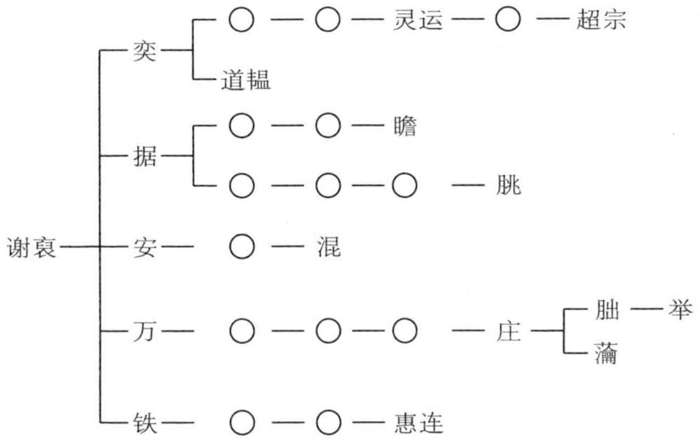

余如《南史》称刘孝绰兄弟及群从子侄当时有七十人并能属文，近古未之有。(《刘孝绰传》) 王筠与诸儿书论家门集，谓史传所称："非有七叶之中，名德重光，爵位相继，人人有集，如吾门者也。"(《南史·王筠传》) 当时之人，既出自世族，故其文学之成，必于早岁，且均文思敏速，或援笔立成，或文无加点，此均当时之风气也。

南朝文章，日趋于缛丽、侈艳、工巧。宋代文士著名者，有傅亮、谢灵运、颜延之、范晔、鲍照、谢庄等。傅亮工文，武帝北征至于受命，表策文诰，皆亮辞。(《宋书·傅亮传》) 谢灵运文传者不多，而高爽俊迈，梁简文帝谓其"吐言天拔，出于自然"。颜延之文典重绵密如其诗。范晔为《后汉书》，诸传序论文极工，自谓："笔势纵放，实天下之奇作，其中合者，往往不减《过秦》篇，尝共比方班氏所作，非但不愧之而已。"鲍照文以雕琢奇丽见长，元嘉中为《河清颂》，其序甚工，其《登大雷岸与妹书》，写旅途景物及情怀极佳。谢庄为孝武殷淑仪哀策文，“帝卧览读，起坐流涕曰：‘不谓当今复有此才。’都下传写，纸墨为之贵。”（《南史·宋宣贵妃传》）齐代工文者，则有王俭、谢朓、王融等。王俭居相位，甚娴辞翰，大典将行，礼仪诏策，皆出于俭。谢朓为敬皇后哀策文，齐世莫有及者。王融文辞辩捷，尤善仓卒属缀。永明九年，武帝幸芳林园禊宴朝臣，使融为《曲水诗序》，北朝皆闻其名。梁时文章尤盛，史称：“自江左以来，年逾二百，文物之盛，独美于兹。”（《南史·梁武帝本纪论》）梁武帝、简文帝、元帝及昭明太子，并工文章，多著述。昭明、简文均引纳才学之士，以文章为天下倡。其时文人甚多，举其著者，有沈约、任昉、江淹、范云、丘迟、刘峻、陆倕、刘孝绰、王筠等。沈、任尤为当时冠冕。沈约论文曰：“文章当从三易，易见事，一也；易识字，二也；易读诵，三也。”故其文善于用事。邢邵常曰：“沈侯文章，用事不使人觉，若胸臆语也。”深以此服之。（《颜氏家训·文章》）任昉颇慕傅亮，才思无穷，当时王公表奏，莫不请焉，起草既成。梁武帝禅让文诰，多昉所具。昉与约齐名，并称任沈，非但为南朝文章宗匠，北朝文士如邢邵、魏收亦奉为模楷。江淹文长于琢炼，与鲍照相近。刘峻文风骨高秀。

齐梁以来，为文有两种新风气：一贵用典，一重声律。

宋颜延之为诗，喜用古事，“于时化之，故大明、泰始中，文章殆同书抄”。（《诗品序》）齐梁以来，尤贵用事，王僧孺、姚察等，并“多用新事，人所未见”。（《南史》本传）于是隶事之风亦起，始于齐王俭，《南史·王摛传》曰：

> 王俭尝集才学之士，总校虚实，类物隶之，谓之隶事，自此始也。俭尝使宾客隶事，多者赏之，事皆穷，惟庐江何宪为胜，乃赏以五花簟、白团扇。坐簟执扇，容气甚自得。摛后至，俭以所隶示之，曰：“卿能夺之乎？”摛操笔便成，文章既奥，辞亦华美，举坐击赏。摛乃令左右抽宪簟，手自掣取扇，登车而去。俭笑曰：“所谓大力者负之而趋。”

梁武帝亦好之，每集文士策经史事。（《梁书·沈约传》《南史·刘峻传》）沈约亦策刘显经史事（《梁书·刘显传》），而类书之纂辑，亦以梁代为盛。藩王宗室，以是相高，如安成王秀使刘峻撰《类苑》，武帝亦命诸学士撰《华林遍略》以高之（《南史·刘峻传》），简文帝在雍州，命陆罩与群贤撰《法宝联璧》（《南史·陆罩传》），虽为博览之资，实亦作文之助。

声律之说，已详前章。声律说应用于文，即重一句之中，平仄相间，沈所作《郊居赋》，“雌霓连蜷”句，恐人读“霓”为五兮反，即其证也。（钱大昕说，见《潜研堂集》卷十五）且不独辨平仄，即同一仄声，又加细别，顾炎武《音论》，谓“江左之文，自梁天监以前，多以去入二声同用，以后则若有界限，绝不相通”。故史称梁代之文“转拘声韵，弥尚丽靡”（《梁书·庾肩吾传》），再演变则为唐之四六矣。

齐梁时骈文之弊

骈文演进至齐梁之际，重藻饰，贵用典，尚声律，工对偶，冗长堆砌，辞浮于意。论文之士，多指陈其弊。裴子野著《雕虫论》，谓当时之文“淫文破典，斐尔为功。……其兴浮，其志弱，巧而不要，隐而不深。……荀卿有言：乱代之征，文章匿而采。岂近之乎?”萧子显《南齐书·文学传论》，谓当时文章略有三体，曰：“一则启心闲绎，托辞华旷，虽存巧绮，终致迂回。……疏慢阐缓，膏肓之病。”此讥阐缓之弊。又曰：“次则缉事比类，非对不发，博物可嘉，职成拘制。或全借古语，用申今情，崎岖牵引，直为偶说。惟睹事例，顿失精彩。”此讥用事之弊。又曰：“次则发唱惊挺，操调险急，雕藻淫艳，倾炫心魂，亦犹五色之有红紫，八音之有郑、卫。”此讥藻缋之弊。梁简文帝《与湘东王书》亦论当时文章摹古之弊，曰：“比见京师文体，懦钝殊常，竞学浮疏，争为阐缓。……未闻吟咏情性，反拟《内则》之篇；操笔写志，更摹《酒诰》之作。迟迟春日，翻学《归藏》；湛湛江水，遂同《大传》。……但以当世之作，历方古之才人，远则扬、马、曹、王，近者潘、陆、颜、谢，而观其遗辞用心，了不相似。若以今文为是，则古文为非；若昔贤可称，则今体宜弃。”《文心雕龙》于当时文弊，亦多讥弹，《定势》篇云：“近代辞人，率好诡巧，原其为体，讹势所变，厌黩旧式，故穿凿取新……势流不反，则文体渐弊。”《情采》篇曰：“后之作者，采滥忽真，远弃《风》《雅》，近师辞赋；故体情之制日疏，逐文之篇愈盛。……是以联辞结采，将欲明理（原本作“经”。从范文澜先生《文心雕龙注》校改）；采滥辞诡，则心理愈翳。”《丽辞》篇曰：“若气无奇类，文乏异采，碌碌丽辞，则昏睡耳目。”《颜氏家训·文章》篇所论尤为明切，其言曰：“文章当以理致为心肾，气调为筋骨，事义为皮肤，华丽为冠冕。今世相承，趋末弃本，率多浮艳。辞与理竞，辞胜而理伏；事与才争，事繁而才损。放逸者流宕而忘归，穿凿者补缀而不足。”文章弊端，既甚显著，故有志之士，皆欲改革体裁，树立新标准。萧子显主张“委自天机，参之史传，应思悱来，勿先构聚。言尚易了，文憎过意”。（《南齐书·文学传论》）此盖欲以天机自然救当时文章矫饰繁缛之病者，子显自序平生为文之情况曰：“若乃登高目极，临水送归，风动春朝，月明秋夜，早雁初莺，开花落叶，有来斯应，每不能已也。”亦重自然感兴，由情生文，故又曰：“每有制作，特寡思功，须其自来，不以力构。”（《南史》本传）裴子野为文则“不尚靡丽。其制多法古，与今文体异”。（《梁书》本传）萧统谓：“夫文典则累野，丽亦伤浮。能丽而不浮，典而不野，文质彬彬，有君子之致，吾尝欲为之，但恨未逮耳。”（《答湘东王求文集及诗苑英华书》）此盖欲以质朴矫当时浮丽之弊者。颜之推亦谓：“必有盛才重誉，改革体裁者，实吾所希。古人之文，宏材逸气，体度风格，去今实远；但缉缀疏朴，未为密致耳。今世音律谐靡，章句偶对，讳避精详，贤于往昔多矣。宜以古之制裁为本，今之辞调为末，并须两存，不可偏弃也。”（《颜氏家训·文章》）此均主折衷文质，毋使过偏者。然风气既成，难以骤革，裴子野之文，“当时或有诋诃者”。（《梁书》本传）梁简文帝《与湘东王书》亦谓“裴氏乃是良史之才，了无篇什之美”，又谓其“质不宜慕”。颜之推论文之意见，盖承家学，其“家世文章，甚为典正，不从流俗”，然因此亦不为当时所赏，故“梁元帝在藩邸时，撰《西府新文》，讫无一篇见录者，亦以不偶于世，无郑、卫之音故也”。（《颜氏家训·文章》）

甄选诗文及文学批评

甄选诗文及文学批评之业亦盛于梁代，此盖由于自然之要求，梁元帝《金楼子·立言》篇云：

> 诸子兴于战国，文集盛于二汉，至家家有制，人人有集。其美者足以叙情志、敦风俗，其弊者只以烦简牍、疲后

生。往者既积，来者未已，翘足志学，白首不遍。或昔之所重今反轻，今之所重，古之所贱。嗟我后生博达之士，有能品藻异同，删整芜秽，使卷无瑕玷，览无遗功，可谓学矣。

盖作者既繁，优劣糅杂，须有正确之批评，以树准的。又需要精当之选本，以供览诵，所谓“品藻异同，删整芜移”，实当时之所需要，故此类之书遂应运而生，而刘勰《文心雕龙》、钟嵘《诗品》为文评之菁英，昭明太子萧统之《文选》乃选本之冠冕，此三书对后世文学影响甚大。

刘勰字彦和，笃志好学，家贫不嫁娶，依沙门僧祐居，博通经论，定定林寺经藏。天监中，为东宫通事舍人，深被昭明太子爱接。后出家名慧地。勰撰《文心雕龙》五十篇，为吾国文学批评中最有系统有组织之作，《序志》篇曰：

详观近代之论文者多矣：至于魏文述典，陈思序书，应玚文论，陆机《文赋》，仲洽《流别》，弘范《翰林》，各照隅隙，鲜观衢路，或臧否当时之才，或铨品前修之文，或泛举雅俗之旨，或撮题篇章之意。魏典密而不周，陈书辩而无当，应论华而疏略，陆赋巧而碎乱，《流别》精而少巧，《翰林》浅而寡要。又君山、公幹之徒，吉甫、士龙之辈，泛议文意，往往间出，并未能振叶以寻根，观澜而索源。

盖刘勰以前论文之作皆论文章之一方面，未能兼论各方面，故勰“弥纶群言”，作为此书。全书分上、下两部分，其中组织，《序志》篇亦言之：

> 盖文心之作也，本乎道，师乎圣，体乎《经》，酌乎《纬》，变乎《骚》，文之枢纽，亦云极矣。若乃论文叙笔，则囿别区分，原始以表末，释名以章义，选文以定篇，敷理以举统，上篇以上，纲领明矣。至于割情析采，笼圈条贯，摛神性，图风势，苞会通，阅声字，崇替于《时序》，褒贬于《才略》，怊怅于《知音》，耿介于《程器》，长怀《序志》，以驭群篇。下篇以下，毛目显矣。

盖自第一篇至第五篇（一《原道》，二《徵圣》，三《宗经》，四《正纬》，五《辨骚》），所谓“文之枢纽”。自第六篇《明诗》至第二十五篇《书记》，论文章之体裁，乃文体论。其中自第六篇至第十五篇（六《明诗》，七《乐府》，八《诠释》，九《颂赞》，十《祝盟》，十一《铭箴》，十二《诔碑》，十三《哀吊》，十四《杂文》，十五《谐讔》）共十一篇，论当时所谓“有韵者文”；自第十六篇至第二十五篇（十六《史传》，十七《诸子》，十八《论说》，十九《诏策》，二十《檄移》，廿一《封禅》，廿二《章表》，廿三《奏启》，廿四《议对》，廿五《书记》），论当时所谓“无韵者笔”。所谓“论文叙笔，则囿别区分”。各篇作法：（一）说明文体之源流，所谓“原始以表末”也；（二）确定篇名之界说，所谓“释名以章义”也；（三）举古人作品以示例，所谓“选文以定篇”也；（四）指陈此体之作法，所谓“敷理以举统”也。自第廿六篇《神思》以后，如《体性》《风骨》《通变》《定势》《情采》《镕裁》《声律》《章句》《丽辞》《比兴》《夸饰》《事类》《练字》《隐秀》《指瑕》《养气》《附会》《总术》《物色》，共二十篇，论文章之工拙，乃修辞论与文章论。此外，《时序》篇论时代之变迁，《才略》篇论材性之差异，而《知音》篇论鉴赏，《程器》篇论修养，最后《序志》一篇说明著书之意，乃全书之自序。

《文心雕龙》为吾国文学批评之伟著。全书组织精密，极有系统，盖受佛经之影响。《文心雕龙·总术》篇“圆鉴区域，大判条例”，皆佛家语，《论说》篇“般若之绝境”，亦由佛经来。而其论文主旨，兼承儒道两家，《序志》篇谓尝梦执礼器，随仲尼而南行，其作《文心雕龙》，亦在“敷赞圣旨”，故有《徵圣》《宗经》诸篇，具见宗儒之意。而第一篇《原道》，归本“自然”，则又道家之旨。盖六朝文人，多兼通儒玄，旁及佛学，刘勰亦此种典型人物之一也。《梁书·刘勰传》谓勰：“家贫不婚娶，依沙门僧祐，与之居处，积十余年，遂博通经论，因区别部类，录而序之。……勰为文长于佛理，京师寺塔及名僧碑志，必请勰制文。”刘勰于宋齐以来文学之趋势深致不满，称之曰“浮诡”、曰“讹”。其书指摘当时文章种种弊风，均极中肯，而所拟建树之标准，则为文质彬彬，所谓“文不灭质，博不溺心”。（《情采》篇）刘氏行文精美，其书本身亦即极佳之文学作品，可为以骈体作议论文之模范。

钟嵘作《诗品》三卷，取汉魏以来为五言诗者一百有三人，分为上、中、下三品，各加评衡，论其优劣。自魏立九品之制，晋宋以来承用不废，因之谈论艺术亦喜分品第，论棋则有《棋九品序录》（范汪等注）、《棋后九品序》（袁遵撰）、《围棋品》（梁武帝撰），论书则有《书品》（梁庾肩吾撰），故钟嵘亦以三品论诗。嵘论诗注意源流，于每家皆谓源出于某人，虽不免稍有附会之处，然探源溯流，亦文学批评之一种方法。史家论文，尤重此点，故章学诚极推崇钟嵘《诗品》，《文史通义·诗话》篇曰：“《诗品》深从六艺溯流别也。……论诗论文，而知溯流别，则可以探源经籍，而进窥天地之纯、古人之大体矣。此意非后世诗话家流所能喻也。”嵘品第诸家，大体确当，偶有为后人所不满者，如列潘、陆于上品，而列陶潜于中品，列曹操于下品。然自来衡文论学，鲜有不受时代之影响者。嵘生齐梁之间，故所见如是，未可苛责。且嵘虽列陶于中品，而其论陶之语，则颇精当，时人鲜能欣赏陶诗，嵘能作此论，亦不得不佩其卓出矣。其评骘各家之长短得失，颇多善言。每品之首，各冠以序，皆妙达文理。其反对用事，反对声病，尤见高识。史称嵘尝求誉于沈约，约弗为奖借，故嵘怨之，列约中品。《四库提要》谓约诗列于中品，未为排抑，惟攻击约声律之说，言亦未尽无因也。

昭明太子萧统好士爱文，名才并集，讨论篇籍，商榷古今，刘孝绰、殷芸、陆倕、王筠、到洽、刘勰等并见赏接。东宫有书，几三万卷，史称“文学之盛，晋宋以来，未之有也”。（《梁书·昭明太子传》）所撰《文选》三十卷，盖与诸文士商讨所定，其选择标准，则为“事出乎沉思，义归乎翰藻”。不选经，以其“与日月俱悬，鬼神争奥”，不可“加之剪截”。不选诸子，以其“以立意之为宗，不以能文为本”。不选史，以其“褒贬是非，纪别异同，方之篇翰，亦已不同”。（俱见《文选序》）选集诗文之书，自晋挚虞《文章流别集》以来，作者甚众，而昭明太子《文选》独为后人所重者，其故有数端：一则六代文学至梁而其盛已极，其变将尽，萧统生丁斯时，撰为此书，六代菁英，萃于一编；一则萧统以东宫之尊，聚书数万卷，网罗该备，又有群才相助，集思广益，故标准公正，去取谨严，胜于其他选本；一则萧统明言选择标准以“沉思”“翰藻”为主，不取经、子、史，使魏晋以来所酝酿之文学独立观念，至此而确然完成，卓然实现。故《文选》一书等于文学之经典也。又自曹丕以来即注意于分别文体，《文选》分文体为三十九类，其目为赋、诗、骚、七、诏、册、令、教、文（策问）、表、上书、启、弹事、笺、奏记、书、移、檄、对问、设论、辞、序、颂、赞、符命、史论、史述赞、论、连珠、箴、铭、诔、哀文、哀策、碑文、墓志、行状、吊文、祭文。章学诚《文史通义·诗教下》曾讥其分类“淆乱芜秽，不可殚诘”。平心论之，萧氏分类，较陆机、挚虞诸家实为详密，其所以失于烦碎者，盖只重分析，而未能取貌异心同者，加以归纳，此则有待于后人矣。

梁简文帝居东宫时，命徐陵选录歌诗，为《玉台新咏》十卷。简文帝为诗绮艳，时号“宫体”。是编所录，亦多艳歌。吴歌西曲等，自晋宋以来，颇为文人所爱好，五言诗颇受其影响，《文选》不录，而是编则收入，可见二书去取标准之不同。《文选》盖用传统正宗之标准，《玉台新咏》则承认此种文学上之新成分也。(《孔雀东南飞》亦见于此书，《文选》未录。)

附论　文笔之区别

六朝论文，有文、笔之分。自《晋书》张翰、曹毗、成公绥各传均以“文笔”并词，或云“诗赋杂笔”，宋、齐、梁、陈诸史传中亦常以“文笔”分言。《南史·颜延之传》：“帝尝问以诸子才能，延之曰：‘竣得臣笔，测得臣文，诠得臣义。’”亦有以“诗笔”分言者，《南史·沈约传》：“谢玄晖善为诗，任彦昇工于笔，约兼而有之。”抑或析言“辞笔”。至于解释文笔之分者，《文心雕龙·总术》篇：“今之常言，有‘文’有‘笔’，以为无韵者‘笔’也，有韵者‘文’也。夫文以足言，理兼《诗》《书》，别目两名，自近代耳。”梁元帝《金楼子·立言》篇：“至如不便为诗如阎纂，善为章奏如伯松，若此之流，泛谓之‘笔’。吟咏风谣，流连哀思者，谓之‘文’。”又云：“笔退则非谓成篇，进则不云取义，神其巧惠笔端而已，至如文者，维须绮縠纷披，宫徵靡曼，唇吻遒会，情灵摇荡。”

文、笔之区别，应如刘勰所谓无韵者笔，有韵者文，至于崇尚藻采，则文、笔所同，后人或以为当时所谓笔者，乃全任质素，或谓偶语为文，单语为笔。皆非也。盖当时之文，有质直序事，悉无浮藻者，如任昉《弹刘整文》所引刘寅妻范氏诣台诉词是也。亦有以语为文，无复偶词者，如齐武帝《敕晋安王子懋》诸文是也。然史传诸云文笔、词笔，以及所云长于载笔、工于为笔者，笔之为体，统以符檄笺奏、表启书札诸作，弹事议对亦属于笔，史册亦然。凡文之偶而弗韵者，皆晋宋以来所谓笔类也。故当时人士，于尺牍书记之属，词有专工（《宋书·刘穆之传》：“穆之与朱龄石并便尺牍。”《陈书·庾持传》：“尤善书记，以才艺闻。”），而刀笔（《南史·虞玩之传》“少闲刀笔”）、笔札[《南史·沈庆之传》：“庆之（谓颜竣）曰：‘君但当知笔札之事。’”]、笔记（《文心雕龙·才略》篇：“温太真之笔记，循理而清通。”）、笔奏（《文心雕龙·才略》篇：“长虞笔奏，世执刚中。”）之名，或详于史册，或杂见群书。又王僧孺、徐勉、孔奂诸人，其弹事之文，各与集别，均足为文、笔区分之证。至于无韵之文，亦尚藻采，当时世论，虽区分文、笔，然文亦可该笔，故对言则笔与文别，散言则笔亦称文。史书所记，于无韵之作，抑或统称文章，观王俭《七志》，于集部总称文翰，阮孝绪《七录》则称文集。而《昭明文选》所录，不限有韵之词，此均文可该笔之证。

六朝末年文家

六朝末年文家，以徐陵、庾信为弁冕，多四六句，属对精工，声律谐和，下开唐初王、杨、卢、骆之体。

徐陵文，史称其“缉裁巧密，多有新意”。有陈创业，文檄军事及禅授诏策皆陵所制，为一代文宗，如《玉台新咏序》《与齐尚书仆射杨遵彦书》《与王僧辩书》，皆其名篇。

庾信少仕梁，与徐陵齐名，文尚绮艳，当时称“徐庾体”。及北渡之后，文格骤进，苍凉跌宕，胜于徐陵。北朝之文，远逊南朝，得庾信为殿军，可以增色。

北朝文风，异于江南，《北史·文苑传序》谓：“江左宫商发越，贵于清绮；河朔词义贞刚，重乎气质。气质则理胜其词，清绮则文过其意。理深者便于时用，文华者宜于咏歌。此其南北词人得失之大较也。”六朝文学，以华赡为尚，北人质朴，故不及南人。而北方异族入主，战乱相寻，亦文学不盛之一因。《北史·文苑传序》亦言之，曰："既而中州板荡，戎狄交侵，僭伪相属，生灵涂炭，故文章黜焉。其能潜思于战争之间，挥翰于锋镝之下，亦有时而间出矣。……然皆迫于仓卒，牵于战阵，章奏符檄，则粲然可观；体物缘情，则寂寥于世。非其才有优劣，时运然也。"北方文学既不若南朝之盛，故北方文人慕效南方，《颜氏家训·文章》篇曰："邢子才、魏收，俱有重名，时俗准的，以为师匠。邢赏服沈约而轻任昉，魏爱慕任昉而毁沈约，每于谈宴，辞色以之。邺下纷纭，各有朋党。祖孝徵尝谓吾曰：'任、沈之是非，乃邢、魏之优劣也。'"而南人往往鄙视北方文士，徐陵聘齐，魏收录其文遗陵，陵过江，沉之，曰："吾为魏公藏拙。"（《隋唐嘉话》）梁庾信从南方初至北方，文士多轻之，信将《枯树赋》以示之，于后无敢言者。时温子昇作《韩陵山寺碑》，信读而写其本，南人问信曰："北方之士何如？"信曰："惟有韩陵一片石堪共语。薛道衡、卢思道少解把笔，自余驴鸣狗吠，聒耳而已。"（《太平广记》卷一九八引《朝野佥载》）庾信北渡之后，流落不返，以江南清绮之才，加以北地贞刚之气，其文遂兼南北之长，极刚柔之美，录其《思旧铭序》一段为例：

岁在摄提，星居监德，梁故观宁侯萧永卒。呜呼哀哉！

> 人之戚也，既非金石所移；士之悲也，宁有春秋之异。高台已倾，稷下有闻琴之泣；壮士一去，燕南有击筑之悲。项羽之晨起帐中，李陵之徘徊歧路。韩王孙之质赵，楚公子之留秦。无假穷秋，于时悲矣。况复鱼飞武库，预有弃甲之徵；鸟伏翟泉，先见横流之兆。星纪吴亡，庚辰楚灭；纪侯大去，郿子无归。原隰载驰，轘辕长别，甲裳失矣，艅皇弃焉。河倾酸枣，杞梓与樗栎俱流；海浅蓬莱，鱼鳖与蛟龙共尽。樊香复道，讵敛游魂。载酒属车，宁消愁气。芝兰萧艾之秋，形殊而共瘁；羽毛鳞介之怨，声异而俱哀。所谓天乎，乃曰苍苍之气；所谓地乎，其实抟抟之土。怨之徒也，何能感焉，

此文恣肆动宕，读之忘其为排偶之文。

风气以外之文家

在六朝三百年文尚华艳之风气中，有数人焉，其文不为当时所重，而自后世观之，反觉其卓有高致者，曰诸葛亮，曰王羲之，曰陶潜。盖六朝文之长处在意度冲远，吐属清美，而其短处则在繁缛柔靡。诸葛、王、陶三人皆特立之士，非纯粹文人，其文在风气之中，而不尽囿于风气，得其时文章之长而遗其弊端，故有鹤立鸡群之概。诸葛亮之文，陈寿谓论者怪其“文采不艳，而过于丁宁周至”。

（陈寿《上诸葛亮集表》）张华问李密亦曰：“孔明言教何碎？”（《晋书·李密传》）盖诸葛亮乃政治家，其文皆“经事综物”，其长处在“公诚之心，形于文墨”。（皆陈寿语）以晋人言尚玄远、辞贵华绮之标准衡之，自觉不合。然自吾侪今日观之，亮之文亦甚清美，并不伤于质直，录其《与群下教》一首为例：

> 夫参署者，集众思，广忠益也。若远小嫌，难相违覆，旷阙损矣。违覆而得中，犹弃弊跻而获珠玉，然人心苦不能尽，惟徐元直处兹不惑，又董幼宰参署七年，事有不至，至于十反，来相启告。苟能慕元直之十一，幼宰之殷勤，有忠于国，则亮可少过矣。（《蜀志·董和传》）

王羲之为人天姿英迈，非但书法卓绝，义亦高朗超俊，其与殷浩书、与会稽王笺、与谢安书、与谢万书均佳，曾国藩于书札之文独爱诸葛亮、王羲之之作。录王氏诫谢万书为例：

> 以君迈往不屑之韵，而俯同群辟，诚难为意也。然所谓通识，正自当随事行藏，乃为远耳。愿君每与士之下者同，则尽善矣。食不二味，居不重席，此复何有，而古人以为美谈。济否所由，实在积小以致高大，君其存之。（《晋书·王羲之传》）

陶潜文格韵高逸，颜延之作《陶徵士诔》仅称其“文取指达”，盖颜延之为文重雕琢藻绩，故不能欣赏潜之特长也。昭明太子于陶潜独具真赏，称其“文章不群，辞采精拔，跌宕昭彰，独超众类，抑扬爽朗，莫之与京”。（《陶渊明集序》）简文帝亦爱陶文，动静辄讽味。（《颜氏家训·文章》篇）刘熙载谓：“陶渊明为文不多，且若未尝经意。然其文不可以学而能，非文之难，有其胸次为难也。”（《艺概》卷一）录《与子俨等疏》一段为例：

> 少学琴书，偶爱闲静，开卷有得，便欣然忘食。见树木交荫，时鸟变声，亦复欢然有喜。常言五六月中，北窗下卧，遇凉风暂至，自谓是羲皇上人。意浅识罕，谓斯言可保；日月遂往，机巧好疏。缅求在昔，眇然如何。

北朝虽无重要文家，然有三书，其文绝美，为世所称，即郦道元《水经注》、杨衒之《洛阳伽蓝记》、颜之推《颜氏家训》是也。《水经》旧题汉桑钦撰，然证以书中地理，实三国时人。魏郦道元为之注，订以志乘，纬以掌故，刻画标致，奇幽诡胜，后世论者谓其“叙山水，峻洁层深，奄有《楚辞·山鬼》《招隐士》胜境。柳柳州游记，此其先导耶?”（刘熙载《艺概》卷一）杨衒之亦魏人，魏自太和以后，洛阳佛刹甲天下，永熙乱后，衒之行役故都，感怀兴废，因捃拾旧闻，追叙故迹，录成是书，文笔秾丽秀逸。

颜之推羁旅异邦，苟全乱世，而能行己有耻，作《家训》二十篇，多忧危慎畏之言，其文浑雅自然，街谈巷说，鄙情琐语，一入组织，皆工巧可诵。故此三书，并为好文者所宝爱，录《城西》一节为例：

> 彧性爱林泉，又重宾客。至于春风扇扬，花树如锦，晨食南馆，夜游后园。僚寀成群，俊民满席，丝桐发响，羽觞流行，诗赋并陈，清言乍起，莫不饮其玄奥，忘其褊恡焉。是以入彧室者谓登仙也。（《洛阳伽蓝记》卷四）

骈文之利弊

骈文利弊，可得而言。骈文既为一种诗化之文体，其形式则尚排偶，重藻缋，其作法则贵冲远蕴藉。故叙事论理，非其所宜，而写景言情，则有特美。六朝人修史，如陈寿作《三国志》、范晔作《后汉书》、沈约之《宋书》、萧子显之《齐书》，仍用散文。其时碑志之文，例用骈体，虽华赡可玩，而记事混含。至于议论之作，如嵇康之论名理，刘勰之论文，以及《弘明集》《广弘明集》所载诸人论佛理之作，已为六朝议论文之冠冕，吾人读之，终恨其未尽朗畅，此骈文不宜于叙事论理之证也。至于写景言情，贵有诗意，清超醇美，骈文所擅，《水经注》《洛阳伽蓝记》诸书及六朝人小品书札，所以独步千载也。录两文为例：

陶弘景《答谢中书书》：

山川之美，古来共谈。高峰入云，清流见底，两岸石壁，五色交晖，青林翠竹，四时俱备，晓雾将歇，猿鸟乱鸣，夕日欲颓，沉鳞竞跃，实是欲界之仙都。自康乐以来，未复有能与其奇者。

吴均《与施从事书》：

故鄣县东三十五里，有青山。绝壁干天，孤峰入汉；绿嶂百重，青川万转。归飞之鸟，千翼竞来；企水之猿，百臂相接。秋露为霜，春萝被径。风雨如晦，鸡鸣不已。信足荡累颐物，悟衷散赏。

六朝辞赋

魏晋以后之赋，已不似两汉之盛，而作者仍不绝，其体格大抵多用六字句，日趋于轻巧整练，声律说兴，赋亦受其影响，至唐遂变为律赋。

汉赋以体物为主，尚事实，重铺张。建安中风气一变，又返于抒情，刘熙载云："《楚辞》风骨高，西汉赋气息厚，建安乃欲由西汉而复于《楚辞》者。若其至与未至，所不论焉。"又云："建安名家之赋，气格遒上，意绪绵邈；骚人清深，此种尚延一线。”（《艺概》卷三）曹植为建安诗人之首，其赋亦工，《洛神赋》芳悱深美，得楚《骚》神理，通篇大旨盖借男女喻君臣，以寄其忠爱缠绵之意。所谓“虽潜处于太阴，长寄心于君王”，至于感甄之说，殆出附会也。建安七子中，王粲号为“独自善于辞赋”，其《登楼赋》风骨高，感慨深，推为杰作。曹、王两家赋，皆越两汉而直追《楚辞》，刘熙载谓“《登楼赋》出于《哀郢》”，“《洛神赋》出于《湘君》《湘夫人》”，亦不为无见也。

西晋工赋者，推左思、潘岳、陆机。左思《三都赋》乃承《两都》《二京》之流者。班固为史家，张衡乃科学家，其赋皆重核实，已少文学中灵渺之境，而左思犹嫌其未尽真实，其《三都赋序》谓：“班固赋西都而叹以‘出比目’，张衡赋西京而述以游海若。假称珍怪，以为润色……考之果木，则生非其壤；校之神物，则出非其所。于辞则易为藻饰，于义则虚而无徵。”故左思“欲赋三都……移家京师，乃诣著作郎张载，访岷邛之事。遂构思十年，门庭藩溷皆著笔纸，遇得一句，即便疏之。自以所见不博，求为秘书郎”。（《晋书》本传）可见其搜集资料，力求真实详尽，其序中所谓：“余既思摹《二京》而赋《三都》，其山川城邑则稽之地图，其鸟兽草木则验之方志。风谣歌舞，各附其俗；魁梧长者，莫非其旧。”赋之由抒情而趋重体物，由求美而转为求真，至左思《三都》，可谓造极。当时洛阳纸贵，盖视为博物之书，借广闻见，非徒供欣赏也。

以京都为题材而作赋者，至左思已极其能事，难以再进，东晋庾阐作《扬都赋》，谢安讥其“屋下架屋，事事拟学，而不免俭狭”矣。（《世说新语·文学》篇）

潘、陆为西晋标准文人，均工辞赋。潘所作尤多，述畋猎者有《射雉赋》，纪行者有《西征赋》，写物色者有《秋兴赋》，言志者有《闲居赋》，述哀者有《怀旧赋》《寡妇赋》，赋音乐者有《笙赋》，皆名篇也。大抵承汉人之风，而又加以清绮巧丽。陆机作《文赋》，论作文利害所由，自谓“曲尽其妙”，以赋体论文，可谓能取新题材者，全篇精语络驿。机又有《叹逝赋》，亦佳。此外嵇康《琴赋》、向秀《怀旧赋》均为世所传诵。刘熙载曰：“赋必有关着自己痛痒处，如嵇康叙琴、向秀感笛，岂可与无病呻吟者同语。”（《艺概》卷三）

东晋工赋者，郭璞有《江赋》，孙绰有《天台山赋》。孙作成，以示范启云：“卿试掷地，要作金石声。”范曰：“恐子之金石，非宫商中声。”然每至佳句，辄云：“应是我辈语。”（《世说新语·文学》篇）孙绰好老、庄、释氏，故《天台山赋》亦融入老、庄、释氏之旨，如“骋神变之挥霍，忽出有而入无”，又“悟遣有之不尽，觉涉无之有间。泯色空以合迹，忽即有而得玄。释二名之同出，消一无于三幡”。陶潜亦工赋，《归去来辞》尤为千古杰作。欧阳修谓晋无文章，惟陶渊明《归去来辞》而已。刘熙载曰：“屈子辞，雷填风飒之音；陶公辞，木荣泉流之趣。虽有一激一平之别，其为独往独来则一也。”盖陶潜乃狂狷之资，与屈原相近，故其文有一种特立之意，此又不可以时代限矣。

宋代诗人，如颜、谢、鲍亦均能赋。颜之《赭白马赋》，谢之《山居赋》，皆有名，鲍照《芜城赋》尤佳。孝武帝孝建三年，竟陵王诞据广陵反，沈庆之讨平之，诛城内男丁，以女口为军赏。照盖感时而赋，姚姬传谓其“驱迈苍凉之气，惊心动魄之词，皆赋家绝境也”。谢惠连《雪赋》、谢庄《月赋》，则又别开一种轻倩之体，其后江淹之《恨赋》《别赋》，即承其风，齐梁之间，此种小赋甚多。北朝文人，推温子昇、邢邵、魏收。温全不作赋，邢虽有一两首，又非所长。魏收独能赋，常以此傲温、邢，曰：“会须作赋，始成大才士。惟以章表碑志自许，此外更同儿戏。”（《北齐书·魏收传》）收所作有《南狩赋》《庭竹赋》《聘游赋》《皇居新殿台赋》。六朝末年，庾信出，辞赋又生异彩，信在江南所作如《春赋》《七夕赋》《灯赋》《鸳鸯赋》《荡子赋》，则纯为梁时风气。北渡以后，风格一变，《哀江南赋》感慨国家，自伤身世，自序称“不无危苦之辞，惟以悲哀为主”，通篇苍凉悲愤，诚符此言，其作法则为抒情叙事，与《离骚》同。此外，如《小园赋》《枯树赋》《伤心赋》，亦均凄怆。

赋盛于两汉，衍于六朝，至南北朝末年，而其势已尽，唐以后其流遂微。唐时有律赋一体，限题限韵，乃供考试之用，无与于文学。古赋作者不多，韩、李偶为之，柳宗元较喜作赋。宋代如欧、苏之作，乃押韵之散文，非汉魏以来之赋矣。盖赋体板重，不及诗词之轻灵，诗词诸体日兴，长短咸宜，赋遂渐废，偶有用其体作哀吊之文者。清张惠言为学，喜兴灭继绝，治虞氏《易》、治词，皆有相当成功，独于赋虽极致力，而终无影响。盖辞赋亦如四言诗，在中国文学上，已成过去之体裁，难以复兴者矣。

附录：

新散文的兴起——唐代古文

古文运动的酝酿

中国文学史中有古文一体，“古文”之名，始于唐之韩愈，韩愈尝自称其文为“古文”。（《韩昌黎集》卷二十二《题欧阳生哀辞后》：“愈之为古文。”）盖唐承六朝之后，公私文翰，并用骈俪，而末流弊滋，浮滥冗缓，叙事论理，不能真切，于是韩愈倡为散行之文，远师先秦西汉，以朴质条鬯之体矫正魏晋以来排偶藻饰之风，柳宗元、李翱、皇甫湜等和之，古文之体遂立。名为“古文”，实乃创新，故《旧唐书》卷一百六十《韩愈传》谓愈“抒意立言，自成一家新语”。盖韩、柳等应当时需要，以散行之体矫骈文之弊，虽取法先秦西汉，而能自具唐代新散文之风格，并非奴隶式之摹古也。

古文之兴，在矫骈文之弊，此种运动，北朝末年已发其端，固非始于唐之中叶。西魏宇文泰、苏绰等曾一度欲改革文弊，黜华返朴，盖宇文泰“性好朴素，不尚虚饰，恒以反风俗、复古始为心”（《周书》卷二《文帝纪》下），故对文章亦持此见解。《周书》卷二十三《苏绰传》谓：“自有晋之季，文章竞为浮华，遂成风俗。太祖（即宇文泰）欲革其弊，因魏帝祭庙，群臣毕至，乃命绰为大诰，奏行之。……自是之后，文笔皆依此体。”苏绰亦为一热心改革文体之人，西魏文帝大统十年，北雍州献白鹿，群臣欲草表陈贺，苏绰谓柳庆曰：“近代以来，文章华靡，逮于江左，弥复轻薄。洛阳后进，祖述不已。相公柄民归物，君职典文房，宜制此表，以革前弊。”（《周书》卷二十二《柳庆传》）宇文泰、苏绰欲革文弊，用意固善，惟六朝末年文弊，在于藻饰排偶，失其自然，如欲改革，宜以自然为宗，而宇文泰、苏绰等乃远摹千余年前《尚书》之文体，其佶屈聱牙，违反自然，殆又甚于当时之骈文。固此种摹古之伪体，虽有政治力量的支持，亦终不能通行，史称苏绰“虽属词有师古之美，矫枉非适时之用，故莫能常行焉”。（《周书》卷四十一《庾信传论》）北周时人仍欣赏庾信之骈文。隋文帝亦欲改革文体，开皇四年，诏天下公私文翰，并宜实录。泗州刺史司马幼之以文表华艳，付有司治罪，可见隋文帝对改革文体颇具决心。时李谔亦曾上书请釐正文体，其书中痛陈六朝骈文之弊，谓其“连篇累牍，不出月露之形；积案盈箱，唯是风云之状”。（《隋书》卷六十六《李谔传》）惟隋朝之改革文体运动亦并未成功，盖积重难返之势，非一时政治之力所易转移，且当时并无有天才之作家能创一种新文体以替代骈文也。

西魏北周之间，及有隋开皇之时，虽均有改革文体之运动，然皆未成功，故至唐代，仍尚骈俪。唐太宗文治武功焜耀一时，而文章犹存六朝之习，故后之主张古文者太息于“房杜虽明，不能变齐梁之弊”。（柳冕《谢杜相公论房杜二相书》。柳冕，贞元中人，论文见解，重教化与伦理，否认魏晋以来注重艺术之文学观念。）然骈文之弊，既不能掩，故六朝末年至唐初已有尝试作散文者。姚察父子撰《梁书》，序事及诸传论，皆以散文行之，赵翼特注意此事，谓“古文自姚察始”。（《廿二史札记》卷九）盖骈文流弊既多，则散文之试作，固亦自然之势也。高宗、武后之时，遂有明斥齐梁，提倡复古者，即陈子昂。子昂所注重者乃诗非文，而其斥齐梁主复古之主张，则颇为后来之韩愈所同情，固韩愈称之曰：“国朝盛文章，子昂始高蹈。”（《荐士》）天宝以还，元结（719—772年）对于诗文，皆主复古，不作骈俪绮靡之文，而作古朴之散体，同时李华、萧颖士、贾至、独孤及与独孤及之门人梁肃等皆作散体，欲变文格。韩愈出而古文运动遂臻成熟矣。

韩愈、柳宗元提倡古文

韩愈作古文，颇受孤独及、梁肃之影响，《旧唐书》卷一六〇《韩愈传》曰：“大历、贞元之间，文字多尚古学，效扬雄、董仲舒之述作，而独孤及、梁肃最称渊奥，儒林推重。愈从其徒游，锐意钻仰，欲自振于一代。……常以为自魏、晋已还，为文者多拘偶对，而经、诰之指归，迁、雄之气格，不复振起矣。故愈所为文，务反近体，抒意立言，自成一家新语。”此段说明韩愈作古文之情形，极为明晰。盖自中唐以来，文章复古之思潮颇盛，独孤及、梁肃即其最显著之代表，韩愈受其影响，更自振拔，而其天才超出诸人，故成就独卓，能“自成一家新语”，明其非尽模拟也。古文之特点有二：在形式方面，则主散行，所向慕者乃“迁、雄之气格”；在内容方面，则重明道，所阐述者乃“经、诰之指归”。欲研究韩愈之古文运动，须先认清此两点。

古文之内容，重在明道。韩愈尝自言之，曰：“愈之所志于古者，不惟其辞之好，好其道焉尔。”（《答李秀才书》）又曰：“愈之为古文，岂独取其句读不类于今者邪，思古人而不得见，学古道则欲兼通其辞。通其辞者，本志乎古道者也。”（《题欧阳生哀辞后》）所谓“道”即儒家之思想。魏晋以还，玄释大兴，儒说消沉。唐代佛学甚炽，士大夫多好之，故韩愈毅然以排佛、老自任，尤重在佛。但韩愈之排佛也，并不能精研佛经，以客观的理智辨析其谬误，乃惟凭主观的感情，为卫道式之攘斥。所作《原道》篇，纯从常识立论，排骶佛教徒无家庭、社会、国家之组织而已，于佛典哲思，毫未论及；其推崇儒家，亦非能于孔孟之说作更深透之发挥，或有更新颖之创获，其言仁义道德，发挥儒家效用，不出常识之外。总之，韩愈所作《原道》，排佛崇儒，立言均肤浅，故朱子曰："韩公之学，见于《原道》者，虽有以识夫大用之流行，而于本然之全体，则疑其有所未睹。"（《朱文公校昌黎先生集》卷十八《与孟尚书书》）盖韩愈乃文人，非思想家，其所长在文，不在道。其言道也，不过为文章装门面，仅能如西洋牧师式之宣传说教，非能深造独得，有所发明创获，故朱子谓其于本然之全体，有所未睹。但韩愈于道所诣虽浅，而气则甚盛，创为"道统"之说，谓尧、舜、禹、汤、文、武、周公传之孔子，孔子传之孟轲，轲之死不得其传焉，毅然以道统为己任，而其实则远不足以副之，故朱子又谓韩愈"虽其所以自任者不为不重，而其平生用力深处，终不离乎文字言语之工。至其好乐之私，则又未能卓然有以自拔于流俗"。（同上）韩愈亦终成其为文人而已。夫文自文，道自道，文重天才，道贵识解，二者可以兼而不必兼。两汉六朝之文人，如贾、马、班、张、崔、蔡、潘、陆、任、沈、庾、徐之伦，未尝言道，而无害其文之工也。自韩愈必欲合文与道为一，以文人而强言道，后之为古文而慕韩氏者，虽其所致力仍不离文字言语之工，而亦必欲强言道以自高，往往撰两三篇言道之文置于集中以装门面（此虽贤者未免。欧阳修之文，叙事言情，极为工美，若本论则平庸，虽不作可也。然欧阳公终不免作此种文字，则道之观念误之也），而其文之工者仍多在言情叙事写景之薄物小篇，至于言道之大文，往往陈腐可厌，故曾国藩遂毅然谓古文不宜于说理。实则非古文不宜于说理，乃作古文者于理并无精思熟解，无可言而强言之者，自不能餍人之意也。不然，若朱熹、王夫之、戴震等说理之文，何尝不精莹而深透耶。惜乎徒摹格调之古文家不足以语此耳。然后世古文家往往强附于理学，亦由于韩愈“文以明道”之观念也。

古文在形式方面，则反骈文。骈文对偶，古文散行；骈文字句整齐（多四字句及六字句），古文造句长短错落。韩愈于道所诣虽浅，而于作文章之技术（即朱子所谓文字言语之工），则天才高，功力深，故在此方面成就甚伟，韩愈自述用力之勤，曰：

> 沉浸醲郁，含英咀华。作为文章，其书满家。上规姚姒，浑浑无涯。周诰殷盘，佶屈聱牙。《春秋》谨严，《左氏》浮夸。《易》奇而法，《诗》正而葩。下逮《庄》《骚》，太史所录。子云、相如，同工异曲。先生之于文，可谓宏其中而肆于外矣。（《韩昌黎集》卷十二《进学解》）

此可见韩愈之文取法甚博，自诸经、《庄》《骚》以至司马迁、司马相如、扬雄之文，皆所浸渍，可谓取精用宏。惟有一事堪注意者，前人论诸经，或言训诂，或明义理，而韩愈则论其文章，其立场甚为鲜明（刘勰《文心雕龙·宗经》篇亦以文章观点评诸经，因《文心雕龙》本纯粹论文之书也），故后世桐城派古文家遂有“六经皆文也”之说。群经为古代典籍，其文章之渊奥典雅，固可供欣赏，惟治经之法，重在研究其训诂名物制度史事（即所谓考证之学），然后阐发其意义（即所谓义理之学），汉宋两派学者均兼顾此二事，仅有畸轻畸重之不同，若忽略此二者，而专欣赏其文章，则谓之读文可，谓之治经不可。古文家末流读经，仅能玩弄义法，揣摩声调，考证、义理，两皆无与，然往往强附于义理，盖空言可以伪饰，而实学不能假借也。至如末流古文家以帖括评点桐城意法解说群经，则益陋矣。韩愈自述学文甘苦，曰：

愈之所为，不自知其至犹未也。虽然学之二十余年矣，始者非三代两汉之书不敢观，非圣人之志不敢存。处若忘，行若遗，俨乎其若思，茫乎其若迷。当其取于心而注于手也，惟陈言之务去，戛戛乎其难哉。其观于人，不知其非笑之为非笑也。如是者亦有年，犹不改。然后识古书之正伪，与虽正而不至焉者，昭昭然白黑分矣。而务去之，乃徐有得也。当其取于心而注于手也，汩汩然来矣。其观于人也，笑

> 之则以为喜，誉之则以为忧，以其犹有人之说者存也。如是者亦有年，然后浩乎其沛然矣。吾又惧其杂也，迎而距之，平心而察之，其皆醇也，然后肆焉。虽然，不可以不养也。行之乎仁义之途，游之乎《诗》《书》之源，无迷其途，无绝其源，终吾身而已矣。气，水也；言，浮物也。水大而物之浮者大小毕浮，气之与言犹是也。气盛，则言之短长与声之高下者皆宜。虽如是，其敢自谓几于成乎？（《韩昌黎集》卷十六《答李翊书》）

始则戛戛乎难，中则汩汩然来，终则浩乎沛然，前后二十余年，凡更三种境界，始能醇而后肆，其于作文技术用力不可谓不深。韩愈《送高闲上人序》曰："苟可以寓其巧智，使机应于心，不挫于气，则神完而守固，虽外物至，不胶于心。……乐之终身不厌，奚暇外慕。"（《韩昌黎集》卷二十一）姚鼐、曾国藩皆谓韩愈此言，乃自状所得于文事者。盖熟极之候，技而进于道，始能至此种浑化之境也。韩愈又提出"气"字，主张"气盛，则言之短长与声之高下者皆宜"。曹丕论文亦言气，乃指作者之才性。韩愈所谓气，则指文章之语势。语势之表现，在乎声音节奏。盖韩愈作古文，"欲学古人说话声响"（《朱文公文集》卷七十四《沧洲精舍谕学者》："予谓老苏但为欲学古人说话声响……如韩退之、柳子厚辈，亦是如此。"可谓一语破的之论。），故揣摩语势，注重气盛。后世古文家亦喜言气，重诵读，有因声求气之说。声音节奏本为文章之一要素，注重节奏，并无错误，惟求之太过，至于浮声枵响，摇曳生姿，失其自然，使人厌恶，或故为矜持夸大之声调，曰吾之文气盛也，实则适如章炳麟所讥“游豰突豕，蹂践稼蔬”，则末流之弊矣。

韩愈性好奇，富于创造力，故主张“陈言务去”“辞必已出”，其遣词造句之方法，甚新颖，达意抒情，清劲有力（后人所用成语，有采自韩文，如“转喉触讳”“张皇幽渺”“蝇营狗苟”。），谋篇布局及文章风格，均力求变化，同一性质之题材，用不同之方法作之，以免重复，极见匠心。偶有摹拟古人者（如《答李翊书》摹《庄子·养生主》，《进学解》摹扬雄《解嘲》，《平淮西碑》摹《尚书》《诗经》，《南海神庙碑》中一段摹汉赋，《柳州罗池庙碑》辞摹屈原《九歌》。），亦能化去痕迹，自见新致。因好奇之故，喜为游戏之文，以驰骋笔力，如《石鼎联句诗序》《毛颖传》等。［当时人对韩愈此种游戏之文，有两种不同之态度，柳宗元则赞成之，《与杨诲之书》云：“足下所持韩生《毛颖传》来，仆甚奇其书，恐世人非之，今作数百言，知前圣不必罪俳也。”（《唐柳先生集》卷三十三）所作《读韩愈所著毛颖传后题》称其文“如捕龙蛇，搏虎豹，急与之角，而力不敢暇”。（《唐柳先生集》卷二十一）而张籍则反对之，曾与韩愈书，讥其多尚驳杂无实之说，使人陈于前以为欢，有累于令德。韩愈复书，自认“此吾所以为戏耳”。（《韩昌黎集》卷十四《答张籍书》）又谓《诗》云善谑，

《记》曰张而不弛，文武不能。以为无害于道。（见《韩昌黎集》卷十四《重答张籍书》）吾人于此事，同情韩、柳之意见。盖就文学观点论，此种游戏文极有谐趣，张籍所言，未免迂腐也。］总之，韩文特殊风格在乎奇崛，韩愈自称其文“不专一能，怪怪奇奇，不可时施，只以自嬉”。（《韩昌黎集》卷三十六《送穷文》）柳宗元谓韩愈文“猖狂恣睢”，过于扬雄。（《唐柳先生集》卷三十四《答韦珩示韩愈相推以文墨事书》）皆能说明其特点。后人论韩文者甚多，兹录皇甫湜、苏洵二家之语于下，以其所言颇中肯也：

> 先生之作……茹古涵今，无有端涯，浑浑灏灏，不可窥校。及其酣放，豪曲快字，凌纸怪发，鲸铿春丽，惊耀天下。然而栗密窈眇，章妥句适，精能之至，入神出天。（《皇甫持正集》卷六《韩文公墓志铭》）
>
> 韩子之文，如长江大河，浑浩流转，鱼鼋蛟龙，万怪惶惑，而抑遏蔽掩，不使自露，而人望见其渊然之光，苍然之色，亦自畏避，不敢迫视。（《嘉祐集》卷十一《上欧阳内翰第一书》）

魏晋以下，文人重文不重道，后世理学家讥其浮华无实，韩愈主张文以明道，自称其文“扶树教道”。（《韩昌黎集》卷十五《上兵部李侍郎书》）自后世古文学家之眼光观之，是即道矣。而自理学家之眼光观之，则韩愈仍是文人，其精力所注仍为文章，故朱子曰：“东京以降，讫于隋唐，数百年间，愈下愈衰，则其去道益远，而无实之文，亦无足论。韩愈氏出，始觉其陋，慨然号于一世，欲去陈言，以追《诗》《书》六艺之作，而其弊精神、縻岁月，又有甚于前世诸人之所为者。”（《朱文公文集》卷七十《读唐志》）谓韩愈之疲精费时于文章且甚于魏晋以来诸文人，所见甚是。又谓“其师生之间，传受之际，盖未免裂道与文，以为两物，而于其轻重、缓急、本末、宾主之分，又未免于倒悬而逆置之也”。（同上）盖理学家以道为本，文为末，故讥韩愈为本末倒置。平心论之，韩愈乃文人，非思想家或学者，道虽不足，而文则特优，不必因其所短而贬抑其所长，亦不可因其所长而推崇其所短。古文家因学韩之文而过尊其道，以为如是已足，固未免于陋。理学家讥韩愈为“倒学”，自文之观点论，似亦不得其平。韩愈能当骈俪多弊之时，创为散文，扫除旧体，独标新格，遂树立古文一派，李汉《韩昌黎集序》称“先生于文，摧陷廓清之功，比于武事，可谓雄伟不常者矣”。此即其真价值所在矣。

韩愈之古文，所诣虽卓，然亦颇有疵短。此种疵短，在韩文中，不过白璧之瑕。而后世为古文者，受其影响，日见扩大，遂为不可救药之症结，所谓其父杀人报仇，其子必且行劫者也。兹分数端论之：

一、韩愈创为古文，其用意在反骈文。夫骈文之弊，在于过重排偶整比，失其自然，矫骈文之弊，则返于自然而已，至于文中有当排偶整比者，也不必故为散行错落也。乃韩愈有意为文，矫枉过正，有时故为错落，高下抑扬，虽殊于骈体，而违反自然则同。当时裴度即洞见此弊，其《寄李翱书》曰：

> 观弟近日制作，大旨常以时世之文，多偶对俪句，属缀风云，羁束声韵，为文之病甚矣。故以雄词远致，一以矫之，则是以文字为意也。且文者，圣人假之以达其心，（心）达则已，理穷则已，非故高之下之详之略之也。……昔人有见小人之违道者，耻与之同形貌，共衣服，遂思倒置眉目，反易冠带，以异也，不知其倒之反之（之）非也，虽失于小（人），亦异于君子矣。故文之异，在气格之高下，思致之深浅，不在磔裂章句，隳废声韵也。人之异，在风神之清浊，心志之通塞，不在于倒置眉目，反易冠带也。……昌黎韩愈，仆识之旧矣，中心爱之，不觉惊赏，然其人，信美材也，近或闻诸侪类云：恃其绝足，往往奔放，不以文立制，而以文为戏，可矣乎！可矣乎！（《唐文粹》卷八十四）

裴度此书所言，古文矫枉过正之病，甚为明切，虽论李翱，即等于论韩愈，因李翱之古文受于韩愈也。篇末谓韩愈以文为戏，即指其“磔裂章句，隳废声韵”，“故高之下之详之略之”而言，后世古文家讲明义法，实亦不过“故高之下之详之略之”而已，愈讲求义法，则违反文章之自然愈甚也。

二、韩愈好奇，故为文去陈言，求矫异（樊绍述之文，怪涩至不可句读，而韩愈称其文从字顺，其好奇可知矣）。然为之过当，至于怪涩，如《曹成王碑》（《韩昌黎集》卷二十八）用“剜”“鞣”“鏺”“掀”“撇”“掇”“筴”“跐”等字，又如《唐故监察御史卫府君墓志铭》（《韩昌黎集》卷三十）有一段，曰：

> 父中丞薨既三年与其弟中行别曰若既克自敬勤及先人存趾美进士续闻成宗唯服任遂功为孝子在不怠我恨已不及假令今得不足自贯我闻南方多水银丹砂杂他奇药爊为黄金可饵以不死。

自“若既克自敬勤”至“不足自贯”两行，造句艰涩，几乎不可句读。此等在韩愈不过好奇之故，偶一为之，而韩文佳处，仍在“章妥句适”，并不在此。后之最善学韩文者，莫如欧阳修，其文更平易近人，决不摹仿此等。唯有一种末流之学韩文者，才低识暗，不能致力于文章之思致气格，而专摹此种僻字怪句，高自矜异，以骇流俗，所谓以艰深文浅陋，其弊遂不可胜穷矣。

三、韩愈自称其为古文，在志乎古道，“古之道不苟誉毁于人，然则吾之所为文皆有实也”。（《韩昌黎集》卷二十二《题欧阳生哀辞后》，“然则”下十一字据朱子《考异》引或本增）然观韩愈平生所为文，实未能尽符其所言，韩愈所撰墓志铭甚多，其中时有不实之语，当时人已称其撰碑志所得润资为“谀墓金”，盖碑志乃徇人之请而作，不得不稍有粉饰，此固无论矣。其他体裁之文，似应称心直言，乃亦有不尽然者。德宗贞元末年之京兆尹李实，乃一小人，韩愈撰《顺宗实录》谓：“（李）实谄事李齐运，骤迁至京兆尹，恃宠强愎，不顾文法。是时春夏旱，京畿乏食，实一不以介意，方务聚敛征求，以给进奉。……尝有诏免畿内逋租，实不行用诏书，征之如初。”（《韩昌黎外集》卷六）记其恶迹如此，而韩愈于贞元十九年《上李尚书实书》谓“愈来京师，于今十五年，所见公卿大臣，不可胜数，皆能守官奉职，无过失而已，未见有赤心事上，忧国如家如阁下者。今年已来，不雨者百有余日，种不入土，野无青草，而盗贼不敢起，谷价不敢贵……非阁下条理镇服，布宣天子威德，其何能及此”。（《韩昌黎集》卷十五）其颠倒是非、谄谀称颂又如此，所谓“不苟誉毁”者固如是耶？又如郑权，《新唐书》本传称其“用度豪侈”，《通鉴》谓权家多姬侍，禄薄不能赡，因李训干王守澄求节镇，得广州。而韩愈《送郑尚书（权）序》曰：“尚书家属百人，无数亩之宅，僦屋以居，可谓贵而能贫，为仁者不富之效也。”（《韩昌黎集》卷二十一）又俱文珍乃一弄权之宦官，韩愈《送汴州监军俱文珍序》曰：“我监军俱公，辍侍从之荣，受腹心之寄，奋其武毅，张我皇威，遇变出奇，先事独运，偃息谈笑，危疑以平。天子无东顾之忧，方伯有同和之美。”（《韩昌黎外集》卷三）皆不免于失言。朱子论韩愈曰：“今读其书，则其出于谄谀，戏豫放浪而无实者，自不为少。”（《朱文公文集》卷七十《读唐志》）“戏豫放浪”，尚不为大害，而“谄谀”则殊有损于文德矣。后之读韩文者，或醉心于其空腔调，而不能明辨是非，习之既久，不知不觉间常为夸大虚伪之言，此又古文之一弊也。

韩文中又有徒务空文，不切事实之弊。钱大昕论《平淮西碑》曰：“绳以史法，殊未尽善。……《碑》云‘颜、胤皆加司空’，不书‘检校’，何以别于正授之司空？云‘道古进大夫’，不书‘御史’，何以别于散官之大夫？光颜、重胤、公武皆二名，篇中两称颜、胤、武，一称颜、胤，非史法也。……云‘庚申，予其临门送女’，有日而无年月，此学《尚书》而失之者也。”（《潜研堂集》卷十三《答问十》）后世古文家亦有深受此弊者。全祖望《鲒埼亭集》卷二十八《万贞文先生传跋》云：“先生之《志》，姚人黄百家、闽人刘坊、吴人杨无咎皆为之，黄《志》最核，其后方侍郎为之《表》，则尤失考据，至谓先生卒于浙东（斯言不见于本《表》，而见于梅定九墓文中），则是侍郎身在京师，乃不知先生之卒于王尚书史局中，而曰欲吊之而无由，其言大可怪。侍郎生平于人之里居世系，多不留心，自以为史迁、退之適传皆如此，乃大疏忽处也。又谓先生与梅定九同时，而惜先生不如定九得邀日月之光，以为泯没，则尤大谬。先生辞徵者再……盖先生欲以遗民自居，而即以任故国之史事报故国，较之遗山，其意相同，而所以洁其身者，则非遗山所及，况定九乎？侍郎自谓知先生，而为此言，何其疏也。”

韩愈之为人，亦有可以略论者。韩愈乃唐代文人之一，生平制行，不越此准。北宋时柳开、孙复、石介等将韩愈推尊逾量，以为直继孔孟道统之传。柳开云：“吾之道，孔子、孟轲、扬雄、韩愈之道；吾之文，孔子、孟轲、扬雄、韩愈之文也。”（《河东集》卷一《应责》）孙复曰：“吾之所谓道者，尧、舜、禹、汤、文、武、周公、孔子之道也，孟轲、荀卿、扬雄、王通、韩愈之道也。”（《孙明复小集》卷二《信道堂记》）石介特作《尊韩》一文曰：“噫！伏羲氏、神农氏、黄帝氏、少昊氏、颛顼氏、高辛氏、唐尧氏、虞舜氏、禹、汤氏、文、武、周公、孔子者，十有四圣人，孔子为圣人之至。噫！孟轲氏、荀况氏、扬雄氏、王通氏、韩愈氏，五贤人，吏部为贤人之至（一作‘卓’）。”（《石徂徕集》卷下）因此遂引起后人之反感，朱子曾作《韩文考异》，于韩文之研究亦颇用力，而论及韩愈之为人，则殊多贬辞，如曰：“至于退之《原道》诸篇，则于道之大原，若有非荀、扬、仲淹之所及者，然考其生平意向之所在，终不免于文士浮华放浪之习，时俗富贵利达之求。”（《朱文公文集》卷六十七《王氏续经说》）又曰：“韩退之著书立言，觝排佛老，不遗余力，然读其《谢潮州表》《答孟简书》，及张籍侑奠之词，则其所以处于祸福死生之际，有愧于异学之流者多矣，其不能有以深服其心也，宜哉。”（《朱文公文集》卷八十二《跋李寿翁遗墨》）又谓“其好乐之私，则又未能卓然有以自拔于流俗”。（《朱文公校昌黎先生集》卷十八《与孟尚书书》考异）又谓“韩公……其志常极于远大，而其行未必能谨于细微。……虽知汲汲以行道济时抑邪与正为事，而或未免杂乎贪位慕禄之私”。（《朱文公校昌黎先生集》卷末《韩愈传》中识语）近代学者或揭发其勾结宦官（陈寅恪《唐代政治史述论稿》），或直斥之为“小人”。（胡适之《白话文学史》）吾人平心论之，韩愈本唐代文人之一。唐代文人，风气通侻。浮华放浪之习，贪位慕禄之私，以至于偶与宦官往来，在唐代文人中，皆通常之事，不足深责。朱子论韩愈所以多微辞者，乃矫正北宋以来过尊韩愈以继孔孟道统之错误观念。实则评论韩愈之为人，不必用如此高之标准，如以通常文人衡量韩愈，韩愈固亦无大过也。

与韩愈同时相友善而亦致力于古文者有柳宗元。柳宗元虽与韩愈齐名，后人并称“韩柳”，而其为人及对于学问文章之思想见解实多与韩异趣，兹举其大端于下：

一、韩卫道，柳不甚卫道，故韩辟佛，而柳则不但不辟佛，且好佛，自言“吾自幼好佛，求其道，积三十年”。（《唐柳先生集》卷二十五《送巽上人赴中丞叔父召序》）故柳集中颇多为僧人所作之碑铭及赠序，于佛学甚推崇。而韩愈对柳之好佛有所不满，柳则认为韩未能了解佛之深处，其所觝排者佛之迹而已。《唐柳先生集》卷二十五《送僧浩初序》曰："儒者韩退之与余善，尝病余嗜浮图言，訾余与浮图游……浮图诚有不可斥者，往往与《易》《论语》合，诚乐之，其于性情，奭然不与孔子异道。……退之所罪者，其迹也。曰：髡而缁，无夫妇父子，不为耕农蚕桑，而活乎人。若是，虽吾亦不乐也。退之忿其外而遗其中，是知石而不知韫玉也。"盖柳对佛学造诣较深，所好者乃佛书哲理，谓其可与《易》《论语》相比附，而韩之排佛，并未能批评佛理，仅反对僧人出世之生活，无家庭、国家之组织，故柳谓韩之辟佛乃"忿其外而遗其中，是知石而不知韫玉也"，此点可见柳之思想较深细，有研究精神，少卫道意味，而其以佛理比附于儒书，已为宋代理学开先河。

二、韩卫道心切，勇于自信，故抗颜为师，以文役教。柳则逊避不敢为师，自称"才能勇敢，不如韩退之，故又不为人师"。（《唐柳先生集》卷三十四《答严厚舆论师道书》）《报袁君陈秀才避师名》曰："仆避师名久矣。……其所不乐为者，非以师为非，弟子为罪也。有两事，故不能：自视以为不足为，一也；世久无师弟子，决为之，且见非，且见罪，惧而不为，二也。"（《唐柳先生集》卷三十四）此可见其态度之谦退。

三、韩反对骈文，不作俪体，柳虽作古文，而并不反对骈文。故柳集中颇多骈文，即其所作古文，句法亦较自然平易，不似韩之故为长短错落，顿挫抑扬，流于怪涩生硬。

以上皆柳与韩不同之点。犹有一事可以称述者，柳宗元思致深密，见解开明，其《辩列子》《辩文子》《论语辩》《辩鬼谷子》《辩晏子春秋》《辩鹖冠子》诸文，或辩诸书之真伪，或考订其撰著之时代，均具有特识。作《时令论》，反对《月令》中令五事配五行以施政令之说，谓“圣人之道，不穷异以为神，不引天以为高”。作《断刑论》，反对顺天时而施赏罚之说，谓“古之所以言天者，盖以愚蚩蚩者耳，非为聪明睿智者设也”。作《非国语》，于《国语》中所载鬼神、怪异、卜筮、占梦，及据山崩、地震、星象、舆诵、童谣以断祸福吉凶之事皆加以驳斥，其斥卜筮也，曰“卜者，世之余伎也，道之所无用也。圣人用之，吾未之敢非，然而圣人之用也，盖以驱陋民也，非恒用而徵信矣。尔后之昏邪者神之，恒用而徵信焉，反以阻大事”。（《唐柳先生别集》上）此均可见柳宗元重理智，故反对古人一切天人徵应、怪异迷信之说也。

柳宗元少时颇欲建树事功，及三十三岁贬官之后，身闲无事，始专力文章，自言“仆之为文久矣，然心少之，不务也，以为是特博弈之雄耳。故在长安时，不以是取名誉，意欲施之事实，以辅时及物为道。自为罪人，舍恐惧则闲无事，故聊复为之”。（《唐柳先生集》卷三十一《答吴武陵论非国语书》）又言“宗元自小学为文章，中间幸联得甲乙科第，至尚书郎，专百官章奏，然未能究知为文之道。自贬官来，无事，读百家书，上下驰骋，乃少得知文章利病”。(《唐柳先生集》卷三十《与杨京兆凭书》)故其集中浑化精融之文，如山水游记、古书考辨及与友人论文抒情诸书，皆贬官后所作。柳仕宦中朝时，与韩愈为至交，一谪南荒，形迹疏隔，其为古文，多潜思自得，非如李翱、皇甫湜等受韩之沾溉也。柳宗元少时为文，纯出自然，自称“吾虽少为文，不能自雕斫，引笔行墨，快意累累，意尽便止，亦何所师法，立言状物，未尝求过人”。(《唐柳先生集》卷三十四《复杜温夫书》)贬官后专力于文章，遂“得知文章利病”，其心得具见于《答韦中立论师道书》，书中言“前六七年，仆来南二年”，则此书盖贬官后八九年所作，柳宗元年四十一二矣。书中论文之语曰：

始吾幼且少，为文章，以辞为工。及长，乃知文者以明道，是固不苟为炳炳烺烺，务采色，夸声音，而以为能也。凡吾所陈，皆自谓近道，而不知道之果近乎？远乎？吾子好道而可吾文，或者其于道不远矣。故吾每为文章，未尝敢以轻心掉之，惧其剽而不留也；未尝敢以怠心易之，惧其弛而不严也；未尝敢以昏气出之，惧其昧没而杂也；未尝敢以矜气作之，惧其偃蹇而骄也。抑之欲其奥，扬之欲其明，疏之欲其通，廉之欲其节，激而发之欲其清，固而存之欲其重，此吾所以羽翼夫道也。本之《书》以求其质，本之《诗》以求其恒，本之《礼》以求其宜，本之《春秋》以求其断，本之《易》以求其动，此吾所以取道之原也。参之《穀梁氏》以厉其气，参之《孟》《荀》以畅其支，参之《庄》《老》以肆其端，参之《国语》以博其趣，参之《离骚》以致其幽，参之太史以著其洁，此吾所以旁推交通而以为之文也。(《唐柳先生集》卷三十四)

柳宗元自述为文心得，与韩愈有相近之处，而不尽同。韩自言其为古文，本志乎古之道，又称其文“扶树教道”，柳亦谓“文者以明道”，韩自述学文用力之方本诸《易》《诗》《书》《春秋》诸经，旁及于《庄》《骚》《史记》等。柳亦谓本之《书》《诗》《礼》《春秋》《易》以取道之原，参以《穀梁》《孟》《庄》《国语》《离骚》《太史公》以博文之趣，此其相近者也。而所以不尽同者，韩毅然以昌明儒学为自己，其排佛也，自比于孟子之排杨墨，其视古文为宣传儒道之工具，对道甚尊崇，态度极严重。柳虽亦言“文者以明道”，所谓“道”者亦即六经之旨，然此不过当时传统之普通观念，而其视道也，并不若韩之重，其卫道也，也并不若韩之切。故佛书之理，柳以其合于《易》《论语》(即无背于道)而取之，《原道》一类之文，柳集中无之。故柳此段自述为文心得之要点，不在“明道”之义，而在其作文之态度，如未尝敢以“轻心掉之”，“怠心易之”，“昏气出之”，“矜气作之”，确为甘苦有得之言，亦可见其艰辛慎密，与少时“引笔行墨，快意累累”者异矣，此晚年文境之所以大进也。尤可注意者在“未尝敢以矜气作之”一语，韩之文不免有矜气，故失于夸大，柳则无此病，此与先天之性分有关，非尽关于为文之修养。柳氏所取资之诸书中，尤宜注意者为《穀梁》与《史记》，其《报袁君陈秀才避师名书》论学文之道，亦曰“穀梁子、太史公甚峻洁，可以出入”（《唐柳先生集》卷三十四），“峻洁”乃柳文之特长，故有取于《穀梁》《史记》者在此点也。（《唐柳先生集》卷三十《与杨京兆凭书》论古人文章亦谓“峻如马迁”。）

柳宗元天资精敏，故其表现于古文，以精密峻洁见长，最工于言情写景，永州、柳州本山水胜地，柳宗元贬官无俚，借游赏遣抑郁，摄美景于文章，永、柳诸游记遂成杰作。论者或以柳宗元山水诸记与《水经注》相比，两者实不尽同。《水经注》多客观之摹写，少主观之情思，取材精，造语工，遂擅胜场。柳宗元游记其写景之工，固能“漱涤万物，牢笼百态”，而于写景中又能融入自己之思想与情怀，故意境更为深美，如“坐潭上，四面竹树环合，寂寥无人，凄神寒骨，悄怆幽邃。以其境过清，不可久居，乃记之而去”（《唐柳先生集》卷二十九《至小丘西小石潭记》），则隐喻其贬谪中凄怆寥落之心。至于“悠悠乎与灏气俱而莫得其涯，洋洋乎与造物者游而不知其所穷。……苍然暮色，自远而至，至无所见，而犹不欲归，心凝形释，与万化冥合”（《唐柳先生集》卷二十九《始得西山宴游记》），则非但情与景为一，且融以庄子或佛家之哲理，此种境界皆《水经注》所未有也。故柳宗元游记，可谓之散文诗，与谢灵运永嘉诸诗异形同工。其言情之篇如与许孟容、萧俛、李建诸书，写贬谪中荒寂之生活及忧苦之心境，亦极凄美富诗意，与曹丕与吴质诸书异曲同工。此外考辨议论之作如《论语辩》《辩列子》《辩晏子春秋》《封建论》《驳复仇议》等，思致锐密，用笔廉悍。叙事之作如《段太尉逸事状》《童区寄传》等，均简洁有法。(柳宗元亦偶作传奇小说，如《河间妇传》及《李赤传》。)

文章之所以佳，在有精思真情，而后以美妙之辞句表达之。若内容贫乏浅薄，而徒剽窃词采，规模格调，则文章之下乘，然有时可以欺流俗，故治文者于此不可不辨。在柳宗元之时，即不少此种人，柳评之曰："为文之士，亦多渔猎前作，戕贼文史，抉其意，抽其华，置齿牙间，遇事蜂起，金声玉耀，诳聋瞽之人，徼一时之声。虽终沦弃，而其夺朱乱雅，为害已甚。"(《唐柳先生集》卷三十一《与友人论为文书》)又有一种人，"用助字不当律令"，而亦为文十卷，持以谒人，如杜温夫之类，则尤柳宗元之所深鄙也。(《唐柳先生集》卷三十四《复杜温夫书》)

韩、柳同时为古文，各有所长，以风格论，韩之长在奇崛雄肆，柳之长在精密峻洁。论规模气魄，柳不如韩之大，而韩文之病，柳亦无之。古文之兴，所以矫骈俪之弊，而矫枉过正，反失于怪涩不自然。又文章本不必卫道而后工，韩以文人而热心于卫道，卒也，其所言之道甚浅，而文则流为夸大，此二者皆韩文之病。柳不卫道，且为古文而兼能骈文，能融合骈散，不趋极端，故无韩文夸大怪涩之病。柳文之工者不在明道，而在于言情写景，其词句工巧而不失自然，成为诗意的散文。就文学观点论，此种作品乃古文之上乘，柳在此点或胜于韩。然后世为古文者往往尊韩抑柳，其原因则以后世为古文者多不甘以文人自居，而兼欲明道。其尊韩也，非徒重其文，而兼重其卫道之勇气。又后世为古文者，其天性多夸大，近于韩而远于柳，故不满于柳之冲和谦退而反欣赏韩愈"居之不疑"之态度，及矜大夸肆之文章。姚鼐撰《古文辞类纂》，选韩文最多，隐然奉为大宗；方苞评点柳集，常加以删节及红勒。此均可见古文家之扬韩抑柳。惟非古文家则有不同之见解，如晏殊曰：韩退之"扶导圣教，划除异端"，是其所长，"若其祖述坟典，宪章《骚》《雅》，上传三古，下笼百氏……横行阔视于缀述之场，子厚一人而已"。朱熹曰："韩退之议论正，规模阔大，然不如柳子厚较精密。"（《朱子语类》卷一百三十九）此均能辨韩、柳之异同，而欣赏柳之特长，盖晏为词人，朱为理学家，其论文观点与古文家不同也。

韩抗颜为师，而柳则否，故韩有弟子以传其文派，而柳则无之。韩愈弟子中最著名者为李翱与皇甫湜。

李翱，字习之［《援鹑堂笔记》卷三十二考定李翱生于唐代宗大历六年辛亥（七七一），卒于文宗开成元年（八三六），年六十六岁。]，少韩愈三岁，又娶韩愈兄女，故与韩义兼师友，申以婚姻，其关系至为密切。皇甫湜字持正，少韩愈九岁（《援鹑堂笔记》卷三十二考定皇甫湜生于大历十二年），从韩学文。李翱、皇甫湜虽同受古文于韩愈，而所得各异，由两人称述韩愈之语可以考见。韩愈卒后，李翱作《祭吏部韩侍郎文》，先称述其辩异学、明孔道之功，然后及其文章，而终之曰："六经之风，绝而复新，学者有归，大变于文。"（《李文公集》卷十六）皇甫湜作《韩文公墓志铭》，虽亦称韩"抉经之心，执圣之权……跂邪觝异，以扶孔氏"。而于其文章特加赞美，形容详尽，曰："茹古涵今，无有端涯，浑浑灏灏，不可窥校。及其酣放，豪曲快字，凌纸怪发，鲸铿春丽，惊耀天下。然而栗密窈眇，章妥句适，精能之至，入神出天。"（《皇甫持正集》卷六）可见李翱侧重韩之道，皇甫湜侧重韩之文。

自魏晋以降，佛学大兴，儒言沉晦，于是中国文化上演成喧宾夺主之现象，至中唐时，遂有人欲觝排佛说，复兴儒学，提倡中国本位文化，即所谓"明道"也。李翱与韩愈均怀此念，而所取方式不尽同。韩愈排佛，重在其宗教方面，反对佛教徒之生活，无君臣父子夫妇之伦，不耕织而衣食。而其排佛之办法则思以强力压制——人其人，火其书，庐其居。韩愈观察肤浅，此种办法并不能达其崇儒排佛之目的。盖佛教所以吸引中国士大夫者，不在其宗教而在其哲理，韩愈讥柳宗元好佛，柳曰："吾之所取者，与《易》《论语》合，虽圣人复生，不可得而斥也。退之所罪者，其迹也。曰：髡而缁，无夫妇父子，不为耕农蚕桑，而活乎人。若是，虽吾亦不乐也。”（《唐柳先生集》卷二十五《送僧浩初序》）柳氏此言最足以代表一般好佛士大夫之心理，士大夫并不必信佛教，而好佛理，以为不弱于儒学——或甚至于以为胜于儒学。韩愈不能攻佛理，而徒排其教，所谓“罪其迹”，宜乎不能服人之心也。李翱曾从禅宗大师药山游，对佛学之了解，较韩为透彻，其排佛之方法，亦较韩为巧妙。李翱深知佛学之所以深种人心，在其能言性命之理，如欲排佛学，必须在儒书中寻得言性命之理者，始足以与佛学抗。故作《复性书》，发明《中庸》《易传》中性命之理，曰：“性命之书虽存，学者莫能明，是故皆入于庄、列、老、释，不知者谓夫子之徒不足以穷性命之道……我以吾之所知而传焉，遂书于书，以开诚明之源，而缺绝废弃不扬之道，几可以传于时。”（《李文公集》卷二）后宋儒之讲理学，即采此种方式。

李翱思致深沉，故论文重内容而不专重技巧，《寄从弟正辞书》曰：“汝勿信人号文章为一艺。夫所谓一艺者，乃时世所好之文，或有盛名于近代者是也。其能到古人者，则仁义之辞也，恶得以一艺而名之哉？”（《李文公集》卷八）“一艺”指技巧言，“仁义之辞”则指思想言。李翱论文，重要意见，见于《答朱载言书》，首重义理，曰：“故义深则意远，意远则理辩，理辩则气直，气直则辞盛，辞盛则文工。”次重文辞，曰：“义虽深，理虽当，词不工者不成文，宜不能传也。文、理、义三者兼并，乃能独立于一时，而不泯灭于后代，能必传也。”（《李文公集》卷六）李翱虽无韩愈雄肆之才，然所作能温淳朴厚，苏洵所谓“其味黯然而长，其光油然而幽。”（《嘉祐集》卷十一《上欧阳内翰第一书》）

皇甫湜论文重修辞，故尚奇，《答李生第一书》云：“夫意新则异于常，异于常则怪矣；词高则出众，出于众则奇矣。”故皇甫湜为文，专在奇辞怪句方面发展，虽亦主张奇而无伤于正，然其所作，实不免奇而流于怪僻。章学诚评之曰：“世称学于韩者，翱得其正，湜得其奇。今观其文，句镵字削，笔力生健，如挽危弓，臂尽力竭，而强不可制，于中唐人文，亦可谓能自拔濯者矣。第细按之，真气不足，于学盖无所得，袭于形貌以为瑰奇，不免外强中干。……皇甫则震于韩氏之奇，而不复求其所以致奇之理……湜于韩门，所得最为粗浅，而又渐染中唐奇碎之病，宜其有是累也。”（《章氏遗书》卷八《皇甫持正文集书后》）所论颇中肯。

李翱、皇甫湜均出于韩，而分道扬镳，皇甫湜专尚奇崛，其后一传为来无择，再传为孙樵，途径日狭，流于怪僻。李翱文平实少流弊，北宋欧阳修颇受其影响。

中唐之时，致力古文而思有所变革者，并不限于韩愈一派。元稹、白居易亦当日主张复古之健者，不过崇尚不同，影响亦因之有别，后来遂湮没不显耳。

元稹于穆宗初知制诰，后掌内命，改革当时骈俪之公式文字为散行。《元氏长庆集》卷四十《制诰序》云："元和十五年，余始以祠部郎中知制诰，初约束不暇及，后累月，辄以古道干丞相，丞相信然之。又明年，召入禁林，专掌内命。上好文，一日，从容议及此。上曰：通事舍人不知书，便其宜，宣赞之外无不可。自是司言之臣皆得追用古道，不从中覆，然而余所宣行者，文不能自足其意，率皆浅近，无以变例，追而序之，盖所以表明天子之复古，而张后来者之趣尚耳。"《白氏长庆集》卷五十三《次韵酬微之诗》自注云："微之长庆初知制诰，文格高古，始变俗体，继者效之也。"皆言元稹改革文体事。《白氏长庆集》中书制诰有"旧体""新体"之分别，其所谓"新体"，即元稹之所主张，而白居易所从同复古改良之公式文字新体也。公式文字，六朝以降，本以骈体为正宗，西魏北周之时，曾一度复古，旋即废除。在韩愈平生著作中，《平淮西碑》乃一篇极意写成古文体之公式文字，诚可称勇敢之改革，然此文终遭废弃。夫段文昌之改作，其文学价值较韩愈如何，及韩文所以磨易之故，乃属于别种问题。惟就改革当时公式文字一端而言，则韩愈失败而元稹成功，可无疑也。至于北宋继韩愈古文运动之欧阳修为翰林学士，亦不能变公式之骈体，司马光竟以不能为四六文辞内制之命，然则朝廷公式文字变革，其难若是，元稹于此，信乎卓尔不群矣。《旧唐书》卷一六六《元白传论略》曰："国初开文馆，高宗礼茂才，虞、许擅价于前，苏、李驰声于后。……然而向古者伤于太僻，徇华者或至不经，龌龊者局于宫商，放纵者流于郑、卫。若品调律度，扬榷古今，贤不肖皆赏其文，未如元、白之盛也。昔建安才子，始定霸于曹、刘；永明辞宗，先让功于沈、谢。元和主盟，微之、乐天而已。"此段议论，代表中唐至五代时通常意见，在当时一般心目中，元和一代文章正宗应推元、白而非韩、柳也。（此段意采自陈寅恪《读莺莺传》，见《史语所集刊》第十本第二分）

整理后记

本书是缪钺先生在浙江大学中文系任教时所写的《中国文学史讲稿》。前七章写在两本软面抄上，先生亲署“1943年写定”。第八、九两章，写在毛边蓝格稿纸上，在第九章的末页页码之下，有先生“卅一年五月一日写毕”的钢笔字迹。这两章讲稿的空白处，有一些先生增补的内容（具体写作时间不详），整理时尽量植入恰当位置。除前九章内容外，另有存目七章，即第十章《唐宋古文》；第十一章《唐诗之极盛与宋词之研究》；第十二章《词》；第十三章《北曲与南曲》；第十四章《小说之起源与发展》；第十五章《元明清之诗文词》；第十六章《西洋文学之传来与新文学之建设》。本书中之附录部分，写于毛边纸上，撰写时间亦不详，从内容推究，应属于第十章中的一节。

本书的整理，使用现行标点符号（为适应书名号，多处有添、减字），句读则多依原文。原稿引文，均尽量以1943年之前所能见到的版本进行校对，凡有所据，皆从原文。个别暂时无法校对的引文，留待以后继续核定。在整理过程中，得到中山大学景蜀慧，清华大学王东杰，四川大学段玉明、李晓宇，巴蜀书社周颖、吴焕姣等诸位友人在多方面提供的帮助，在此一并致谢。限于个人能力，疏误难免，责任自在本人，尚请各界读者不吝赐教。

缪元朗　2019 年 8 月 28 日于晴轩

赐教处：miaoyuanlang@126. com